H. P. LOVECRAFT
(1890-1937)

HOWARD PHILLIPS LOVECRAFT nasceu em Providence, Rhode Island, em 1890. A infância foi marcada pela morte precoce do pai, em decorrência de uma doença neurológica ligada à sífilis. O seu núcleo familiar passou a ser composto pela mãe, as duas tias e o avô materno, que lhe abriu as portas de sua biblioteca, apresentando-lhe clássicos como *As mil e uma noites*, a *Odisseia*, a *Ilíada*, além de histórias de horror e revistas pulp, que posteriormente influenciariam sua escrita. Criança precoce e reclusa, recitava poesia, lia e escrevia, frequentando a escola de maneira irregular em função de estar sempre adoentado. Suas primeiras experiências com o texto impresso se deram com artigos de astronomia, chegando a imprimir jornais para distribuir entre os amigos, como o *The Scientific Gazette* e o *The Rhode Island Journal of Astronomy*.

Em 1904, a morte do avô deixou a família desamparada e abalou Lovecraft profundamente. Em 1908, uma crise nervosa o afastou de vez da escola, e ele acabou por nunca concluir os estudos. Posteriormente, a recusa da Brown University também ajudou a agravar sua frustração, fazendo com que passasse alguns anos completamente recluso, em companhia apenas de sua mãe, escrevendo poesia. Uma troca de cartas inflamadas entre Lovecraft e outro escritor fez com que ele saísse da letargia na qual estava vivendo e se tornasse conhecido no círculo de escritores não profissionais, que o impulsionaram a publicar seus textos, entre poesias e ensaios, e a retomar a ficção, como em "A tumba", escrito em 1917.

A morte da mãe, em 1921, fragilizou novam
de de Lovecraft. Mas, ₐ
reclusão, ele deu conti
cendo a futura esposa,
sa dona de uma loja de

Lovecraft se mudou. Porém, a tranquilidade logo foi abalada por sucessivos problemas: a loja faliu, os textos de Lovecraft não conseguiam sustentar o casal, Sonia adoeceu, e eles se divorciaram. Após a separação, ele voltou a morar com as tias em Providence, onde passou os dez últimos anos de sua vida e escreveu o melhor de sua ficção, como "O chamado de Cthulhu" (1926), *O caso de Charles Dexter Ward* (1928) e "Nas montanhas da loucura" (1931).

A morte de uma das tias e o suicídio do amigo Robert E. Howard o deixaram muito deprimido. Nessa época, Lovecraft descobriu um câncer de intestino, já em estágio avançado, do qual viria a falecer em 1937. Sem ter nenhum livro publicado em vida, Lovecraft ganhou notoriedade após a morte graças ao empenho dos amigos, que fundaram a editora Arkham House para ver seu trabalho publicado. Lovecraft transformou-se em um dos autores cult do gênero de horror que flerta com o sobrenatural e o oculto, originário das fantasias góticas e tendo como precursor Edgar Allan Poe.

Livros do autor na Coleção **L&PM** POCKET:

O caso de Charles Dexter Ward
O chamado de Cthulhu e outros contos
O habitante da escuridão e outros contos
O medo à espreita e outras histórias
Nas montanhas da loucura e outras histórias de terror
A tumba e outras histórias

H.P. LOVECRAFT

O HABITANTE DA ESCURIDÃO
E OUTROS CONTOS

Tradução de ALEXANDRE BOIDE

www.lpm.com.br

Coleção **L&PM** POCKET, vol. 1240

Texto de acordo com a nova ortografia.
Título original: *The Whisperer in Darkness; The Thing on the Doorstep; The Shadow Out of Time; The Haunter of the Dark*

Primeira edição na Coleção **L&PM** POCKET: julho de 2017
Esta reimpressão: dezembro de 2024

Tradução: Alexandre Boide
Capa: Ivan Pinheiro Machado. *Ilustração*: iStock
Preparação: Patrícia Yurgel
Revisão: Marianne Scholze

CIP-Brasil. Catalogação na publicação
Sindicato Nacional dos Editores de Livros, RJ.

L947h

Lovecraft, H. P. (Howard Phillips), 1890-1937
    O habitante da escuridão e outros contos / H. P. Lovecraft ; tradução Alexandre Boide. – Porto Alegre, RS: L&PM, 2024.
    272 p. ; 18 cm.   (Coleção L&PM POCKET; v. 1240)

    Tradução de: *The Whisperer in Darkness; The Thing on the Doorstep; The Shadow Out of Time; The Haunter of the Dark*
    ISBN: 978.85.254.3628-3

    1. Ficção americana. I. Boide, Alexandre. II. Título III. Série.

17-40962	CDD: 813
	CDU: 821.111(73)-3

© da tradução, L&PM Editores, 2017

Todos os direitos desta edição reservados a L&PM Editores
Rua Comendador Coruja, 314, loja 9 – Floresta – 90.220-180
Porto Alegre – RS – Brasil / Fone: 51.3225.5777

Pedidos & Depto. Comercial: vendas@lpm.com.br
Fale conosco: info@lpm.com.br
www.lpm.com.br

Impresso no Brasil
Primavera de 2024

SUMÁRIO

Um sussurro nas trevas | 7
A coisa na soleira da porta | 101
A sombra projetada do tempo | 141
O habitante da escuridão | 235

UM SUSSURRO NAS TREVAS

I

Tenha sempre em mente que no fim eu não me deparei com nenhuma manifestação visual de horror. Afirmar que um choque mental foi a causa daquilo que inferi – a gota d'água que me fez fugir às pressas da solitária casa da fazenda de Akeley e me lançar pelos morros selvagens e abobadados de Vermont em um carro pego sem permissão no meio da noite – significa ignorar os fatos mais concretos de minha experiência definitiva. Por mais que fosse profunda e extensa a maneira como eu compartilhava das informações e especulações de Henry Akeley, e das coisas que vi e ouvi, além da vividez inegável da impressão que produziram em mim, não posso provar nem mesmo hoje se estava certo ou errado em minha terrível inferência. Pois, afinal de contas, o desaparecimento de Akeley não comprova nada. As pessoas não deram falta do que quer que fosse em casa, apesar das marcas de balas na fachada e no interior da residência. Não havia sinal nem de que um visitante estivera lá, ou dos terríveis cilindros e maquinários armazenados no escritório. O fato de que ele temia mortalmente os abundantes morros verdejantes e os córregos intermináveis entre os quais nasceu e foi criado também não significa nada, pois milhares de pessoas estão sujeitas a tais medos mórbidos. Além disso, a excentricidade pode facilmente explicar seus estranhos atos e suas apreensões mais perto do fim.

Tudo começou, pelo que sei, com as históricas e sem precedentes inundações em Vermont no dia 3 de novembro de 1927. Na época, assim como hoje, eu era professor de literatura na Universidade do Miskatonic em Arkham, Massachusetts, e um entusiasmado estudioso amador do folclore da Nova Inglaterra. Logo depois das enchentes, entre relatos variados de dificuldades, sofrimentos e socorro organizado que abundavam na imprensa, apareceram certas histórias estranhas de coisas encontradas boiando em alguns dos rios transbordantes; tantas que muitos de meus amigos embarcaram em curiosas discussões e recorreram a mim para obter informações sobre o assunto. Fiquei lisonjeado por ver que meu estudo do folclore era levado tão a sério e fiz o que pude para relativizar as histórias exóticas e vagas que pareciam claramente ser fruto de superstições antigas e toscas. Foi divertido descobrir que várias pessoas instruídas insistiam em afirmar que havia alguma dose de fatos obscuros e distorcidos por trás dos rumores.

As histórias que me eram trazidas vinham em sua maior parte de recortes de jornais, mas uma delas tinha como fonte um relato oral e foi reproduzida para um amigo meu em uma carta que sua mãe lhe enviou de Hardwick, em Vermont. O tipo de coisa descrita era em essência a mesma em todos os casos, porém nesse parecia haver três instâncias distintas envolvidas – uma ligada ao rio Winooski, perto de Montpelier, outra associada ao rio West, no condado de Windham, para os lados de Newfane, e uma terceira centrada no Passumpsic, no condado de Caledonia, na altura de Lyndonville. Obviamente muitos dos objetos perdidos remetiam a outras instâncias, mas depois de analisados todos pareciam indicar para essas três. Em todos os casos o pessoal local relatou ter visto um ou mais objetos bizarros e perturbadores nas enxurradas que desciam dos morros não povoados, e havia uma tendência generalizada a associar tais visões a um ciclo primitivo e quase esquecido de lendas que os mais velhos ressuscitaram em virtude da ocasião.

O que as pessoas julgavam ter enxergado eram formas orgânicas diferentes de tudo o que já haviam visto. Naturalmente, muitos corpos humanos foram arrastados pelas correntezas nesse período trágico, mas os que descreveram essas estranhas formas tinham certeza de que não eram humanas, apesar de algumas semelhanças superficiais em termos de tamanho e silhueta. Da mesma forma, as testemunhas afirmavam que não poderia se tratar de nenhuma espécie animal conhecida em Vermont. Eram criaturas rosadas de mais ou menos um metro e meio de comprimento, com corpo de crustáceo ostentando grandes pares de barbatanas dorsais ou asas membranosas e diversos pares de membros articulados e com uma espécie de elipsoide convoluta, coberta de inúmeras antenas curtíssimas, onde deveria estar a cabeça. Era de fato impressionante a coincidência entre relatos de diferentes fontes; o assombro, porém, era atenuado pelo fato de que as antigas lendas, espalhadas uma a uma pela zona rural dos morros, forneciam imagens morbidamente vívidas que poderiam muito bem ter inflamado a imaginação de todas as testemunhas em questão. Minha conclusão foi que as testemunhas – em todos os casos pessoas simples e ingênuas do campo – tinham visto corpos deformados e inchados de seres humanos ou animais de fazenda arrastados pelas correntezas e permitiram que a lembrança vaga do folclore conferisse a esses deploráveis cadáveres atributos fantásticos.

O folclore ancestral, embora nebuloso, evasivo e em grande parte esquecido pela atual geração, tinha um caráter singularíssimo e obviamente refletia a influência de histórias indígenas ainda mais antigas. Eu conhecia bem o assunto, apesar de nunca ter visitado Vermont, por meio da raríssima monografia de Eli Davenport, que engloba material obtido oralmente antes de 1839 entre os habitantes mais velhos do estado. Além disso, trata-se de um material que tem muito em comum com as histórias que ouvi pessoalmente de camponeses idosos nas montanhas de New Hampshire. Em termos gerais, remetia a uma raça oculta de seres monstruosos que se escondiam em algum lugar nas elevações remotas – na mata fechada dos picos mais altos e nos vales escuros onde os riachos brotam de fontes desconhecidas. Esses seres quase nunca eram vistos, mas evidências de sua presença eram relatadas por aqueles que se aventuravam além dos caminhos habituais nas encostas de certas montanhas ou em ravinas profundas e inclinadas que até os lobos temiam.

Havia estranhas pegadas e marcas de garras na lama nas margens dos córregos e na terra seca, além de curiosos círculos de pedras, com a grama desgastada ao redor, que não pareciam exatamente formados pela natureza. Além disso, certas cavernas de enorme profundidade se abriam nas laterais dos morros, com as entradas fechadas por rochas enormes que não pareciam ter ido parar lá por acidente, e com uma trilha anormal das estranhas pegadas entrando e saindo delas – se de fato a direção de tais pegadas pudesse ser estimada com precisão. E, o pior de tudo, havia coisas que as pessoas mais aventureiras viram raríssimas vezes no crepúsculo nos vales mais remotos e nos bosques densos e íngremes acima dos limites das escaladas rotineiras.

Seria menos incômodo se os diferentes relatos de tais coisas não fossem tão coerentes entre si. Quase todos os rumores tinham diversos pontos em comum, como a afirmação de que as criaturas eram como gigantescos caranguejos vermelho-claros com muitos pares de pernas e duas grandes asas parecidas com as de morcegos no meio das costas. Às vezes caminhavam sobre todas as pernas, e às vezes apenas sobre as traseiras, usando as demais para carregar grandes objetos de caráter indeterminado. Em uma ocasião foram vistos em número considerável, em um destacamento que caminhava por um riacho raso no bosque em fileiras obviamente bem organizadas de três membros cada. Certa vez um espécime foi visto voando – lançando-se do alto de um morro desmatado e solitário à noite e desaparecendo no céu depois de bater suas grandes asas por um instante na frente da lua.

Mas de acordo com as lendas mais antigas as criaturas aparentemente só atacavam pessoas que invadiam seu espaço; houve relatos posteriores sobre sua curiosidade a respeito dos homens e de tentativas de estabelecer postos avançados secretos no mundo humano. Surgiram histórias sobre marcas estranhas de garras vistas ao redor das janelas das casas de manhã, e desaparecimentos ocasionais em regiões um pouco mais distantes das áreas obviamente assombradas. Além disso, apareceram histórias sobre vozes zumbidas imitando a fala humana fazendo propostas surpreendentes para viajantes solitários nas estradas e trilhas dos bosques, e sobre crianças apavoradas por coisas que viram ou ouviram nos locais onde a mata ancestral ficava mais próxima de suas casas. Na fase final das lendas – a fase que precedeu o declínio das superstições e o abandono do contato mais próximo com os lugares citados – vieram à tona referências assustadoras a ermitões e moradores de propriedades mais isoladas que em alguma época da vida passaram por alterações mentais repulsivas e foram tachados à boca pequena como mortais que se venderam para tais seres estranhos. Em um dos condados do noroeste do Estado aparentemente virou moda por volta de 1800 acusar os reclusos mais excêntricos e impopulares de ser aliados ou representantes das detestáveis criaturas.

Quanto ao que seriam as criaturas, as explicações naturalmente eram variadas. O nome mais aplicado a elas era "aqueles" ou "os antigos", embora houvesse variações locais ou transitórias. A maioria dos colonos puritanos talvez as classificasse simplesmente como parentes do diabo, e as usasse como base para exaltadas especulações teológicas. Os que tinham lendas celtas em sua bagagem ancestral – basicamente os irlandeses ou escoceses de New Hampshire e seus compatriotas que se instalaram em Vermont ou nas concessões coloniais do governador Wentworth – os conectavam de forma vaga a fadas malignas ou às "pessoinhas" que viviam nos brejos, e se protegiam com encantamentos passados de mão em mão por gerações. Os índios, porém, eram quem tinha as teorias mais fantásticas. Embora as lendas das diferentes tribos variassem, havia um consenso em torno de alguns detalhes vitais; era aceito de forma unânime que as criaturas não eram desta Terra.

Os mitos dos pennacook, que eram mais coerentes e pitorescos, davam conta de que os Alados desceram da Ursa Maior e tinham minas em nossos morros terrestres, de onde tiravam um tipo de pedra que não existia em qualquer outro mundo. Eles não viviam por lá, segundo os mitos, simplesmente mantinham postos avançados e iam embora carregando enormes cargas de pedra para suas estrelas ao norte do céu. Apenas os terráqueos que chegavam perto demais ou os espionavam eram atacados. Os animais os evitavam por uma aversão instintiva, não porque estivessem sendo caçados. Eles não podiam comer bichos ou coisas da Terra, traziam o próprio alimento das estrelas. Não era bom chegar perto deles, e às vezes jovens caçadores que se embrenhavam em seus morros nunca mais voltavam. Não era bom também escutar o que murmuravam à noite na floresta com vozes que eram como uma abelha tentando falar a língua dos homens. Eles conheciam o idioma de todas as tribos – dos pennacook, dos huron, dos iroqueses –, mas não pareciam ter uma língua própria. Falavam com as cabeças, que mudavam de cor de diferentes formas para expressar diferentes coisas.

Todas as lendas, obviamente, tanto as dos brancos como as dos índios, desapareceram ao longo do século XIX, com exceção de uma ou outra manifestação atávica. Os caminhos dos colonos de Vermont se tornaram fixos; e, como as trilhas e as habitações se estabeleceram de acordo com determinado planejamento, os medos que o determinaram a princípio foram sendo cada vez mais esquecidos, até se chegar ao ponto de ignorar sua existência. A maioria das pessoas sabia apenas que certas regiões montanhosas eram consideradas insalubres, incultiváveis e na maior parte das vezes inabitáveis, e que, quanto mais longe se mantivessem delas, tanto melhor. Com o tempo as forças do hábito e do interesse econômico se fixaram de tal modo nos locais pré-estabelecidos que não havia mais razão para sair de sua trilha, e os morros assombrados foram deixados de lado mais por desinteresse do que por alguma designação específica. A não ser durante raras ondas de pânico, apenas as vovozinhas cheias de histórias e os nonagenários saudosistas cochichavam sobre os seres que habitavam os morros; e mesmo nesses sussurros ao pé do ouvido admitiam que não havia muito a temer quanto a essas criaturas agora que já estavam acostumadas à presença de casas e povoados, e agora que os humanos tinham decidido deixar seus territórios em paz.

Tudo isso eu já sabia de minhas leituras e de alguns relatos folclóricos recolhidos em New Hampshire; portanto, quando na época das enchentes os rumores começaram a aparecer, para mim não foi difícil adivinhar o contexto imaginativo que os envolvia. Tive muito trabalho para explicar tudo isso para os amigos, e me diverti bastante com as várias almas teimosas que insistiam em afirmar que havia um possível elemento de verdade em tais relatos. Essas pessoas tentavam argumentar que as lendas antigas tinham um caráter persistente e uniforme, e que a natureza quase inexplorada dos morros de Vermont não aconselhava uma postura dogmática em relação ao que poderia ou não habitá-los; também não se deixavam silenciar por minhas garantias de que todos os mitos seguem um padrão conhecido e compartilhado por boa parte da humanidade, determinado por fases anteriores da experiência imaginativa e que sempre produz o mesmo tipo de ilusão.

Não adiantava demonstrar a tais interlocutores que os mitos de Vermont diferiam pouquíssimo em essência das lendas universais de personificação natural que enchiam o mundo antigo de faunos, dríades e sátiros, sugeriam a existência dos kallikanzari* da Grécia moderna e

---

* No folclore grego, duendes que promovem o caos durante os doze dias de Natal. (N.E.)

conferiam às regiões selvagens de Gales e da Irlanda uma aura obscura, com raças estranhas, minúsculas e terríveis de trogloditas e habitantes dos subterrâneos. Também não adiantava chamar a atenção para a ainda mais notável semelhança com a crença das tribos nepalesas nos temidos Mi-Go, ou "Abomináveis Homens das Neves", que espreitam odiosamente os cumes rochosos e cobertos de gelo das montanhas do Himalaia. Quando mencionei essas evidências, meus interlocutores rebateram argumentando que tais histórias antigas deviam ter um fundo histórico, que deve ser um indício da existência de fato de alguma estranha raça terrena ancestral, levada ao isolamento pelo advento do domínio da humanidade, e que com toda a probabilidade sobreviveu em número reduzido até tempos relativamente recentes – ou talvez até na atualidade.

Quanto mais eu zombava de tais teorias, mais esses amigos teimosos insistiam; acrescentavam que, mesmo sem levar em conta as lendas, os relatos eram bem claros, coerentes, detalhados e sensatamente prosaicos em suas narrativas, portanto não poderiam ser ignorados. Dois ou três extremistas fanáticos chegaram inclusive a especular sobre os significados possíveis das histórias indígenas que atribuíam às criaturas ocultas uma origem não terrena; para reforçar seus argumentos, citavam os extravagantes livros de Charles Fort segundo os quais viajantes de outros mundos e do espaço sideral visitam com frequência a Terra. A maioria de meus opositores, porém, era composta simplesmente de sujeitos românticos que insistiam em transferir para a vida real as histórias fantásticas sobre "pessoinhas" que vivem à espreita pelo mundo, popularizadas pela notável ficção de terror de Arthur Machen.

II

Diante das circunstâncias, foi simplesmente natural que o debate acalorado enfim chegasse à imprensa, na forma de cartas para o *Arkham Advertiser*; algumas delas foram reproduzidas em publicações das regiões de Vermont de onde vieram as histórias surgidas com as inundações. O *Rutland Herald* dedicou meia página a trechos de cartas de ambos os lados, e o *Brattleboro Reformer* republicou um de meus longos apanhados históricos e mitológicos na íntegra, acompanhado de alguns atenciosos comentários na coluna "O correr da pena", que defendia e aplaudia minhas céticas conclusões. No fim do primeiro semestre de 1928 eu era uma figura de certa notoriedade em Vermont, apesar de nunca ter posto os pés no estado. Então chegaram as desafiadoras cartas de Henry Akeley, que me impressionaram profundamente e me levaram pela primeira e última vez àquele fascinante reino de precipícios verdes e riachos murmurantes.

A maior parte do que sei sobre Henry Wentworth Akeley descobri por meio da correspondência que mantive com seus vizinhos e com seu único filho, que vive na Califórnia, depois de minha experiência em sua solitária casa de fazenda. Ele era o último representante local de uma longa e célebre linhagem de juristas, administradores e fazendeiros. No caso dele, porém, a inclinação familiar tomou um caminho mental diferente, se afastando das questões práticas para se dedicar à erudição, de modo que ele foi um destacado estudante de matemática, astronomia, biologia, antropologia e folclore na Universidade de Vermont. Eu nunca tinha ouvido falar nele, que não me forneceu muitos detalhes biográficos em suas cartas, mas desde o início vi que era um homem de grande caráter, instrução e inteligência, embora se tratasse de um recluso de pouquíssima sofisticação em termos mundanos.

Apesar da natureza inacreditável daquilo que alegava, eu me vi obrigado a levar Akeley bem mais a sério do que os demais que contestavam meu ponto de vista. Pois, em primeiro lugar, ele estava muito próximo do local dos fenômenos – visíveis e tangíveis – sobre os quais especulava de forma tão grotesca; e além disso estava incrivelmente disposto a deixar suas conclusões em aberto, como um verdadeiro homem da ciência. Não tinha pautas pessoais a impor, e era sempre guiado pelo que considerava ser provas concretas. Claro que de início considerei que estivesse errado, mas lhe dei crédito por pelo menos estar inteligentemente equivocado; e em momento nenhum fiz como alguns de seus amigos, que atribuíam suas ideias e seus medos dos morros verdejantes e solitários à loucura. Dava para ver que se tratava de uma questão importante para o homem, e eu sabia que aquilo que relatava decerto advinha de circunstâncias estranhas que mereciam ser investigadas, por menos que fossem relacionadas às causas fantásticas por ele citadas. Mais tarde, recebi dele certas provas materiais que puseram a questão em uma perspectiva um tanto diferente e desconcertantemente bizarra.

Não posso deixar de transcrever na íntegra, já que é possível, a longa carta na qual Akeley se apresentou e que se tornou um marco tão importante em minha trajetória intelectual. Não está mais em meu poder, mas minha memória guarda quase todas as palavras de sua portentosa mensagem, e mais uma vez afirmo minha certeza da sanidade do homem que a escreveu. Aqui está o texto – que chegou até mim na caligrafia truncada e de aparência arcaica de alguém que obviamente não experimentou muita coisa do mundo durante sua vida reservada e dedicada aos estudos.

R.F.D. n. 2,
Townshend, Windham Co.,
Vermont.
5 de maio de 1928
Albert N. Wilmarth,
118 Saltonstall St.,
Arkham, Mass.,

Meu caro senhor:

Li com grande interesse a reprodução no *Brattleboro Reformer* (23/4/28) de sua carta a respeito das recentes histórias de corpos estranhos que foram vistos flutuando em nossos córregos transbordantes no outono passado, e sobre o curioso folclore com o qual parecem ter tanta conformidade. É fácil entender por que um forasteiro assume uma posição como a sua, e até por que "O correr da pena" concordou com o senhor. É a postura geralmente assumida por pessoas instruídas nascidas ou não em Vermont, e minha própria postura durante a juventude (hoje tenho 57 anos), antes que meus estudos, tanto os de caráter geral como do livro de Davenport, me levassem a algumas explorações em partes dos morros que não costumam ser muito visitadas.

Fui direcionado a tais estudos pelas estranhas histórias antigas que costumava ouvir dos agricultores mais velhos e menos instruídos, mas hoje desejaria não ter me envolvido nessa questão. Devo dizer, com toda a modéstia necessária, que os campos da antropologia e do folclore de forma nenhuma são estranhos a mim. Aprendi muito a respeito na universidade, e sou familiarizado com os especialistas de praxe, como Tylor, Lubbock, Frazer, Quatrefages, Murray, Osborn, Keith, Boule, G. Elliot Smith e assim por diante. Não é novidade para mim que lendas sobre raças ocultas sejam tão antigas quanto a humanidade. Vi as reproduções de suas cartas e daquelas que o contestavam no *Rutland Herald*, e acredito estar informado sobre o estágio atual da controvérsia em que o senhor está envolvido.

O que desejo comunicar é que em minha opinião seus opositores estão mais próximos da verdade que o senhor, embora toda a razão de fato pareça estar ao seu lado. Eles estão mais próximos da verdade do que imaginam – pois obviamente falam apenas em teoria e não têm como saber o que sei. Se eu fosse tão mal informado sobre o assunto quanto eles, não me sentiria à vontade para argumentar com tamanha convicção. Certamente me posicionaria ao seu lado.

Veja que estou enfrentando certa dificuldade para ir direto ao assunto, provavelmente porque se trata de algo que me provoca um temor; mas o cerne da questão é que *eu tenho algumas provas de que criaturas monstruosas de fato vivem nos bosques no alto dos morros que ninguém frequenta*. Não cheguei a ver as coisas boiando nos rios, conforme noticiado, *mas vi criaturas como essas em circunstâncias* que estremeço ao repetir. Vi pegadas, e ultimamente as avistei mais perto de minha própria casa (vivo na fazenda dos Akeley ao sul do vilarejo de Townshend, na encosta da Montanha Escura) do que ouso relatar. E já escutei vozes em certos pontos da mata que não poderia nem começar a descrever por escrito.

Em um determinado local eu os escutava tão nitidamente que levei um fonógrafo até lá – com um ditafone acoplado e um cilindro de cera virgem – e posso tentar providenciar que o senhor escute o registro que obtive. Eu reproduzi os sons para algumas pessoas mais velhas daqui, e uma das vozes as assustou e quase as paralisou em virtude da semelhança com uma certa voz (a voz zumbida na mata que Davenport menciona) sobre a qual suas avós lhes contavam e tentavam imitar. Sei o que a maioria das pessoas acha de um homem que diz "ouvir vozes" – mas peço que antes de tirar conclusões o senhor simplesmente ouça a gravação e pergunte a pessoas mais velhas da zona rural o que pensam a respeito. Caso o senhor tenha uma explicação que considere normal, ótimo; mas deve haver algo por trás. *Ex nihilo nihil fit*, o senhor sabe.

Mas meu motivo para lhe escrever não é começar uma discussão, e sim fornecer informações que julgo que um homem com suas inclinações deve considerar interessantíssimas. *Trata-se de uma discussão privada. Publicamente, estou ao seu lado*, pois certas coisas me mostraram que não é bom que o público esteja muito informado a esse respeito. Meus estudos agora são um assunto totalmente privado, e não pretendo dizer nada que atraia atenção e motive visitas aos locais que explorei. É verdade – uma verdade terrível – que existem *criaturas não humanas nos observando o tempo todo*; com espiões entre nós, reunindo informações. Foi de um homem que, caso fosse são (eu acredito que sim), *era um desses espiões*, que obtive a maior parte das pistas a respeito. Ele se suicidou posteriormente, mas tenho motivos para achar que outros assumiram seu lugar.

As criaturas vêm de outro planeta e são capazes de viver no espaço e voar por entre as estrelas com asas desajeitadas, mas poderosas, que conseguem resistir ao éter, porém oferecem um controle de voo restrito demais para ter alguma serventia na Terra. Volto a esse assunto mais adiante, para não ser imediatamente tido como louco. Elas vieram até aqui para obter metais retirados de grandes profundidades sob os morros, *e acho que sei de onde vêm*. Não vão nos fazer mal se forem deixadas em paz, mas ninguém sabe o que pode acontecer com os mais curiosos. Obviamente um bom exército de humanos pode destruir sua colônia de mineração. É disso que elas têm medo. Mas, caso isso aconteça, outras viriam *de longe* – em números inestimáveis. Elas poderiam facilmente dominar a Terra, mas não tentaram fazer isso até agora porque não há necessidade. Elas preferem deixar as coisas como estão para se poupar de tal trabalho.

Acho que pretendem se livrar de mim por causa de tudo o que descobri. Encontrei uma pedra preta com hieróglifos desconhecidos e quase apagados na mata do Morro Redondo, a leste daqui, e depois de trazê-la para casa tudo mudou. Se elas considerarem que estou investigando demais vão me matar, ou *me levar embora da Terra para o lugar de onde vêm*. Elas gostam de desaparecer com homens instruídos de tempos em tempos, para se manter informadas do estado de coisas do mundo humano.

Isso me leva a minha proposta secundária neste meu contato – ou seja, que o senhor silencie o presente debate em vez de torná-lo ainda mais público. *As pessoas precisam manter distância desses morros*, e para isso sua curiosidade não deve ser atiçada ainda mais. Ninguém sabe o perigo que já corremos, com incorporadores e agentes imobiliários atraindo para Vermont hordas de veranistas, com a intenção de desmatar regiões selvagens e encher as encostas dos morros de chalés baratos.

Estou disposto a me manter em contato, e tentar lhe mandar o registro fonográfico e a pedra preta (que está tão desgastada que uma fotografia não revelaria muita coisa) se o senhor assim quiser. Digo "tentar" porque acho que as criaturas têm seus recursos para abafar as coisas por aqui. Desconfio que um sujeito soturno e furtivo chamado Brown, que vive em uma propriedade rural perto do vilarejo, seja seu espião. Pouco a pouco as criaturas estão tentando me desconectar de nosso mundo porque sei coisas demais a respeito do mundo delas.

Elas têm formas surpreendentes de descobrir o que faço. O senhor pode nunca receber esta carta. Acho que vou precisar sair desta região e ir morar com meu filho em San Diego, na Califórnia, caso as coisas piorem, mas não é fácil para ninguém abandonar o lugar onde nasceu e onde sua família viveu por seis gerações. Além disso, eu jamais ousaria vender esta casa para alguém, agora que entrou na mira das *criaturas*. Ao que parece elas querem recuperar a pedra preta e destruir o registro fonográfico, mas eu não vou permitir isso se puder evitar. Meus ótimos cães policiais sempre conseguem mantê-las à distância, pois restam muito poucas aqui, e seu deslocamento é sempre desajeitado. Como mencionei, suas asas não têm muita utilidade para voos curtos sobre a Terra. Estou prestes a decifrar a tal pedra – de uma forma assustadora – e com seu conhecimento de folclore o senhor pode ser capaz de me proporcionar os elos faltantes. Creio que o senhor conhece todos os temíveis mitos que datam de antes da chegada do homem à Terra – os ciclos de Yog-Sothoth e de Cthulhu –, aos quais o *Necronomicon* faz alusão. Tive acesso a uma cópia desse material certa vez, e ouvi dizer que a biblioteca de sua universidade mantém uma cópia trancada a sete chaves.

Para concluir, sr. Wilmarth, acredito que com nossos respectivos conhecimentos podemos ser muito úteis um ao outro. Não desejo colocá-lo em perigo, e é minha obrigação alertá-lo de que estar de posse da pedra e do registro fonográfico seria um tanto temerário, mas acho que o senhor há de concordar que vale a pena correr riscos em nome do conhecimento. Posso viajar para Newfane ou Brattleboro para tratar do envio daquilo que o senhor me autorizar a lhe mandar, pois as empresas de encomendas expressas de lá são mais confiáveis. Devo dizer que hoje vivo sozinho, pois não consigo manter os empregados aqui. Eles acabam indo embora por causa das criaturas que tentam se aproximar da casa à noite e que fazem os cães latirem o tempo todo. Fico contente por não ter me aprofundado muito na questão enquanto minha esposa ainda era viva, pois isso a teria enlouquecido.

Espero não tê-lo importunado indevidamente, e que o senhor entre em contato comigo em vez de jogar esta carta no lixo por considerá-la o delírio de um louco.

Cordialmente,
Henry W. Akeley

P.S.: Estou providenciando cópias de certas fotografias tiradas por mim que creio serem úteis para ajudar a comprovar muitas das questões que abordei. As pessoas mais velhas as consideraram monstruosamente reais. Posso enviá-las em breve caso o senhor se interesse. H.W.A.

Seria difícil tentar descrever meus sentimentos depois de ler esse estranho relato pela primeira vez. De acordo com todos os padrões de bom senso, eu deveria ter caído na gargalhada ao tomar conhecimento dessas extravagâncias, e não das teorias bem mais moderadas que me fizeram rir anteriormente; mas alguma coisa no tom da carta me fez encará-la com uma paradoxal seriedade. Não que eu acreditasse nem por um minuto na raça oculta das estrelas que meu correspondente mencionava; porém, depois de algumas sérias dúvidas a princípio, fui ficando estranhamente certo de sua sanidade e sinceridade, e de sua confrontação com algum fenômeno genuíno, porém singular e anormal, que ele não era capaz de explicar a não ser daquela forma imaginativa. Não devia ser o que ele pensava, refleti, mas nem por isso deixava de ser um assunto digno de investigação. O homem parecia sem dúvida exaltado e alarmado com alguma coisa, mas era impossível não pensar que havia uma boa razão para isso. Em certo sentido, ele era bem específico e lógico – e sua história se encaixava absurdamente bem em alguns dos velhos mitos, inclusive as mais exóticas lendas indígenas.

Ele poderia de fato ter ouvido vozes perturbadoras nas encostas dos morros e encontrado a pedra preta que mencionara, por mais loucas que fossem suas inferências – provavelmente sugeridas pelo homem que se identificou como espião dos seres de outro mundo e que mais tarde se matou. Seria fácil deduzir que o tal homem estava completamente maluco, mas ele provavelmente demonstrava uma linha de raciocínio perversamente lógica que fez o ingênuo Akeley – já predisposto a tais coisas por seus estudos do folclore – acreditar em sua história. Quanto aos desenvolvimentos posteriores, a incapacidade de Akeley de manter seus empregados levava a crer que seus vizinhos mais humildes e broncos também estavam convencidos de que sua casa era cercada por criaturas inexplicáveis à noite. E os cães de fato deviam latir.

Quanto ao registro fonográfico, eu não acreditava que ele o tivesse obtido da maneira como contou. Deve significar alguma coisa; ou ruídos animais enganosamente parecidos com a fala humana, ou a voz de algum humano recluso e de hábitos noturnos decadente a ponto de estar um nível apenas um pouco acima dos menos evoluídos dos bichos. A partir desse ponto meus pensamentos se voltaram para a pedra preta com hieróglifos e para especulações sobre seu significado. E quanto às fotografias que Akeley disse que poderia mandar em breve, que as pessoas mais velhas consideraram tão convincentes e terríveis?

Enquanto relia a caligrafia apertada, senti pela primeira vez que meus opositores podiam ter mais razão em seus argumentos do que eu imaginava. Afinal, poderia de fato haver uma linhagem de gente estranha ou hereditariamente deformada vivendo exilada naqueles morros isolados, embora não se tratasse de uma raça de monstros nascidos nas estrelas conforme dizia o folclore. E, caso houvesse, a presença de corpos estranhos boiando nas inundações não era nada inacreditável. Seria presunção demais supor que tanto as antigas lendas como os relatos recentes tinham uma boa dose de realidade como motivação? Mas, mesmo que tais dúvidas fossem pertinentes, era motivo de vergonha para mim que tivessem sido levantadas por uma peça de fantasia tão bizarra como a carta de Henry Akeley.

No fim acabei respondendo à carta de Akeley, adotando um tom amigável de interesse e pedindo mais detalhes. Sua resposta chegou rapidíssimo e continha, conforme prometido, fotos variadas de cenários e objetos que ilustravam o que tinha a dizer. Observando as imagens quando as tirei do envelope, experimentei uma curiosa sensação de medo e proximidade com coisas proibidas; pois, apesar do caráter vago da maioria, tinham um agudo poder de sugestão, intensificado pelo fato de serem fotografias genuínas – elos ópticos com aquilo que retratavam, produtos de um processo impessoal de registro, sem preconceitos, falibilidade ou malícia.

Quanto mais olhava para elas, mais percebia que minha decisão de levar a sério a história de Akeley se justificava. Com certeza, aquelas fotos eram provas conclusivas da existência de algo nos morros de Vermont que estava no mínimo fora do raio de alcance de nossos conhecimentos e nossas crenças compartilhadas. O pior de tudo era a pegada no chão – uma imagem obtida no ponto onde o sol iluminava uma trilha de lama em alguma encosta deserta. Não se tratava de uma falsificação barata, isso era possível perceber ao primeiro olhar, pois a imagem bem definida das pedras e da grama ao redor proporcionava uma noção correta de escala e não dava margem à possibilidade do uso de uma dupla exposição fraudulenta. Eu usei a palavra "pegada", mas "marca de garra" seria um termo melhor. Mesmo hoje ainda não sou capaz de descrevê-la, a não ser afirmando que era muito semelhante a uma pata de caranguejo, e que havia certa ambiguidade em relação à direção que seguia. Não eram marcas muito fundas nem muito recentes, mas pareciam ter o tamanho de um pé humano normal. De uma planta central, pares de pinças serrilhadas se projetavam em direções opostas – de um funcionamento difícil de entender, caso de fato fossem usadas exclusivamente como órgãos de locomoção.

Outra fotografia – evidentemente uma exposição mais longa em um ambiente imerso em sombra profunda – mostrava a abertura de uma caverna na mata, com uma pedra redonda de superfície regular bloqueando a passagem. No chão era possível discernir uma densa rede de curiosas marcas, e quando observei a imagem sob a lente de uma lupa tive a inquietante certeza de que eram as mesmas da primeira foto. Uma terceira imagem mostrava um círculo de pedras como os dos druidas no alto de um morro de mata virgem. Em torno do críptico círculo a grama estava bem pisoteada e desgastada, mas não consegui ver pegada alguma, nem mesmo com a lupa. O isolamento extremo do lugar era aparente pelo verdadeiro mar de elevações intocadas que compunham o cenário, se estendendo até o horizonte enevoado.

No entanto, se por um lado a imagem mais perturbadora era a da pegada, a mais curiosamente sugestiva era a da grande pedra preta encontrada na mata do Morro Redondo. Akeley obviamente a fotografara sobre a mesa de seu escritório, pois dava para ver fileiras de livros e um busto de Milton ao fundo. A coisa, pelo que era possível ver, estava posicionada verticalmente para a câmera, revelando uma superfície irregularmente curvada de mais ou menos trinta por sessenta centímetros; mas afirmar alguma coisa definitiva a respeito daquela superfície, ou da forma da coisa como um todo, é quase um desafio ao poder da linguagem. Que princípios geométricos exóticos guiaram seu corte – pois com certeza era uma forma artificial – eu não tenho nem como tentar adivinhar, e nunca antes tinha visto algo que me parecesse tão estranha e inequivocamente pertencente a outro mundo. Dos hieróglifos na superfície não consegui distinguir muita coisa, mas os poucos que vi me provocaram um grande choque. Claro que poderia se tratar de uma fraude, pois outros além de mim já tinham lido o abominável *Necronomicon* do árabe louco

Abdul Alhazred, mas estremeci mesmo assim ao reconhecer certos ideogramas que meus estudos revelaram ter ligações com os mais blasfemos sussurros de gelar o sangue de criaturas que tiveram uma semiexistência maligna antes que a Terra e os outros mundos do sistema solar fossem criados.

Das cinco fotografias restantes, três eram panoramas de pântanos e morros que pareciam revelar traços de presenças ocultas e danosas. Outra era uma estranha marca no chão bem perto da casa de Akeley, que segundo ele foi fotografada pela manhã depois de uma noite na qual os cães latiram com mais violência que o de costume. Era uma imagem bem borrada, e não era possível tirar conclusões precisas a partir dela, mas parecia diabólica como a outra pegada ou marca de garra fotografada na encosta desabitada. A última foto era da residência de Akeley em si; uma casa branca e estreita com dois andares e um sótão, de mais ou menos cento e vinte anos, com um gramado bem cuidado e um caminho de pedra que levava a uma porta em estilo georgiano elegantemente entalhada. Havia diversos cães policiais enormes no gramado, espalhados ao redor de um homem de aspecto simpático com uma barba grisalha bem aparada que deduzi ser o próprio Akeley – tirando uma fotografia de si mesmo, a julgar pelo acionador conectado a um fio em sua mão direita.

Das fotos passei à carta extensa e cuidadosamente escrita, e pelas três horas seguintes me vi imerso em um abismo de terror indescritível. Nas partes que Akeley se limitara a oferecer contornos gerais, agora ele entrava nos mínimos detalhes; apresentou longas transcrições de palavras ouvidas nos bosques à noite, fornecendo relatos extensos de formas monstruosas de tom rosado vistas em grande quantidade ao entardecer nos morros, e uma terrível narrativa cósmica derivada da aplicação de uma erudição profunda e variada aos discursos intermináveis do suicida que se autodenominava espião. Eu me vi diante de nomes e termos que já conhecera antes no mais horrendo dos contextos – Yuggoth, Grande Cthulhu, Tsathoggua, Yog-Sothoth, R'lyeh, Nyarlathotep, Azathoth, Hastur, Yian, Leng, o Lago de Hali, Bethmoora, o Símbolo Amarelo, L'mur-Kathulos, Bran e o Magnum Innominandum – e fui arrastado por éons inomináveis e dimensões inconcebíveis para os mundos de entidades antigas e distantes que o autor enlouquecido do *Necronomicon* intuiu apenas da forma mais vaga. Fui informado sobre os abismos da vida primeva e as correntezas que de lá brotavam; e por fim da pequena bifurcação dessas correntezas que acabou se misturando com os destinos de nossa própria Terra.

Meu cérebro entrou em parafuso; e, se antes eu me dedicava a procurar explicações para refutar coisas, a partir daquele momento passei a acreditar em fenômenos dos mais anormais e incríveis. O conjunto de evidências cruciais era inegavelmente vasto e surpreendente, e a postura fria e científica de Akeley – a mais distante possível de alguém que parecesse demente, fanático, histérico ou mesmo extravagantemente especulativo – teve um tremendo impacto em meu pensamento e meu juízo. Quando terminei a assustadora carta, consegui entender os medos que o acometiam e estava disposto a fazer tudo o que estivesse ao meu alcance para afastar as pessoas daqueles morros selvagens e assombrados. Mesmo hoje, depois de o tempo amenizar minhas impressões e me fazer questionar até certo ponto minha própria experiência e minhas terríveis dúvidas, existem coisas na carta de Akeley que não sou capaz de citar, nem mesmo transformar em palavras no papel. Quase fico contente pelo fato de as cartas, os registros e as fotografias não existirem mais – e preferiria, por razões que em breve vou deixar claras, que o novo planeta além de Netuno não tivesse sido descoberto.

Depois da leitura da carta encerrei de forma definitiva meu debate público sobre o horror ocorrido em Vermont. As respostas aos argumentos dos opositores foram postergadas ou sonegadas, e enfim a controvérsia foi caindo no esquecimento. No fim de maio e por todo o mês de junho mantive uma correspondência constante com Akeley, mas de tempos em tempos uma carta se extraviava, então éramos obrigados a retraçar nossos passos e executar um trabalho considerável e laborioso de cópia. O que estávamos tentando fazer, em termos gerais, era comparar impressões sobre assuntos obscuros do campo dos estudos mitológicos e estabelecer uma correlação mais clara entre os horrores de Vermont e o corpo de lendas sobre o mundo primitivo.

Por exemplo, praticamente fechamos questão que os mórbidos e infernais Mi-Go do Himalaia eram parte daquela mesma ordem de pesadelos encarnados. Houve também envolventes conjecturas zoológicas, sobre as quais eu consultaria o professor Dexter em minha universidade não fosse a recomendação expressa de Akeley para manter o assunto apenas entre nós. Se pareço desobedecer a essa recomendação no momento, é somente porque acho que a esta altura um alerta sobre os morros remotos de Vermont – e sobre os picos do Himalaia, que os ousados exploradores estão cada vez mais determinados a escalar – é mais interessante para a segurança do público do que o silêncio. Uma questão específica que estávamos encaminhando era a decifração dos hieróglifos da infame pedra preta – uma tarefa que poderia nos colocar de posse de segredos mais profundos e atordoantes que qualquer outro já conhecido pela humanidade.

III

Perto do fim de junho chegou o registro fonográfico – enviado de Brattleboro, pois Akeley não confiava nas filiais dos serviços de encomendas expressas estabelecidas mais a norte dali. Ele começou a se sentir cada vez mais espionado, o que só se agravou com o extravio de algumas de nossas cartas, e falava muito a respeito dos atos insidiosos de certos homens que considerava instrumentos e agentes das criaturas ocultas. Acima de tudo, ele suspeitava do destemperado agricultor Walter Brown, que vivia sozinho em uma casa dilapidada em uma encosta perto da mata fechada, e com frequência era visto parado nas esquinas de Brattleboro, Bellows Falls, Newfane e South Londonderry em uma atitude suspeita e aparentemente sem explicação. A voz de Brown, ele estava convencido, era uma das que ouvira em certa ocasião em uma conversa assustadora; e em certa ocasião encontrou uma pegada, ou marca de garra, perto da casa de Brown à qual atribuiu um significado dos mais sinistros. Estava curiosamente próxima às pegadas do próprio Brown, que avançavam na mesma direção.

Sendo assim, o registro foi enviado de Brattleboro, para onde Akeley viajou com seu Ford pelas ermas estradas vicinais de Vermont. Ele confessou em um bilhete à parte que estava começando a temer essas estradas, e que mesmo a Townshend só estava indo de dia, e apenas para as compras do dia a dia. Não valia a pena, ele não se cansava de repetir, saber demais, a não ser que a pessoa estivesse bem distante daqueles morros silenciosos e problemáticos. Ele se mudaria para a Califórnia em breve para morar com o filho, embora considerasse difícil abandonar um lugar onde estavam todas as suas lembranças e seus sentimentos familiares.

Antes de tentar ouvir o registro na máquina comercial que peguei emprestada do departamento administrativo da universidade, reli cuidadosamente todas as explicações a respeito nas diversas cartas de Akeley. Aquela gravação, ele contou, fora obtida por volta da uma da manhã de 1º de maio de 1915, perto da entrada de uma caverna na mata fechada do local onde a face oeste da Montanha Escura se ergue do Pântano Lee. Esse lugar sempre foi assombrado por estranhas vozes, e essa foi a razão por que ele comprou o fonógrafo, o ditafone e o cilindro e ficou à espera dos resultados. Sua experiência anterior no assunto lhe dizia que a Noite de Walpurgis – a terrível noite do sabá das bruxas nas lendas europeias mais obscuras – provavelmente seria mais proveitosa que qualquer outra data, e não se decepcionou. No entanto, é fato digno de nota que ele nunca tivesse ouvido vozes nesse local específico.

Ao contrário da maioria das vozes que costumavam ser ouvidas na floresta, a substância da gravação era quase ritualística e incluía uma voz claramente humana que Akeley não foi capaz de identificar. Não era a de Brown, e parecia ser de um homem mais culto. A segunda voz, porém, era o verdadeiro xis da questão – pois se tratava do amaldiçoado *zumbido* que não guardava qualquer semelhança com a humanidade, apesar de se expressar em linguagem humana com correção gramatical e ar professoral.

O fonógrafo e o ditafone não funcionaram de maneira uniforme, e tiveram sua operação dificultada em virtude do caráter remoto e sussurrado do ritual registrado; portanto, o que se conseguiu gravar foi bastante fragmentado. Akeley me mandou uma transcrição daquilo que acreditava ser as palavras ditas, que eu reli mais uma vez enquanto preparava o maquinário. O texto era mais obscuramente misterioso do que horripilante, embora o conhecimento de sua origem e forma de obtenção o associasse a temores que palavra nenhuma seria capaz de evocar. Vou apresentar aqui o máximo de que consigo me lembrar – e tenho quase certeza de que sei quase tudo de cor, e não só por ter lido a transcrição, mas também por ter ouvido a gravação diversas vezes. Não se trata de algo que pode ser facilmente esquecido!

(SONS INDISTINTOS)

(VOZ HUMANA MASCULINA E CULTA)
[...] é o Senhor da Mata, até mesmo para [...] e as dádivas dos homens de Leng [...] então das entranhas da noite aos abismos do espaço, e dos abismos do espaço às entranhas da noite, louvação eterna do Grande Cthulhu, de Tsathoggua e Daquele que não pode ser Nomeado. Louvação eterna Deles, e abundância para o Bode Preto da Mata. Iä! Shub-Niggurath! O Bode com Mil Crias!

(ZUMBIDO IMITANDO FALA HUMANA)
Iä! Shub-Niggurath! O Bode Preto da Mata com Mil Crias!

(VOZ HUMANA)
E aconteceu que o Senhor da Mata, sendo [...] sete e nove, nos degraus de ônix [...] [tri]butos a Ele no

Abismo, Azathoth, Ele de quem Vós nos relatastes
maravi[lhas] [...] nas asas da noite além do espaço,
além do [...] Daquele que Yuggoth é filho mais novo,
girando sozinho no éter negro da extremidade [...]

(VOZ ZUMBIDA)
[...] saia entre os homens e encontre os caminhos
que Ele no Abismo possa saber. Para Nyarlathotep,
Poderoso Mensageiro, todas as coisas devem ser ditas.
E Ele há de assumir a aparência humana, a máscara de
cera e a túnica que esconde, e há de descer do mundo
dos Sete Sóis para simular [...]

(VOZ HUMANA)
[...] [Nyar]lathotep, Grande Mensageiro, que trouxe
estranha alegria a Yuggoth através do vazio, Pai de Um
Milhão de Eleitos, Espreitador entre [...]

(FALA INTERROMPIDA POR FIM DA GRAVAÇÃO)

Essas foram as palavras que eu deveria ouvir quando
acionasse o fonógrafo. Foi com uma sensação de temor
genuíno e relutância que acionei o mecanismo e ouvi o
arranhar da ponta de safira, e fiquei contente por notar
que as primeiras palavras fracas e fragmentadas eram
de uma voz humana – uma voz suave e instruída com
um leve sotaque de Boston, e que com certeza não era
de alguém nativo dos morros de Vermont. Enquanto eu
ouvia a gravação desesperadoramente baixa, considerei o
discurso idêntico ao da transcrição preparada por Akeley.
Lá estavam as palavras, na voz suave do bostoniano:
– Iä! Shub-Niggurath! O Bode com Mil Crias!
Então escutei a *outra voz*. Agora mesmo eu estremeço ao pensar em como aquilo me afetou, embora tivesse

sido alertado pelos relatos de Akeley. Aqueles para quem descrevi a gravação desde então sempre opinaram que se tratava de uma impostura barata ou de um fruto da loucura; mas, *se tivessem ouvido a maldita coisa* ou lido a maior parte da correspondência enviada por Akeley (em especial a terrível e enciclopédica segunda carta), sei que pensariam de outra forma. No fim das contas, é uma tremenda pena que eu não tenha desobedecido à recomendação de Akeley e mostrado a gravação para outras pessoas – e também que todas as suas cartas tenham se perdido. Para mim, que tive uma impressão em primeira mão de tais sons, com meu conhecimento a respeito do caso e das circunstâncias que o cercavam, aquela voz era uma coisa monstruosa. Ela acompanhava com fluência a voz humana em respostas ritualísticas, mas em minha imaginação era um eco mórbido flutuando por abismos inimagináveis a partir de infernos distantes e insondáveis. Faz mais de dois anos que toquei o blasfemo cilindro de cera pela última vez, mas mesmo neste momento, e em todos os outros, ainda consigo ouvir aquele zumbido fraco e diabólico da mesma maneira como chegou até mim pela primeira vez.

– *Iä! Shub-Niggurath! O Bode Preto da Mata com Mil Crias!*

Mas, embora a voz esteja sempre em meus ouvidos, não pude analisá-la bem o suficiente para oferecer uma descrição mais evocativa. Era como o zumbido de algum inseto gigante e repulsivo na forma de um discurso articulado de uma espécie desconhecida, e tenho certeza absoluta de que os órgãos que produziam tal voz não eram de forma alguma semelhantes aos órgãos vocais de um homem ou de qualquer outro mamífero. Havia singularidades no timbre, no alcance e nos sobretons que excluíam tal fenômeno da esfera da humanidade e da vida terrestre. Sua aparição súbita pela primeira vez quase me matou de susto, e ouvi o restante da gravação em uma espécie de estupor distraído. Quando chegou o trecho mais longo emitido pelo zumbido, houve uma intensificação aguda na sensação de blasfêmia infinita que me acometeu na primeira fala, mais curta. A gravação terminou de forma abrupta, no meio de um discurso incomumente claro da voz humana e bostoniana, mas eu fiquei parado e olhando para o nada por um tempão depois que a máquina se desligou automaticamente.

Nem preciso dizer que ouvi a chocante gravação diversas outras vezes e que fiz tentativas exaustivas de análises e comentários, comparando impressões com Akeley. Seria inútil e perturbador demais repetir aqui todas as nossas conclusões, mas devo avisar que concordamos em ter encontrado uma pista para a fonte de alguns dos mais primitivos e repulsivos costumes das mais antigas e crípticas religiões da humanidade. Parecia clara para nós também a existência de alianças ancestrais e intricadas entre as criaturas ocultas e certos membros da raça humana. A extensão dessas alianças, e em que situação estariam hoje em comparação com épocas anteriores, não tínhamos como determinar, mas no mínimo havia espaço para uma quantidade ilimitada de especulações horríveis. Parecia existir um elo terrível e imemorial em vários estágios entre os homens e tais coisas inomináveis e infinitas. As blasfêmias que apareceram na Terra, ao que parecia, vieram do obscuro planeta Yuggoth, na extremidade do sistema solar, mas esse lugar era apenas um posto avançado e populoso de uma assustadora raça interestelar cuja verdadeira fonte devia estar além inclusive do contínuo espaço-tempo einsteiniano ou de todo o cosmo conhecido.

Continuamos discutindo também sobre a pedra preta e a melhor maneira de fazê-la chegar a Arkham – Akeley afirmou que não era aconselhável que eu o visitasse no cenário de seus estudos de causar pesadelos. Por alguma razão, Akeley tinha medo de confiá-la aos meios de transporte mais convencionais ou esperados. Sua ideia no fim foi levá-la a Bellows Falls, do outro lado do condado, e enviá-la em uma composição da ferrovia Boston & Maine que passaria por Keene, Winchendon e Fitchburg, mesmo que isso significasse viajar de carro por estradas mais desertas e embrenhadas nos morros e nas matas do que a rota principal para Brattleboro. Ele contou que, na agência da empresa de encomendas expressas em Brattleboro de onde mandou o registro fonográfico, notou a presença de um homem cuja postura e expressão não eram nada tranquilizadoras. O homem parecia ansioso demais para falar com os atendentes, e embarcou no mesmo trem em que a gravação foi enviada. Akeley confessou que sua apreensão quanto à gravação só se aliviou com minha confirmação de que havia sido entregue em segurança.

Mais ou menos nessa época – a segunda semana de julho – outra carta minha se extraviou, conforme fiquei sabendo por um comunicado apreensivo de Akeley. Depois disso ele me pediu para não lhe mandar mais nada em Townshend e endereçar toda a correspondência ao serviço de posta-restante da agência de correio de Brattleboro; ele faria viagens periódicas até lá de carro ou pela linha de ônibus que pouco tempo antes substituíra o ramal desativado da ferrovia local. Dava para ver que estava ficando cada vez mais apreensivo, pois vinha fornecendo relatos detalhadíssimos sobre os latidos mais frequentes dos cães em noites sem luar e sobre as marcas de garras recentes que encontrava de tempos em tempos na estrada e na lama do terreiro atrás de sua casa quando amanhecia. Certa vez ele relatou um verdadeiro pelotão de pegadas enfileiradas diante de uma trilha igualmente numerosa e resoluta de marcas de patas de cães, e mandou uma fotografia repulsivamente perturbadora para provar o que dizia. Isso foi depois de uma noite em que os cães haviam se superado nos latidos e uivos.

Na manhã de 18 de julho, uma quarta-feira, recebi um telegrama de Bellows Falls no qual Akeley contava que estava enviando a pedra preta via encomenda expressa no trem nº 5508 da B&M, que sairia de Bellows Falls às 12h15 e estava programado para chegar a Boston às 16h12. Segundo calculei, a encomenda seria entregue em Arkham no final da manhã seguinte. Mas a hora do almoço chegou, e quando telefonei para a agência da empresa de encomendas expressas fui informado de que nenhuma remessa havia sido recebida. Minha atitude seguinte, executada com grande alarme, foi fazer um interurbano para a agência da empresa na Boston North Station; não fiquei nem um pouco surpreso ao descobrir que minha remessa não aparecera por lá. O trem nº 5508 chegara apenas 35 minutos atrasado no dia anterior, mas não continha nenhuma caixa a mim endereçada. O funcionário da agência prometeu que instauraria um inquérito, e eu encerrei o dia mandando uma carta no correio noturno para Akeley explicando a situação.

Com uma presteza admirável o relatório chegou à agência de Boston na tarde seguinte, e o funcionário me telefonou assim que tomou conhecimento do fato. Ao que parecia, o emissário da empresa no trem nº 5508 se esqueceu de relatar um incidente que poderia muito bem explicar minha perda – uma discussão com um homem magro e loiro, com uma voz estranha e aparência de bronco, quando o trem estava parado na estação de Keene, em New Hampshire, pouco depois da uma da tarde.

O homem, conforme relatado, estava muito exaltado por causa de uma caixa grande que dizia estar esperando, mas que não estava no trem nem constava dos registros da empresa. Ele dera o nome de Stanley Adams, e sua voz emitia um estranho zumbido, que deixou o emissário zonzo e sonolento ao ouvi-lo. O emissário não se lembrava de como a discussão terminara, mas se recordava de só ter despertado de fato quando o trem começou a andar. O funcionário da agência de Boston acrescentou que o emissário era um jovem de confiança e honestidade acima de qualquer suspeita, com bons antecedentes e uma longa ficha de serviços prestados à empresa.

Naquela noite fui a Boston entrevistar pessoalmente o emissário, depois de obter seu nome e endereço na agência. Era um sujeito de modos francos e simples, e percebi que não seria capaz de acrescentar mais nada a seu relato inicial. Estranhamente, ele não tinha certeza nem de que conseguiria reconhecer o estranho que o abordou se o visse de novo. Ciente de que ele não tinha nada a contar, voltei a Arkham e passei a noite escrevendo para Akeley, para a empresa de encomendas expressas, para a polícia e para o superintendente da estação de Keene. Eu achava que o homem de voz estranha que afetou de forma tão bizarra o emissário da empresa devia ter um papel fundamental no infeliz incidente, e esperava que os funcionários da estação de Keene e os registros da agência de telégrafos pudessem me informar alguma coisa a seu respeito e das circunstâncias em que fizera sua aparição.

Devo admitir, no entanto, que minhas investigações deram em nada. O homem de voz estranha de fato foi visto na estação de Keene no início da tarde de 18 de julho, e uma testemunha se lembrava vagamente de tê-lo ouvido perguntar a respeito de uma caixa pesada, mas se tratava de um completo desconhecido, que nunca mais aparecera por lá. Ele não visitou a agência de telégrafos nem recebeu alguma mensagem, e da mesma forma nenhum telegrama que pudesse fazer referência à presença da pedra preta no trem nº 5508 foi entregue a quem quer que fosse. Naturalmente Akeley se juntou a mim nessas investigações, e inclusive fez uma viagem a Keene a fim de interrogar o pessoal da estação; sua postura em relação ao assunto, porém, era bem mais fatalista que a minha. Ele parecia considerar a perda da caixa uma portentosa e ameaçadora confirmação de tendências inevitáveis, e não tinha esperança alguma de recuperá-la. Akeley falou a respeito dos inquestionáveis poderes telepáticos e hipnóticos das criaturas dos morros e seus agentes, e em uma carta insinuou não mais acreditar que a pedra ainda estivesse nesta Terra. De minha parte, eu estava enfurecido, pois sentia que deveria ter pelo menos a chance de descobrir coisas profundas e incríveis a partir daqueles hieróglifos borrados e antiquíssimos. Esse assunto continuaria martelando amargamente minha cabeça caso as cartas subsequentes de Akeley não mencionassem uma nova fase do terrível problema dos morros que imediatamente capturou toda a minha atenção.

IV

As criaturas desconhecidas, Akeley escreveu em uma caligrafia cada vez mais trêmula e aflitiva, haviam fechado o cerco sobre ele com uma determinação renovada. Os latidos noturnos dos cães em noites sem luar se tornaram assustadores e houve tentativas de atentados contra ele nas estradas desertas que precisava atravessar durante o dia. No dia 2 de agosto, enquanto se deslocava para o vilarejo de carro, encontrou um tronco de árvore caído no caminho em um trecho no qual a estrada atravessava um bosque de vegetação cerrada; os latidos enlouquecidos dos cães que ele levava consigo deixaram bem claro que tipo de criaturas deviam espreitar ao redor. O que teria acontecido se não estivesse na companhia dos cães ele não ousava especular – porém nunca mais sairia sem levar pelo menos dois membros de sua confiável e poderosa matilha. Outros incidentes na estrada aconteceram entre 5 e 6 de agosto; em uma ocasião seu carro foi atingido por um tiro de raspão, e em outra o latido dos cães o alertou para presenças profanas na mata.

No dia 15 de agosto, recebi uma carta carregada de frenesi que me deixou tremendamente perturbado e me fez desejar que Akeley pusesse de lado sua hesitação e pedisse a ajuda das forças da lei. Aconteceram coisas assustadoras na madrugada do dia 12 para 13, com tiros disparados do lado de fora da casa e três dos doze cães sendo encontrados mortos naquela manhã. Havia uma infinidade de marcas de garras na estrada, acompanhadas das pegadas humanas de Walter Brown. Akeley telefonou para Brattleboro a fim de adquirir mais cães, porém a linha caiu antes que pudesse dizer muita coisa. Mais tarde nesse dia ele foi a Brattleboro de carro e descobriu que os funcionários da companhia telefônica encontraram o cabo cuidadosamente cortado em um ponto em que passava pelos morros remotos a norte de Newfane. Ele estava se preparando para voltar para casa com quatro novos cães e várias caixas de munição para seu enorme rifle de caça. A carta foi escrita na agência do correio de Brattleboro e chegou até mim sem demora.

Minha postura com relação ao assunto estava mudando rapidamente de uma curiosidade científica para um interesse alarmantemente pessoal. Eu temia por Akeley em sua casa de fazenda remota e solitária, e um pouco também por mim, em virtude de meu envolvimento inequívoco com o estranho problema nos morros. A coisa *estava se expandindo*. Conseguiria também me arrastar e me engolir? Em resposta à carta sugeri que pedisse ajuda, e insinuei que faria isso caso ele se recusasse. Informei que faria uma visita a Vermont apesar de seus protestos, e que o ajudaria a explicar a situação às autoridades competentes. Em retorno, porém, só recebi um telegrama de Bellows Falls que dizia o seguinte:

AGRADEÇO APOIO MAS NADA PODE SER FEITO. NÃO TOME NENHUMA ATITUDE POIS ISSO PODE PREJUDICAR A AMBOS. AGUARDE EXPLICAÇÃO.

HENRY AKELY

Mas a questão estava se complicando severamente. Depois de responder ao telegrama recebi um bilhete aflito de Akeley com a estarrecedora notícia de que não só não mandara a mensagem como sequer recebera a carta para a qual aquela era obviamente uma resposta. Uma rápida investigação conduzida por ele em Bellows Falls revelou que a mensagem fora levada por um homem estranho de cabelos loiros e uma voz com um zumbido curioso, porém Akeley não descobriu nada além disso. O balconista lhe mostrou o texto original rabiscado a lápis pelo remetente, mas a caligrafia lhe era totalmente desconhecida. Ele notou que a assinatura estava errada – A-K-E-L-Y, sem o segundo "E". Certas conjecturas se faziam inevitáveis, mas em meio à óbvia situação de crise ele não parou para elaborá-las.

Ele relatou a morte de mais cães e a obtenção de outros, além dos tiroteios que se tornaram frequentes em noites sem luar. As pegadas de Brown, além de pelo menos uma ou duas figuras humanas calçadas, passaram a ser encontradas com regularidade junto com as marcas de garras na estrada e no terreiro nos fundos da casa. A situação, admitiu Akeley, estava feia; em pouco tempo ele teria que se mudar para a Califórnia para morar com o filho, caso contrário não conseguiria mais vender a velha propriedade. Mas não era fácil abandonar o local que ele considerava sua verdadeira casa. Era preciso aguentar um pouco mais; talvez ele conseguisse afugentar os invasores – em especial se mostrasse que estava disposto a abrir mão de novas tentativas de revelar seus segredos.

Escrevendo para Akeley imediatamente, renovei minha oferta de ajuda e mais uma vez falei em visitá--lo e ajudá-lo a convencer as autoridades de que estava em perigo. Na resposta ele me pareceu menos convicto em sua negativa do que sua postura anterior sugeria, porém disse que gostaria de esperar um pouco mais – pelo menos o suficiente para organizar suas coisas e aceitar a ideia de ir embora de um lugar pelo qual tinha um apego quase mórbido. As pessoas encaravam com desconfiança seus estudos e suas especulações, portanto seria melhor ir embora em silêncio, sem colocar a região em polvorosa e espalhar ainda mais dúvidas a respeito de sua sanidade. Ele admitiu que já estava cansado, mas pelo menos queria uma despedida digna do lugar.

Recebi essa carta no dia 28 de agosto, e escrevi e enviei uma resposta encorajadora, na medida do possível. Aparentemente o incentivo fez efeito, pois Akeley tinha menos terrores a relatar quando voltou a entrar em contato. Porém não estava muito otimista, e expressou a crença de que era apenas por causa da lua cheia que as criaturas vinham mantendo distância. Ele esperava que as noites dali para a frente não fossem muito nubladas, e mencionou que talvez pudesse dormir em Brattleboro quando a lua minguasse. Mais uma vez lhe mandei uma mensagem de incentivo, mas em 5 de setembro veio um novo contato que obviamente foi mandado antes que minha carta chegasse; e para isso eu não tinha como oferecer uma resposta esperançosa. Diante da importância do fato acredito que seja melhor citá-la na íntegra – na medida em que minha lembrança de sua caligrafia trêmula permite. Era mais ou menos isto:

Segunda-feira
Caro Wilmarth,

Aqui vai um desanimador *post scriptum* à minha última carta. Ontem a noite foi bastante nublada – embora não tenha chovido – e o luar não deu as caras. As coisas ficaram bem feias, e acho que o fim se aproxima, apesar de todas as nossas esperanças. Depois da meia-noite alguma coisa aterrissou no telhado da casa, e os cães se eriçaram todos para ver o que era. Dava para ouvi-los correndo e rosnando ao redor, e então um deles conseguiu subir saltando sobre o ponto mais baixo do telhado. Houve uma briga terrível lá em cima, e ouvi um *zumbido* assustador que nunca vou esquecer. E então veio um cheiro impressionante. Mais ou menos no mesmo instante as balas entraram pela janela e quase me acertaram. Acho que a principal fileira de criaturas do morro se aproximou da casa quando os cães se dividiram por causa do problema no telhado. O que estava lá em cima eu ainda não sei, mas acho que as criaturas estão aprendendo a manobrar melhor suas asas espaciais. Acendi os lampiões e usei as janelas como plataformas de tiro, disparando de todos os ângulos da casa mirando a uma altura suficiente apenas para não acertar os cães. Isso pareceu resolver a questão, mas de manhã encontrei poças enormes de sangue no pátio, além de poças de uma gosma verde com o pior odor que já senti na vida. Subi no telhado e encontrei mais gosma verde lá em cima. Cinco cães foram mortos – acho que acertei um por ter mirado baixo demais, pois o tiro o atingiu pelas costas. Agora estou trocando os vidros que os tiros quebraram, e vou a Brattleboro buscar mais cães. O pessoal dos canis deve me considerar um louco. Escrevo mais a respeito depois. Devo estar pronto para me mudar em mais uma ou duas semanas, por mais que eu sofra só de pensar nisso.

Apressadamente,
AKELEY

Mas essa não foi a única carta de Akeley a chegar antes que a minha lhe fosse entregue. Na manhã seguinte – 6 de setembro – recebi mais uma; escrita em garranchos apressados, me deixou perturbadíssimo e sem palavras. Mais uma vez o melhor que posso fazer é reproduzir o texto com a máxima fidelidade que a memória me permite.

Terça-feira
    O céu continuou nublado, então nada de luar outra vez – e a lua vai minguar em breve, de qualquer forma. Eu mandaria instalar eletricidade na casa e

poria um holofote do lado de fora se não soubesse que os fios podem ser cortados com tanta facilidade.

Acho que estou enlouquecendo. Tudo que eu escrevi pode ter sido fruto de um sonho ou da loucura. Antes já estava ruim, mas dessa vez foi muito pior. *Eles falaram comigo ontem à noite* – com aquela maldita voz zumbida, e me disseram coisas que *não ouso repetir.* Eu as ouvi com clareza em meio aos latidos dos cães, e quando foram abafadas *uma voz humana as ajudou.* Afaste-se disso tudo, Wilmarth – é muito pior do que você e eu imaginávamos. *Eles não querem me deixar ir embora para a Califórnia – querem me levar vivo, pelo menos teoricamente,* não só para Yuggoth, mas para além disso, para além da galáxia e *provavelmente além da última curvatura do espaço.* Eu disse que não iria para onde elas queriam, *nem aceitaria a maneira terrível como disseram que vão me levar,* mas acho que não tem jeito. Minha casa é tão afastada que elas podem aparecer aqui em uma noite qualquer, ou até em plena luz do dia. Mais seis cães assassinados, e senti presenças sinistras na mata ao redor da estrada quando fui a Brattleboro hoje.

Foi um erro tentar mandar para você o registro fonográfico e a pedra preta. É melhor destruir a gravação antes que seja tarde. Vou escrever de novo amanhã se ainda estiver por aqui. Queria levar meus livros e minhas coisas para Brattleboro e me hospedar por lá. Fugiria sem levar nada se pudesse, mas alguma coisa dentro da minha mente me prende aqui. Posso ir para Brattleboro, onde estaria em segurança, mas me sentiria um prisioneiro da mesma forma. E acho que não chegaria muito longe mesmo se largasse tudo e tentasse a sorte. É horrível – não se envolva mais nisso.

Cordialmente,
AKELEY

Não dormi à noite depois de ler essa coisa terrível, e fiquei completamente perplexo com o estado mental de Akeley. A essência da mensagem era da mais completa insanidade, mas seu modo de expressão – tendo em vista tudo o que aconteceu antes – tinha um caráter poderosamente convincente. Resolvi nem tentar responder, considerando melhor esperar que Akeley tivesse tempo para se manifestar a respeito de meu último contato. Tal resposta veio no dia seguinte, mas as novas informações que trazia ofuscaram completamente a carta com a qual em teoria se correspondia. Eis o que me lembro do texto, escrito com garranchos apressados em um momento inegável de pressa e frenesi.

Quarta-feira
W,

Sua carta chegou, porém não vem mais ao caso discutir isso. Estou completamente resignado. Acho que não tenho mais força de vontade para continuar lutando. Não vou conseguir escapar nem se estiver disposto a largar tudo e fugir. Elas vão me pegar.

Recebi uma carta delas ontem – o carteiro entregou quando eu estava em Brattleboro. Era datilografada, e foi postada em Bellows Falls. Conta o que elas querem fazer comigo – e não consigo repetir. Cuide-se você também! Destrua a gravação. As noites nubladas se sucedem, e a lua está minguante. Queria ter coragem de pedir ajuda – isso poderia reavivar minha força de vontade –, mas todo mundo que teria coragem de vir me chamaria de maluco, a não ser que houvesse alguma prova. Não dá para pedir para as pessoas virem sem motivo – estou sem contato com todos os conhecidos há anos.

Mas ainda não contei a pior parte, Wilmarth. Respire fundo antes de ler isso, pois vai ser um tremendo choque. Mas é a verdade. É o seguinte – *eu vi e toquei uma das criaturas, ou parte de uma das criaturas*. Deus do céu, homem, foi terrível! Estava morta, claro. Um dos cães a pegou, e eu a encontrei perto do canil esta manhã. Tentei guardá-la no galpão para convencer as pessoas do que estou dizendo, mas tudo evaporou em questão de horas. Não sobrou nada. Como você sabe, todas aquelas criaturas nos rios foram vistas apenas na primeira manhã depois da inundação. E ainda tem mais. Tentei fotografá-la para você, mas quando revelei o filme *não havia nada visível além da madeira do barracão*. Do que aquela criatura poderia ser feita? Eu a vi e a senti, e todas elas deixam pegadas. Com certeza são compostas de matéria – mas que tipo de matéria? A forma não pode ser descrita. Era um grande caranguejo com uma porção de anéis piramidais e carnosos ou protuberâncias de uma substância espessa e filamentosa coberta de tentáculos no lugar onde em um homem estaria a cabeça. A gosma verde é seu sangue ou seiva. E existem mais chegando à Terra a qualquer momento.

Walter Brown está desaparecido – não foi mais visto vadiando nas esquinas habituais nos vilarejos. Devo tê-lo acertado com um dos meus tiros, e as criaturas sempre tentam arrastar seus mortos e feridos para longe.

Fui à cidade sem problemas esta tarde, mas acho que elas estão começando a se afastar porque já sabem o que fazer comigo. Estou escrevendo da agência de correio de Brattleboro. Esta pode ser minha despedida – caso seja, escreva para meu filho George Goodenough Akeley, 176 Pleasant Street, San Diego, Cal., *mas não venha para cá*. Avise o garoto se ficar sem notícias de mim por uma semana, e fique de olho nas reportagens dos jornais.

Vou tentar minhas duas últimas cartadas – se ainda tiver força de vontade para tanto. Primeiro vou jogar gás venenoso nas criaturas (comprei os produtos químicos adequados e providenciei máscaras para mim e para os cães) e, se isso não funcionar, vou notificar o xerife. Eles podem me trancar no manicômio, se quiserem – é melhor isso do que aquilo que as *outras criaturas* pretendem fazer. Talvez eu consiga chamar atenção para as pegadas em torno da casa – estão fracas, mas aparecem todas as manhãs. A polícia, porém, deve dizer que eu as falsifiquei de alguma forma, pois todos por aqui me consideram uma figura exótica.

Posso tentar pedir que um policial passe a noite aqui e veja por si mesmo – mas bastaria para as criaturas não aparecerem nessa noite quando ficassem sabendo. Elas cortam os fios do telefone sempre que tento fazer uma ligação à noite – os homens da telefônica acham estranho, e podem testemunhar a meu favor se não imaginarem que sou eu mesmo que faço isso. Já faz mais de uma semana que não peço para consertarem.

Poderia pedir para que um dos ignorantes daqui sirvam como testemunha da veracidade de tais horrores, mas todos riem daquilo que dizem, e de qualquer forma eles vêm evitando minha casa há tanto tempo que podem nem estar sabendo do que acontece ultimamente. É impossível fazer um desses agricultores se aproximar a menos de um quilômetro de minha casa, nem por dinheiro. O carteiro diz que eles fazem piadinhas sobre mim – Deus do céu! Se eu tivesse coragem de contar que é tudo verdade! Acho que vou tentar mostrar as pegadas para o carteiro, mas ele vem à tarde, e a essa altura já desapareceram todas. Se eu cobrisse uma com uma panela ou uma caixa, ele pensaria que é alguma espécie de palhaçada.

Eu gostaria de não ser um recluso, para que as pessoas me fizessem mais visitas. Nunca ousei mostrar a ninguém a pedra preta e as fotos, nem a reproduzir a gravação para ninguém além de gente ignorante. Qualquer outro diria que falsifiquei a coisa toda e cairia na risada. Mas eu ainda posso tentar mostrar as fotos. Elas revelam bem as marcas de garras, apesar de as criaturas que a deixaram não poderem ser fotografadas. Pena que ninguém mais viu a *criatura* hoje de manhã antes de se dissipar!

Mas eu não sei se faz diferença. Depois de tudo por que passei, um manicômio não seria um lugar tão ruim. Os médicos podem decidir por mim minha saída desta casa, e é isso que vai me salvar.

Escreva para meu filho George se não receber notícias em breve. Adeus, destrua a gravação e não se envolva nisso.

Cordialmente,
Akeley

Essa carta me mergulhou em um estado de pavor terrível. Não soube o que responder, mas rabisquei algumas palavras incoerentes de apoio e aconselhamento e mandei por carta registrada. Sei que encorajei Akeley a se mudar para Brattleboro imediatamente e a se colocar sob a proteção das autoridades; acrescentei que poderia ir até lá com o registro fonográfico e ajudar a convencer a todos de sua sanidade. Era chegado o momento também, acho que escrevi, de alertar a população em geral sobre aquilo que acontecia na região. Devo observar que nesse momento de estresse minha crença em tudo o que Akeley contava e afirmava era total, embora eu achasse que sua incapacidade de obter uma fotografia do monstro morto tenha se devido mais a um descuido seu em virtude do nervosismo do que a um fenômeno bizarro da natureza.

V

Então, na manhã de sábado, 8 de setembro, provavelmente antes da chegada dos meus rabiscos incoerentes a ele, recebi uma carta com um tom bem diferente e tranquilizador, datilografada com capricho em uma máquina de escrever novinha; o apaziguamento e o convite presentes na mensagem marcavam uma virada notabilíssima do pesadelo que vinha ocorrendo naqueles morros isolados. Mais uma vez cito tudo de memória – com um bom motivo para preservar o máximo possível de seu estilo peculiar. O carimbo era de Bellows Falls, e a assinatura, assim como o corpo da mensagem, era datilografada – como fazem muitos iniciantes na datilografia. O texto, porém, estava limpo demais para ser obra de um novato; isso me levou a concluir que Akeley já devia ter usado uma máquina de escrever em algum momento da vida – talvez na época de faculdade. Dizer que a carta me trouxe um alívio seria afirmar o óbvio, embora meu alívio estivesse envolto em uma boa dose de inquietação. Se Akeley estivesse são em seu terror, estaria são também em sua recuperação? E quanto à "harmonia maior" que ele menciona... o que seria isso? A coisa toda implicava uma guinada na direção diametralmente oposta de tudo o que Akeley vinha me comunicando até então! Mas eis aqui a essência do texto, cuidadosamente transcrito de memória, coisa da qual me orgulho.

Townshend, Vermont
Quinta-feira, 6 de setembro de 1928
Meu caro Wilmarth,

    É com grande prazer que o tranquilizo em relação a todas as tolices que venho lhe escrevendo. Por "tolice" me refiro à minha postura amedrontada, e não a minhas descrições de certos fenômenos. Esses fenômenos são reais e relevantes; meu equívoco foi estabelecer uma postura anômala em relação a eles.

Creio que já mencionei que meus estranhos visitantes começaram a se comunicar comigo, e a tentar tal comunicação. Ontem à noite a troca de palavras se tornou concreta. Em resposta a certos sinais recebi em casa um mensageiro dos que vêm de longe – um humano como eu, devo me apressar em dizer. Ele me contou coisas que eu e você não estávamos nem perto de saber, e mostrou claramente como nós julgamos mal e interpretamos de forma errônea o objetivo dos Distantes em manter sua colônia secreta neste planeta.

Ao que parece, as lendas malignas sobre o que eles fazem com os homens e o que desejam com sua conexão com a Terra são resultado de uma compreensão ignorante de um discurso alegórico – um discurso obviamente moldado por um arcabouço cultural e um processo de pensamento muito diferentes de qualquer coisa que sejamos capazes de imaginar. Minhas conjecturas, admito com sinceridade, foram tão equivocadas quanto os palpites dos agricultores analfabetos e dos indígenas selvagens. O que eu considerava mórbido, vexatório e ignominioso na verdade é impressionante, revelador e até *glorioso* – minha estimativa anterior era só uma manifestação da eterna tendência do homem a odiar, temer e menosprezar tudo o que é *diferente*.

Hoje me arrependo do mal que infligi a esses seres desconhecidos e incríveis ao longo de nossos enfrentamentos noturnos. Se tivesse consentido em conversar de forma pacífica e racional com eles logo de início! Mas eles não guardam rancor, suas emoções são organizadas de uma forma muitíssimo diversa da nossa. Seu azar foi ter agentes humanos da pior espécie em Vermont – o falecido Walter Brown, por exemplo. Ele me fez adquirir um preconceito terrível. Na verdade, eles nunca fizeram nada contra os homens por iniciativa própria, mas sempre foram cruelmente incompreendidos e espionados por nossa espécie. Existe todo um culto secreto de homens malignos (alguém com sua erudição mística há de me entender quando os associo a Hastur e ao Símbolo Amarelo) dedicado ao propósito de rastreá-los e atacá-los em benefício de poderes monstruosos de outras dimensões. É contra esses agressores – não contra a humanidade em si – que as precauções drásticas dos Distantes são direcionadas. Por falar nisso, descobri que muitas de nossas cartas extraviadas foram roubadas não pelos Distantes, mas pelos emissários desse culto maligno.

Tudo o que os Distantes querem dos homens é paz, não agressão, e uma harmonia intelectual maior. Este último fator é absolutamente necessário agora que nossas invenções e ferramentas estão expandindo nosso conhecimento e nossos domínios, tornando cada vez mais impossível para os Distantes manter *secretamente* os postos avançados de que necessitam neste planeta. As criaturas de longe desejam conhecer a humanidade em maior plenitude e revelar mais sobre elas para os líderes filosóficos e científicos entre os homens. Com tais trocas de conhecimentos todos os perigos acabarão, e um *modus vivendi* satisfatório se estabelecerá. A especulação sobre qualquer tentativa de *escravizar* ou *degradar* a humanidade é ridícula.

Como forma de dar início a essa harmonia maior, os Distantes escolheram naturalmente a mim – cujo conhecimento a seu respeito já é considerável – como seu principal intérprete na Terra. Muito me foi dito ontem à noite – fatos de caráter estupendo e revelador –, e mais me será comunicado tanto oralmente como por escrito. Ainda não posso ser chamado para uma viagem *para fora*, embora provavelmente *deseje* fazer isso mais adiante – empregando meios especiais que transcendem tudo que a experiência humana nos ensinou até aqui. Minha casa não está mais sob cerco. Tudo voltou ao normal, e os cães não têm mais função. No lugar do terror tenho agora uma rica experiência de conhecimento e aventura intelectual da qual poucos mortais já desfrutaram.

Os Seres Distantes são talvez os organismos mais maravilhosos dentro e fora de nosso espaço e tempo – membros de uma raça que habita todo o cosmo e da qual todas as outras formas de vida são apenas variantes degeneradas. Eles são mais vegetais que animais, e esses termos podem ser aplicados ao tipo de matéria que os compõe, daí sua estrutura um tanto fungoide; mas a presença de uma substância parecida com a clorofila e de um sistema de nutrição singular os diferencia totalmente dos verdadeiros fungos cormofíticos. Na verdade, sua espécie é formada de uma matéria totalmente desconhecida de nossa região do espaço – com elétrons com uma taxa de vibração absolutamente diferente. É por isso que os seres não podem ser fotografados com câmeras comuns, que usam os filmes e as placas de nosso universo conhecido, embora nossos olhos possam vê-los. Com o conhecimento apropriado, porém, qualquer químico que se preze pode produzir uma emulsão fotográfica capaz de registrar suas imagens.

Seu gênero é único em sua capacidade de atravessar o vácuo interestelar em sua forma corpórea plena, e algumas de suas variantes não podem fazê-lo sem ajuda mecânica ou de curiosas transposições cirúrgicas. Somente algumas espécies têm as asas resistentes ao éter características da variedade que temos em Vermont. As que habitam certos picos remotos no Velho Mundo foram trazidas de outras maneiras. Sua semelhança externa com o reino animal, e com o tipo de estrutura que entendemos como material, é mais uma questão de evolução paralela do que de parentesco. Sua capacidade cerebral supera a de qualquer outra forma de vida ainda existente, embora os tipos alados de nossos morros não sejam de forma nenhuma os mais evoluídos. A telepatia é seu meio de discurso habitual, mas eles contam com órgãos vocais rudimentares que, com uma pequena operação (pois as cirurgias são uma coisa extremamente avançada e banal para eles), podem replicar de forma aproximada a fala dos tipos de organismos que ainda a utilizam.

Sua principal morada *mais próxima* é um planeta ainda não descoberto e quase sem luz na extremidade de nosso sistema solar – para além de Netuno, e o nono em termos de distância do Sol. Trata-se, conforme inferimos, do objeto misticamente chamado de "Yuggoth" em certos escritos antigos e proibidos; e em pouco tempo será foco de um estranho interesse em nosso mundo como parte de um esforço para facilitar a harmonia mental. Eu não me surpreenderia se os astrônomos se revelassem suficientemente sensíveis a essas correntes de pensamento e descobrissem Yuggoth quando os Distantes assim desejassem. Mas Yuggoth, obviamente, é apenas uma plataforma. A maior parte dos seres habita abismos estranhamente organizados que ficam além do alcance da mente humana. O glóbulo de espaço-tempo que reconhecemos como a totalidade do cosmo é apenas um átomo do verdadeiro infinito que lhes pertence. *E a proporção dessa infinitude que o cérebro humano é capaz de compreender vai ser aberta para mim, assim como o foi para não mais que cinquenta homens desde que a raça humana passou a existir.*

Você provavelmente pensará que se trata de um delírio, Wilmarth, mas com o tempo apreciará a titânica oportunidade com que me deparei. Quero que você compartilhe o máximo possível disso, e para tanto preciso lhe contar milhares de coisas que não cabem no papel. No passado eu lhe avisei para não vir me ver. Agora que está tudo em segurança, é com prazer que suspendo o alerta e lhe faço um convite.

Você poderia fazer uma viagem até aqui no fim do semestre letivo da universidade? Seria formidável se pudesse. Traga consigo o registro fonográfico e todas as minhas cartas como material de consulta – vamos precisar disso para compor a íntegra dessa tremenda história. Traga as fotografias também, pois me desfiz dos negativos e de minhas cópias em meio a toda essa agitação recente. Mas que riqueza de fatos posso acrescentar a todo esse material especulativo – *e de que dispositivos estupendos disponho agora para complementar isso!*

Não há motivo para hesitação – estou livre de espiões agora, e você não vai encontrar nada que seja antinatural ou perturbador aqui. Simplesmente venha à estação de Brattleboro – e esteja preparado para ficar quanto tempo quiser, e espere muitas noites de discussões de coisas que vão além de qualquer conjuntura humana. Não conte a ninguém a respeito, claro, pois este assunto não deve chegar à promiscuidade do público.

A ferrovia que serve Brattleboro não é ruim – você pode obter a programação em Boston. Pegue o trem da B&M até Greenfield, e então faça uma baldeação para o breve restante da viagem. Sugiro que embarque no conveniente horário das 16h10 em Boston. Assim chegará a Greenfield às 19h35, e às 21h19 sai um trem que passa por Brattleboro às 22h01. Isso nos dias de semana. Me avise quanto à data e meu carro estará lhe esperando na estação.

Perdão pela carta datilografada, mas minha caligrafia anda um tanto trêmula ultimamente, como você bem sabe, e não estou me sentindo capacitado para compor longas mensagens. Comprei uma Corona novinha em Brattleboro ontem – parece funcionar muito bem.

Aguardo sua resposta, e espero vê-lo em breve com o registro fonográfico e todas as minhas cartas e fotografias.

Cordialmente à espera,
Henry W. Akeley
Para Albert N. Wilmarth,
Universidade do Miskatonic
Arkham, Mass.

A complexidade de meus sentimentos depois de ler, reler e refletir sobre essa estranha e inesperada carta é impossível de descrever. Como mencionei, fiquei ao mesmo tempo aliviado e inquieto, mas isso é capaz de expressar apenas toscamente os sobretons de sensações diversas e em sua maior parte inconscientes que compunham tal alívio e inquietação. Para começar, era algo absurdamente contrário a toda a cadeia de horrores que o precedeu – a mudança de estado de espírito do terror exaltado para a complacência fria e até mesmo a exultação foi imprevista, rapidíssima e total! Eu mal conseguia acreditar que em um único dia era possível alterar toda a perspectiva psicológica de alguém que escreveu aquele último relato carregado de frenesi na quarta-feira, por mais tranquilizadoras que possam ter sido as revelações trazidas naquelas 24 horas. Em certos momentos, uma sensação de irrealidade conflitante fez com que eu me perguntasse se tal drama distante de forças fantásticas relatado de forma remota não poderia ser um sonho de caráter semi-ilusório criado em boa parte dentro de minha própria mente. Então me lembrei do registro fonográfico e me vi ainda mais espantado.

A carta era muito diferente de qualquer coisa que eu poderia esperar! Quando analisei minhas impressões, notei que se deram em duas fases distintas. Primeiro, considerando que Akeley estava são o tempo todo e assim continuava, a mudança na situação era repentina demais, inimaginável. Segundo, a mudança nos modos, na postura e na linguagem de Akeley ia muito além do normal ou do previsível. A personalidade do sujeito parecia ter sido submetida a uma insidiosa mutação – e tão profunda que era impossível comparar suas duas faces e manter a suposição de que ambas representavam diferentes aspectos de uma mente sã. O vocabulário, as escolhas gramaticais – tudo estava sutilmente mudado. E, com minha sensibilidade acadêmica ao discurso em prosa, encontrei profundas divergências em suas reações mais comuns e em seus ritmos de resposta. Na certa, o cataclismo emocional ou a revelação capaz de produzir uma guinada tão radical deve ser algo extremo! Mas em certo sentido a carta parecia bastante característica de Akeley. A mesma paixão pelo infinito – a mesma curiosidade acadêmica. Nem por um momento – ou por mais de um instante – creditei isso a algo de caráter espúrio ou maligno. Seu convite – o desejo de que eu comprovasse a veracidade da carta em pessoa – seria mesmo genuíno?

Não fui me deitar no sábado à noite, fiquei pensando nas sombras e nas maravilhas que estariam por trás da carta que recebi. Minha mente, atordoada com a rápida sucessão de concepções monstruosas que foi forçada a confrontar durante quatro meses a fio, processou o novo e surpreendente material em um ciclo de dúvida e aceitação que repetiu a maioria dos passos experimentados na recepção dos fatos incríveis anteriores; até o amanhecer um interesse e uma curiosidade febris foram substituindo a tormenta original de perplexidade e inquietude. Louco ou são, transformado ou simplesmente reavivado, havia a possibilidade de que Akeley tivesse de fato se submetido a uma estupenda mudança de perspectiva em sua perigosa investigação; uma mudança que ao mesmo tempo diminuía o perigo a que era exposto – de forma real ou imaginária – e abria novos e atordoantes horizontes de conhecimento cósmico e sobre-humano. Meu interesse pelo desconhecido se acendeu, e me senti contagiado por esse mórbido rompimento de uma barreira. Estar livre das enlouquecedoras e exaustivas limitações do tempo, do espaço e da lei natural – estar em contato com a vastidão *de fora* –, conhecer os segredos obscuros e abismais do infinito e do original – com certeza era algo pelo qual valia a pena arriscar a vida, a alma e a sanidade! E Akeley afirmou que sua casa não estava mais em perigo – ele me convidou para uma visita em vez de recomendar que mantivesse distância, como costumava fazer. Fiquei intrigado ao pensar no que ele poderia ter para me dizer – havia um fascínio quase paralisante na ideia de ficar a sós em uma casa de fazenda isolada e combalida com um homem que conversou com emissários do espaço sideral; esclarecer de vez a terrível gravação e a pilha de cartas nas quais Akeley resumira suas conclusões iniciais.

Então no fim da manhã de domingo telegrafei para Akeley avisando que o encontraria em Brattleboro na quarta-feira – 12 de setembro – caso aquela data lhe fosse conveniente. Em apenas um aspecto me afastei de suas sugestões, e foi na escolha dos trens. Sinceramente, eu não estava disposto a chegar àquela desolada região de Vermont tão tarde da noite; portanto, em vez de aceitar o itinerário proposto telefonei para a estação e me informei sobre outros horários. Acordando cedo e pegando o trem das 8h07 para Boston, poderia pegar o das 9h25 para Greenfield e chegar lá às 12h23. Assim poderia fazer a baldeação para uma composição que chegaria a Brattleboro às 13h08 – um horário muito mais confortável do que às 22h01 para me encontrar com Akeley e viajar com ele por estradas estreitas entre morros cheios de segredos.

Avisei sobre minha escolha em meu telegrama, e fiquei contente ao constatar na resposta que recebi no fim da tarde a aprovação de meu anfitrião. Sua mensagem foi a seguinte:

HORÁRIO SATISFATÓRIO. ENCONTRO MARCADO PARA TREM DAS 13H08 NA QUARTA-FEIRA. NÃO SE ESQUEÇA DA GRAVAÇÃO, DAS CARTAS E DAS FOTOS. MANTENHA DESTINO EM SEGREDO. ESPERE GRANDES REVELAÇÕES.

AKELEY

O recibo da mensagem como uma resposta direta ao telegrama mandado a Akeley – e necessariamente entregue em sua casa a partir da estação de Townshend por um emissário oficial ou através da já restabelecida linha telefônica – eliminou qualquer dúvida subconsciente que ainda pudesse restar sobre a autoria da estarrecedora carta. Meu alívio foi pronunciado – na verdade, foi maior do que eu poderia me dar conta na ocasião; afinal, todas essas dúvidas estavam profundamente enterradas em minha mente. Tive uma longa e profunda noite de sono, e me mantive avidamente ocupado com os preparativos para a viagem durante os dois dias seguintes.

VI

Na quarta-feira comecei o dia conforme o combinado, levando comigo uma valise cheia de artigos de necessidades básicas e dados científicos, inclusive o horrendo registro fonográfico, as fotografias e todo o arquivo da correspondência com Akeley. Conforme requisitado, não contei a ninguém aonde estava indo, pois eu entendia que era um assunto que exigia o máximo de privacidade, mesmo após os recentes desdobramentos positivos. A ideia de fazer contato mental com entidades desconhecidas e distantes era atordoante até para minha mente instruída e relativamente preparada; nesse caso, quem poderia saber qual efeito causaria nas amplas massas de leigos desinformados? Não sei se dentro de mim falava mais alto o temor ou a expectativa aventureira quando fiz a baldeação em Boston e comecei a longa viagem para oeste, atravessando regiões sobre a qual eu sabia cada vez menos. Waltham – Concord – Ayer – Fitchburg – Gardner – Athol...

Meu trem chegou a Greenfield sete minutos atrasado, mas a conexão para o norte ainda estava à espera. Depois de fazer a baldeação às pressas, senti minha respiração estranhamente acelerada quando, sob o sol do início da tarde, os vagões penetraram territórios sobre os quais eu já tinha lido a respeito, porém jamais visitara. Eu sabia que estava entrando em uma Nova Inglaterra mais antiquada e primitiva que o litoral mecanizado e urbanizado e as áreas mais ao sul onde passei toda a minha vida; uma Nova Inglaterra selvagem e ancestral, sem os estrangeiros e a fumaça das fábricas, os anúncios publicitários e as estradas pavimentadas dos locais onde a modernidade alcançou com seu toque. Lá havia resquícios da vida nativa cujas raízes se misturam com a natureza da paisagem – uma vida nativa que mantém vivas estranhas memórias ancestrais, e fertilizam seu solo com crenças obscuras, fantásticas e raramente mencionadas.

De tempos em tempos eu via o azul do rio Connecticut brilhando sob o sol, e depois de sair de Northfield nós o cruzamos. Mais adiante os misteriosos morros se tornaram visíveis, e quando o cobrador apareceu descobri que estávamos em Vermont. Ele me falou para atrasar meu relógio em uma hora, pois o norte montanhoso não fazia parte do horário de verão. Ao fazer isso, tive a impressão de estar voltando um século no tempo.

O trem seguiu avançando junto ao rio, e do outro lado, em New Hampshire, dava para ver a aproximação do monte Wantastiquet, sobre o qual existem muitas lendas antigas e singulares. Então à minha esquerda apareceram ruas, e uma ilha verde surgiu na correnteza à minha direita. As pessoas se levantaram e fizeram fila na porta, e eu as segui. O trem parou, e desembarquei na longa plataforma da estação de Brattleboro.

Observando a fila de carros à espera detive o passo por um instante para ver qual poderia ser o Ford de Akeley, mas minha identidade foi adivinhada antes que eu pudesse tomar alguma iniciativa. No entanto, claramente não era o próprio Akeley que vinha em minha direção com a mão estendida e me perguntando com uma voz suave se eu era o sr. Albert N. Wilmarth de Arkham. O homem não tinha semelhança alguma com a figura barbada e grisalha da foto de Akeley; era um sujeito mais jovem e urbano, bem-vestido e com um bigode estreito e escuro. Sua voz tinha um estranho e quase perturbador toque de familiaridade, mas não consegui associá-la a nenhuma lembrança específica.

Quando o interroguei ele explicou que era um amigo de meu anfitrião que viera de Townshend em seu lugar. Akeley, segundo ele, sofrera um repentino ataque de asma e não estava se sentindo apto a uma viagem ao ar livre. Mas não era nada sério, e não havia motivo para uma mudança de planos quanto à minha visita. Não era possível determinar o que esse tal sr. Noyes – que foi como ele se apresentou – sabia sobre as pesquisas e descobertas de Akeley, mas por suas maneiras despretensiosas me pareceu não estar muito familiarizado com o assunto. Lembrando o quanto Akeley era recluso, fiquei um tanto surpreso por ter um amigo com tamanha disponibilidade, porém não permiti que minha perplexidade me impedisse de entrar no carro que ele me apontou. Não era o carrinho antigo que eu esperava pelas descrições de Akeley, mas um modelo grande e luxuoso de fabricação recente – aparentemente do próprio Noyes, com placa de Massachusetts e o desenho do bacalhau estilizado usado nos emplacamentos feitos no estado naquele ano. Meu guia, eu concluí, devia ser um veranista passando férias na região de Townshend.

Noyes se acomodou no carro ao meu lado e deu a partida. Fiquei contente por ele não puxar conversa, pois uma estranha tensão que pairava no ar me deixou pouco disposto a falar. A cidade me pareceu bem atraente sob o sol da tarde quando subimos uma ladeira e entramos à direita na rua principal. Lembrava as cidades antigas da Nova Inglaterra que as pessoas da região conheceram na infância, e alguma coisa no formato dos telhados, das chaminés e das fachadas de tijolos formava contornos que faziam ressoar sentimentos profundos e ancestrais. Dava para sentir que eu estava prestes a entrar em uma região quase enfeitiçada pelo acúmulo de sensações não dissipadas pelo tempo; uma região onde coisas antigas e estranhas puderam crescer e permanecer porque ninguém nunca as confrontou.

Quando saímos de Brattleboro minha sensação de aprisionamento e mau agouro se intensificou, pois alguma qualidade vaga na zona rural cercada de morros, com sua vegetação alta e ameaçadora e encostas de granito, remetia a segredos obscuros e vestígios de tempos imemoriais que poderiam ou não ser hostis à humanidade. Por um tempo nossa rota seguiu o curso de um rio largo e raso que descia dos morros desconhecidos ao norte, e estremeci quando meu acompanhante me disse que aquele era o West. Foi nesse rio, pelo que me lembro dos recortes de jornal, que os mórbidos seres com aspecto de caranguejo foram vistos boiando depois das inundações.

Aos poucos a região ao nosso redor foi se tornando mais selvagem e deserta. Pontes cobertas arcaicas pontuavam temerosamente as passagens entre os morros, e os trilhos semiabandonados do trem na beira do rio pareciam exalar um ar visível de nebulosa desolação. Havia belos vales cheios de vida de onde se elevavam as grandes encostas, com o granito virgem da Nova Inglaterra se revelando, cinzento e austero, em meio ao verde que subia até os cumes. Havia despenhadeiros por onde saltavam córregos de curso indomado, arrastando para os rios os segredos inimagináveis de milhares de picos inacessíveis. Serpenteando aqui e ali estavam as estradas estreitas e semiocultas que abriam caminho pelas massas fechadas e luxuriantes de floresta, e entre aquelas árvores primevas poderiam existir batalhões inteiros de espíritos elementais. Quando vi aquela paisagem pensei em Akeley sendo atacado por presenças invisíveis nessa mesma estrada, e fiquei me perguntando o que poderiam ser.

O belo e pitoresco vilarejo de Newfane, ao qual chegamos em menos de uma hora, foi nosso último elo com um mundo que a humanidade poderia definir como seu, em virtude de sua conquista e ocupação completa. Depois disso perdemos contato com todas as coisas imediatas, tangíveis e suscetíveis ao tempo e entramos em um mundo fantástico de irrealidade silenciosa no qual a estrada estreita e sinuosa se erguia e mergulhava em um capricho quase senciente entre os picos verdejantes e isolados e os vales quase desertos. A não ser pelo ruído do motor, e pela fraca movimentação nas poucas propriedades rurais por que passávamos em intervalos infrequentes, a única coisa que chegava a meus ouvidos era o gorgolejante e insidioso curso de estranhas águas que jorravam de inúmeras fontes ocultas nos bosques penumbrosos.

A proximidade e a intimidade com os morros baixos e arredondados era de fato de tirar o fôlego. Sua inclinação e seus despenhadeiros eram ainda maiores do que imaginei de ouvir dizer, e sugeriam não ter nada em comum com o mundo prosaico e objetivo que conhecemos. A vegetação densa e intocada dos picos inacessíveis parecia abrigar criaturas desconhecidas e inacreditáveis, e senti que o próprio contorno dos morros devia ter algum estranho e esquecido significado, como se fossem vastos hieróglifos deixados por alguma raça lendária de titãs cujas glórias sobrevivem apenas em sonhos raros e profundos. Todas as lendas do passado, e todas as imputações aterradoras das cartas e das evidências mostradas por Henry Akeley, ganharam vida em minha memória e contribuíram para intensificar a atmosfera de tensão e ameaça crescente. O propósito de minha visita, e as assustadoras anormalidades que a motivaram, me provocaram um arrepio de medo que quase superou minha curiosidade por investigações estranhas.

Meu guia deve ter notado minha postura incomodada, pois quando a estrada ganhou um aspecto mais selvagem e irregular, e nosso avanço se tornou mais lento e marcado por solavancos, seus comentários ocasionais se expandiram em um fluxo mais constante de discurso. Ele falou da beleza e da estranheza da região, e revelou algum conhecimento sobre os estudos folclóricos de meu anfitrião. Por suas perguntas educadas, ficou evidente que ele sabia que eu estava lá por motivos científicos, e que trazia dados de relativa importância; porém, não deu sinais de ser capaz de apreciar a profundidade e a grandiosidade do conhecimento que Akeley descobrira.

Seu comportamento era tão simpático, corriqueiro e urbano que seus comentários me acalmaram e me tranquilizaram; estranhamente, porém, me sentia cada vez mais perturbado à medida que avançávamos aos sacolejos pelas curvas fechadas em meio à natureza selvagem dos morros e dos bosques. Em determinados momentos ele parecia me sondar para ver o que eu sabia sobre os segredos monstruosos do lugar, e a cada momento crescia a vaga, intrigante e aterradora *familiaridade* de sua voz. Não se tratava de uma familiaridade saudável, apesar de seu tom inteligente e culto. De alguma forma sua voz evocava pesadelos esquecidos, e senti que enlouqueceria se conseguisse reconhecê-la. Se tivesse um bom pretexto, acho que cancelaria minha visita. Naquele momento isso era impossível – e pensei que uma conversa racional e científica com Akeley depois de chegar me ajudaria muito a pôr os pensamentos em ordem.

Além disso, havia um elemento estranhamente tranquilizador de beleza cósmica na paisagem hipnótica pela qual subíamos e descíamos de maneira fantástica. O tempo se perdera nos labirintos mais atrás, e ao nosso redor se estendiam apenas ondas floridas de encanto e de beleza resgatada dos séculos que se foram – os bosques escuros, as pastagens selvagens com alegres flores outonais e as clareiras amarronzadas de pequenas propriedades rurais aninhadas entre árvores imensas à sombra de precipícios verticais com arbustos perfumados e gramados verdejantes. Mesmo à luz do sul havia uma espécie de glamour celestial, como se uma atmosfera especial recobrisse toda a região. Nunca tinha visto nada do tipo, a não ser nas paisagens mágicas que às vezes é possível encontrar em antigas obras de arte italianas. Sodoma e Da Vinci retrataram tais lugares, mas apenas à distância, e sob a proteção das arcadas renascentistas. Era como se vagássemos concretamente entre essas imagens, e foi como se tivesse encontrado em sua necromancia uma coisa que eu sabia ou herdara de forma inata, e que vinha procurando em vão até aquele momento.

De repente, depois de contornar uma curva de ângulo obtuso no alto de uma ladeira, o carro parou. À minha esquerda, para além de um gramado bem cuidado que se estendia até a estrada e era delimitado por uma mureta de pedra, havia uma casa branca de dois andares e sótão, com uma elegância e um tamanho incomuns para a região, com um conjunto de construções contíguas e ligadas por arcadas nos fundos do terreno, mais à direita – celeiros, barracões e um moinho de vento.

Reconheci o lugar de imediato da foto que recebera, e não foi surpresa encontrar o nome de Henry Akeley em uma caixa de correio de ferro galvanizado perto da estrada. A alguma distância dos fundos da casa se via um terreno plano alagadiço e de vegetação rala, além do qual se erguia uma encosta inclinada de mata fechada que terminava em um cume fraturado e folhoso. Era, conforme eu sabia, o pico da Montanha Escura, cuja face havíamos subido até a metade.

Depois de descer do carro e apanhar minha valise, Noyes me pediu para esperar lá fora enquanto entrava e avisava Akeley sobre minha chegada. Ele acrescentou que tinha negócios importantes a resolver em outro lugar, e que só poderia parar ali por um momento. Enquanto ele caminhava com passos apressados até a casa, eu desci do carro para esticar um pouco as pernas antes de me sentar para uma longa e sedentária conversa. Minha sensação de nervosismo e tensão chegou ao ápice outra vez agora que estava na cena do mórbido cerco descrito de forma tão assombrosa nas cartas de Akeley, e sinceramente temi as discussões que viriam e me conectariam a mundos desconhecidos e proibidos.

O contato direto com a bizarrice total costuma ser mais assustador do que inspirador, e não foi muito animador pensar que aquele exato pedaço de terra foi o lugar onde os rastros monstruosos de icor verde e fétido foram encontrados depois de noites de medo e morte sem luar. Distraidamente notei que nenhum dos cães de Akeley estava por lá. Ele teria vendido todos depois de fazer as pazes com os Distantes? Por mais que eu tentasse, não conseguia ter o mesmo nível de confiança na sinceridade dessa paz que transpareceu na última e estranhamente diferente carta de Akeley. Afinal, ele era um homem simples, e com pouquíssima experiência com as coisas do mundo. Não haveria talvez alguma intenção sinistra escondida sob a superfície da nova aliança?

Seguindo meus pensamentos, meus olhos se voltaram para a superfície empoeirada da estrada que testemunhou tais acontecimentos horrendos. Os dias anteriores foram secos, e todos os tipos de marcas se acumulavam sobre a estrada irregular e sulcada, apesar do caráter isolado do distrito. Com uma vaga curiosidade comecei a traçar o contorno de algumas das heterogêneas marcas, tentando enquanto isso localizar os rastros macabros que o local e suas lembranças sugeriam. Havia algo ameaçador e inquietante naquela imobilidade funesta, no som sutil e abafado de córregos distantes e nos picos verdejantes e nos precipícios escuros que dominavam o horizonte próximo.

E então uma imagem surgiu em minha consciência e tornou as ameaças vagas, e os delírios fantásticos parecerem amenos e insignificantes. Como eu disse, estava examinando as marcas na estrada com uma espécie de curiosidade distraída – mas de repente esse estado de espírito deu lugar a uma onda assustadora e paralisante de terror. Pois no meio das marcas empoeiradas e em geral confusas e sobrepostas, incapazes de prender a atenção por muito tempo, minha visão inquieta capturou certos detalhes perto do local onde o caminho para a casa se encontrava com a estrada, e reconheci sem sombra de dúvida ou esperança o significado assustador de tais detalhes. Não foi à toa, infelizmente, que passei horas debruçado sobre as fotografias de marcas de garras dos Distantes que Akeley me mandou. Eu conhecia muito bem as marcas com aquelas pinças odiosas, e aquela impressão de direção ambígua que as denotavam como criaturas que não eram deste planeta. Todas as possibilidades de equívoco foram eliminadas. Diante dos meus olhos, e com certeza feitas havia no máximo algumas horas antes, estavam pelo menos três marcas que se destacavam de forma blasfema da surpreendente abundância de pegadas borradas que entravam e saíam da casa de Akeley. *São as marcas infernais dos fungos vivos de Yuggoth.*

Tive que me segurar para não gritar. Afinal, o que mais eu poderia esperar que houvesse ali, considerando que acreditava nas cartas de Akeley? Ele disse que tinha feito as pazes com as criaturas. Sendo assim, por que seria estranho que algumas visitassem sua casa? O terror, porém, falava mais alto do que qualquer raciocínio. Por acaso alguém se manteria inabalável depois de ver pela primeira vez as marcas de garras de seres viventes das profundezas do espaço? Nesse momento vi Noyes sair porta afora e se aproximar a passos largos. Preciso me controlar, pensei comigo mesmo, pois havia a chance de esse simpático amigo nada saber sobre as incursões profundas e estupendas de Akeley no terreno do proibido.

Akeley ficaria contente em me ver, Noyes se apressou em informar; porém, seu repentino acesso de asma o impediria de ser um anfitrião dos mais atuantes por um ou dois dias. Seus ataques costumavam ser bem fortes quando vinham, e eram acompanhados por uma febre debilitante e uma sensação generalizada de fraqueza. Quando aconteciam ele se tornava outra pessoa – precisava falar em sussurros, e tinha dificuldade para se locomover. Seus pés e tornozelos inchavam, então ele precisava mantê-los em bandagens como um velho caquético. Naquele dia estava bastante mal, então eu precisaria me virar sozinho na casa, mas mesmo assim sua disposição para a conversa persistia. Eu poderia encontrá-lo no escritório à esquerda do corredor de entrada – o cômodo com janelas e cortinas fechadas. Ele precisava manter distância da luz do sol quando estava doente, pois seus olhos eram muito sensíveis.

Depois que Noyes se despediu e partiu para o norte com seu carro, fui andando com passos lentos na direção da casa. A porta fora deixada entreaberta para mim; mas antes de entrar dei uma boa olhada em todos os arredores, tentando definir o que me pareceu tão intangivelmente estranho ali. Os celeiros e barracões pareciam ordinários e prosaicos, e vi o combalido Ford de Akeley sob seu abrigo espaçoso e sem porta. Em geral, nas propriedades rurais, se ouvem pelo menos os ruídos de vários tipos de animais, porém ali não era possível detectar qualquer sinal de vida. Onde estariam as galinhas e os porcos? As vacas, que Akeley dissera possuir em grande quantidade, poderiam concebivelmente estar no pasto, e os cães deviam ter sido vendidos, mas a ausência de cacarejos e guinchos era mesmo singular.

Não fiquei muito tempo no terreiro e entrei resolutamente pela porta da frente, que fechei atrás de mim. Devo ter feito um esforço psicológico digno de nota para isso, e uma vez dentro da casa tive que lutar momentaneamente contra um desejo de sair. Não que o lugar tivesse um aspecto visual sinistro; pelo contrário, considerei o elegante corredor do fim da época colonial muito bonito e distinto, e admirei o evidente bom gosto do homem que o decorou. Talvez tenha sido por causa de um certo odor esquisito que pensei ter notado – embora eu saiba que é comum a existência de um cheiro almiscarado mesmo nas melhores casas de fazenda antigas.

VII

Sem permitir que esses temores nebulosos me dominassem, me recordei das instruções de Noyes e abri a porta branca de seis folhas em madeira com detalhes em metal à minha esquerda. O cômodo estava escuro, conforme eu esperava; e, quando entrei, percebi que o cheiro estranho era mais forte lá dentro. Da mesma forma, parecia haver um ritmo quase imaginário ou uma vibração sutil no ar. Por um instante as janelas e cortinas fechadas não me deixaram ver quase nada, mas então uma espécie de pigarro ou murmúrio chamou minha atenção para uma poltrona reclinável no canto mais escuro e afastado da sala. Em meio às sombras vi o vulto branco do rosto e das mãos de um homem; e rapidamente fui até lá cumprimentar a figura que tentara falar. Por mais que a iluminação fosse fraca, percebi que aquele era de fato meu anfitrião. Eu estudara com atenção sua fotografia, e não havia dúvida de que se tratava do mesmo homem com o rosto firme e envelhecido, a barba cheia e grisalha.

Mas em uma segunda olhada meu reconhecimento se misturou com uma sensação de tristeza e ansiedade, pois sem dúvida se tratava do rosto de um homem muito doente. Senti que deveria haver algo além da asma por trás daquela expressão tensa, rígida e imóvel e daqueles olhos vidrados que nem sequer piscavam; e notei que o estresse das experiências assustadoras que ele viveu deve ter cobrado seu preço. Afinal, sua jornada em território proibido não seria suficiente para destroçar qualquer homem, mesmo um mais jovem? O estranho e repentino alívio, eu temia, viera tarde demais para salvá-lo de um colapso generalizado. Havia um aspecto digno de pena na maneira pesada e sem vida como suas mãos estavam apoiadas no colo. Ele vestia um pijama largo, e estava com o pescoço e parte da cabeça enrolados em um cachecol ou capa de um amarelo vívido.

Então notei que estava tentando falar naquele mesmo murmúrio pigarreado com que me cumprimentara. Era difícil de ouvir a princípio, pois o bigode grisalho escondia o movimento dos lábios, e algo em seu timbre me deixou perturbadíssimo; mas concentrando minha atenção em pouco tempo passei a discernir suas palavras surpreendentemente bem. O sotaque sem dúvida era o de um homem do campo, e a linguagem era ainda mais polida do que suas cartas me levaram a pensar.

– Sr. Wilmarth, creio eu? Perdão por não me levantar. Estou muito doente, como o sr. Noyes deve ter dito, mas não consegui resistir à ideia de recebê-lo mesmo assim. Como escrevi na minha última carta, tenho muito a contar amanhã, quando melhorar um pouco. Nem consigo dizer o quanto estou contente em vê-lo pessoalmente depois de todas as nossas cartas. Você trouxe os arquivos, certo? E as cartas e a gravação? Noyes pôs sua valise no corredor, acredito que tenha visto. Hoje à noite temo que vá precisar se virar praticamente sozinho. Seu quarto fica no andar de cima, exatamente acima deste, e você vai ver a porta do banheiro aberta assim que subir a escada. Tem uma refeição servida na sala de jantar, passando por essa porta à sua direita, que você pode comer quando quiser. Devo ser um anfitrião melhor amanhã, mas por ora minha fraqueza me impede. Pode se sentir em casa, e deixar as cartas, as fotografias e a gravação aqui na mesa quando quiser subir com sua bagagem. É aqui que vamos conversar a respeito, pois o fonógrafo está ali no canto. Não, obrigado, não existe nada que você possa fazer por mim. Tenho esses ataques há muito tempo. Só volte para uma visita rápida antes de anoitecer, e pode ir para a cama quando quiser. Vou descansar aqui, e talvez dormir nesta poltrona a noite toda, como já fiz tantas vezes. Amanhã devo estar bem melhor para nossa conversa. Você entende, claro, o caráter absolutamente estupendo do que temos diante de nós. Para nós, como aconteceu com apenas alguns homens desta Terra, vão ser abertos abismos de tempo, espaço e conhecimento além de qualquer coisa que a ciência e a filosofia humana são capazes de conceber. Sabia que Einstein está errado, e que certos objetos e forças são, *sim*, capazes de se locomover a uma velocidade superior à da luz? Com a devida ajuda espero poder avançar e recuar no tempo, para poder *ver* e *sentir* a Terra em épocas remotas no passado e no futuro. Você não imagina até que ponto esses seres levaram a ciência. Não há nada que não possam fazer com a mente e o corpo de organismos vivos. Espero poder visitar outros planetas, e até outras estrelas e galáxias. A primeira viagem vai ser para Yuggoth, o mundo mais próximo povoado por esses seres. Trata-se de um estranho e escuro planeta cuja órbita está na extremidade de nosso sistema solar, ainda desconhecido da maioria dos astrônomos terráqueos. Mas eu já devo ter escrito a você sobre isso. No momento adequado, como você sabe, os seres vão direcionar correntes de pensamentos e fazer com que seja descoberto, ou então permitir que um de seus aliados humanos dê uma indicação aos cientistas. Existem cidades enormes em Yuggoth, grandes fileiras de torres altas com terraços construídas com a pedra preta da amostra que tentei lhe mandar. Aquilo era de Yuggoth. O sol por lá brilha como uma estrela distante, mas os seres não precisam de luz. Eles têm outros tipos de sentidos, mais sutis, e não fazem janelas em suas enormes casas e templos. A luz inclusive os incomoda e os deixa confusos, pois simplesmente não existe no cosmo escuro além do espaço e do tempo que é seu lugar de origem. Visitar Yuggoth enlouqueceria qualquer homem de espírito fraco, mas eu vou para lá. Os rios de negrume que correm sob suas misteriosas pontes ciclópicas, construídas por alguma raça antiga, extinta e esquecida antes da chegada dos seres a Yuggoth, vindos dos vazios mais absolutos, devem ser suficientes para fazer de qualquer homem um Dante ou Poe caso consiga se manter são para relatar o que viu. Mas lembre-se: esse mundo escuro de jardins fungoides e cidades sem janelas não é exatamente terrível. É só a nós que assim parece. Provavelmente este nosso mundo pareceu terrível aos seres quando o exploraram pela primeira vez em eras primevas. Como você sabe, eles estavam aqui desde antes da fabulosa época de Cthulhu, e se lembram da naufragada R'lyeh quando ainda estava à tona. Eles estiveram no centro da Terra também, pois existem entradas que os humanos desconhecem, inclusive nestes morros de Vermont, para grandes mundos de vida desconhecida lá embaixo; K'n-yan com sua luz azul, Yoth com sua luz vermelha e a escura e sem luz N'kay. Foi de N'kay que veio o terrível Tsathoggua; você sabe, a criatura amorfa, parecida com um sapo, mencionada nos Manuscritos Pnakóticos, no *Necronomicon* e no ciclo de lendas de Commoriom, preservado pelo alto-sacerdote Klarkash--Ton de Atlântida. Mas vamos falar mais sobre isso mais tarde. É melhor tirar as coisas de sua mala, comer um pouco e então voltar para uma conversa quando estiver mais confortável.

    Com movimentos lentos me virei para fazer conforme meu anfitrião pediu; peguei minha valise, entreguei os objetos solicitados e enfim subi para o quarto designado como meu. Com a lembrança da marca de garra na estrada ainda viva na memória, o discurso sussurrado de Akeley me afetou estranhamente, e as pistas de familiaridade com aquele mundo desconhecido de vida fungosa – o proibido planeta Yuggoth – deixaram minha pele mais arrepiada do que julguei possível. Eu lamentava profundamente pela doença de Akeley, mas era obrigado a confessar que seu sussurro áspero tinha um caráter odioso, além de digno de pena. Se pelo menos ele parasse de *se gabar* de Yuggoth e seus segredos obscuros!

Meu quarto se revelou um dormitório agradável e bem mobiliado, livre do odor almiscarado e da estranha sensação de vibração, e depois de deixar minha valise lá em cima desci de novo para falar com Akeley e fazer a refeição que ele deixara separada para mim. A sala de jantar ficava logo depois do escritório, e vi que o anexo da cozinha se estendia na mesma direção. Sobre a mesa havia uma ampla variedade de sanduíches, bolos e queijos à minha espera, além de uma garrafa térmica e uma xícara com pires para mostrar que o café quente também não fora esquecido. Depois de uma bem desfrutada refeição me servi de uma bela xícara de café, mas descobri que nesse pequeno detalhe houve um deslize nos padrões culinários da casa. O primeiro gole revelou um desagradável gosto acre, então não bebi mais nada. Enquanto almoçava fiquei pensando em Akeley, sentado em silêncio na poltrona da sala escura. Cheguei a entrar para pedir que me acompanhasse na sobremesa, mas ele murmurou que ainda não podia comer nada. Mais tarde, pouco antes de dormir, tomaria um leite com chocolate – seu único alimento no dia.

Depois do almoço fiz questão de tirar a louça e lavá-la na pia da cozinha – aproveitando para esvaziar a garrafa de café que não consegui tomar. Em seguida voltei para o escritório às escuras, puxei uma cadeira para perto de meu anfitrião e me preparei para qualquer conversa que ele desejasse ter. As cartas, fotografias e a gravação estavam ainda na mesa grande ao centro, mas no momento não precisaríamos recorrer a nada daquilo. Em pouco tempo até me esqueci do cheiro bizarro e dos curiosos indícios de vibrações.

Conforme mencionei, havia coisas em certas cartas de Akeley – em especial a segunda e mais extensa – que eu não ousaria citar nem transformar em palavras no papel. Essa hesitação se aplica com ainda mais intensidade às coisas que ouvi sussurradas naquela tarde em um cômodo escuro em meio aos morros solitários e assombrados. Sobre a extensão dos horrores cósmicos revelados por aquela voz áspera eu não consigo nem começar a discorrer. Ele já sabia de coisas horrendas antes, mas o que descobrira depois de fazer seu pacto com os Distantes era quase demais para minha sanidade. Mesmo hoje eu me recuso a acreditar no que ele afirmou sobre o infinito absoluto, a justaposição de dimensões e a assustadora posição do cosmo de espaço e tempo que conhecemos na infindável cadeia de átomos-cosmos interligados que formam um supercosmo de curvas, ângulos e ligações elétricas materiais e semimateriais.

Nunca houve um homem lúcido mais perigosamente próximo dos segredos da entidade elementar – nunca um cérebro orgânico se aproximou mais da aniquilação total em meio ao caos que transcende qualquer forma, força ou simetria. Descobri de onde veio Cthulhu *originalmente*, e o motivo por que metade das grandes estrelas temporárias da história se acendeu. Deduzi – a partir de pistas que fizeram inclusive meu informante deter timidamente seu discurso – o segredo por trás das Nuvens de Magalhães e das nebulosas globulares, e a verdade sinistra revelada pela alegoria imemorial do Tao. A natureza dos Doels foi revelada por inteiro, e fui informado sobre a essência (embora não a origem) dos Cães de Tíndalos. A lenda de Yig, Pai de Serpentes, deixou de ser uma narrativa figurativa, e tive um sobressalto de repulsa quando ouvi sobre o caos nuclear por trás do espaço angulado que o *Necronomicon* escondeu misericordiosamente sob o nome de Azathoth. Foi um choque ter os segredos dos mitos mais terríveis esclarecidos em termos concretos cuja morbidez absoluta superava as mais ousadas insinuações dos místicos antigos e medievais. De forma inescapável, fui levado a acreditar que os primeiros sussurros de tais contos malditos tinham relação com os Distantes dos quais falava Akeley, e que seus autores também teriam visitado reinos cósmicos distantes, conforme foi oferecido a ele.

Fiquei sabendo o que era a Pedra Preta e o que significava, e me vi contente por ela não ter chegado até mim. Meus palpites sobre aqueles hieróglifos estavam certos! Mas Akeley parecia conformado com o sistema diabólico com que se deparara; conformado e ansioso para penetrar ainda mais no monstruoso abismo. Eu me perguntei com que seres ele teria falado desde que me mandou sua última carta, e se todos teriam sido humanos como o primeiro emissário que mencionou. A tensão em minha cabeça cresceu terrivelmente, e criei todo tipo de teorias exóticas sobre o estranho e persistente odor e as insidiosas impressões de vibração na sala às escuras.

A tarde estava caindo, e me lembrei do que Akeley tinha escrito sobre suas noites ali, e estremeci ao imaginar que não haveria luar. Também não gostei nada de ver a maneira como a casa havia sido construída à sombra de uma encosta colossal de mata fechada que terminava no cume desconhecido da Montanha Escura. Com a permissão de Akeley acendi uma lamparina a óleo, que ajustei na luminosidade mínima e posicionei em uma estante de livros distante ao lado do busto fantasmal de Milton; logo em seguida, porém, me arrependi, pois a luz fez o rosto tensionado e imóvel e as mãos sem vida de meu anfitrião ganharem um aspecto anormal de cadáver. Ele parecia quase incapaz de se mover, embora eu o visse acenar de leve de tempos em tempos.

Depois do que me contou, eu não conseguia sequer imaginar que tipo de segredos mais profundos estaria guardando para o dia seguinte, mas por fim ficou claro que sua viagem para Yuggoth e mais além – *e minha possível participação na expedição* – seria o tópico da nova conversa. Ele deve ter se divertido com o sobressalto de terror que tive ao ouvir uma proposta de viagem cósmica, pois sua cabeça se sacudiu violentamente quando demonstrei meu medo. Em seguida ele falou com muita delicadeza sobre como os seres humanos poderiam realizar – como várias vezes de fato o fizeram – o aparentemente impossível voo pelo vazio interestelar. Ao que parecia, *corpos humanos completos não eram capazes de completar a viagem*, mas a habilidade prodigiosa dos Distantes em termos cirúrgicos, biológicos, químicos e mecânicos criou uma maneira de transportar os cérebros humanos sem sua respectiva estrutura física.

Havia uma maneira de extrair o cérebro sem produzir danos e de manter o corpo orgânico vivo durante sua ausência. A compacta massa cerebral era então imersa em fluido em um cilindro à prova de éter feito de um metal extraído em Yuggoth, conectado com eletrodos a elaborados instrumentos capazes de duplicar as três faculdades vitais da visão, da audição e da fala. Para os seres fungosos não era difícil transportar os cilindros com os cérebros intactos pelo espaço. Então, a cada planeta ocupado pela civilização, eles encontrariam diversos instrumentos capazes de se conectar com os cérebros encapsulados; portanto, depois de alguns ajustes as inteligências viajantes podiam assumir uma forma de vida plenamente sensorial e articulada – apesar de incorpórea e mecânica – a cada estágio de sua jornada pelo contínuo espaço-tempo. Era simples como carregar um registro fonográfico e reproduzi-lo onde quer que houvesse um fonógrafo compatível. Do sucesso da operação aparentemente não havia dúvida. Akeley não estava com medo. Tratava-se de algo realizado com brilhantismo inúmeras vezes.

Pela primeira vez uma de suas mãos inertes e retorcidas se ergueu e apontou para uma prateleira alta do outro lado da sala. De forma bem organizada, lá estava uma fileira de mais de uma dezena de cilindros de um metal que eu nunca vira antes – de mais ou menos trinta centímetros de altura e um pouco menos de diâmetro, com três curiosos soquetes posicionados em um triângulo isósceles na parte frontal da superfície convexa. Em um deles, dois dos soquetes estavam conectados a um par de máquinas de aparência singular posicionadas mais atrás. De seu propósito eu não precisei ser informado, e estremeci como se estivesse febril. Então vi a mão apontar para um canto mais próximo, onde alguns instrumentos intricados com fios e plugues conectados, vários deles parecidos com os dois dispositivos na prateleira atrás dos cilindros, estavam posicionados.

– São quatro tipos de instrumentos aqui, Wilmarth – murmurou a voz. – Quatro tipos, com três faculdades cada, totalizando doze peças. Saiba que há quatro espécies de seres presentes nesses cilindros. Três humanos, seis seres fungoides que não são capazes de navegar corporeamente pelo espaço, dois seres de Netuno (Deus do céu! se você pudesse ver o tipo de corpo que esses seres têm em seu planeta!), e o restante são entidades das cavernas centrais de uma estrela especialmente obscura além da galáxia. No principal posto avançado dentro do Morro Redondo você pode encontrar mais cilindros e máquinas, com cérebros extracósmicos com sentidos diferentes daqueles que conhecemos, de aliados e exploradores do mais distante Além, e máquinas especiais para possibilitar a eles impressões e expressões de modo a se comunicar apropriadamente com diferentes tipos de ouvintes. O Morro Redondo, como a maioria dos postos avançados espalhados por vários universos, é um lugar muito cosmopolita! Obviamente, apenas os tipos mais comuns foram emprestados a mim para que os conhecesse. Pois então... pegue as três máquinas que eu apontar e coloque-as sobre a mesa. Aquela mais alta com duas lentes de vidro na frente... depois a caixa com os tubos de vácuo e a caixa de ressonância... e agora aquela com o disco metálico em cima. E agora o cilindro com a etiqueta "B-67". É só subir na cadeira e alcançar a prateleira. Pesada? Não importa! Pegue o número certo: B-67. Ignore esse cilindro reluzente com os dois instrumentos de teste acoplados, o que tem o meu nome. Ponha o B-67 na mesa, perto de onde colocou as máquinas, e posicione o disco seletor de todas as três máquinas totalmente para a esquerda. Agora conecte o fio da máquina com as lentes no soquete superior do cilindro... isso! Conecte a máquina do tubo ao soquete da esquerda e o aparato com o disco no soquete restante.

Agora mova os discos de todas as máquinas totalmente para a direita... primeiro a das lentes, depois a do disco e por último a do tubo. Isso mesmo. Agora posso dizer que se trata de um ser humano... assim como nós. Os outros você pode ver amanhã.

Até hoje não sei por que obedeci a esses sussurros de forma tão passiva, nem se naquele momento considerei Akeley louco ou são. Depois de tudo o que acontecera antes, eu devia estar me sentindo preparado para qualquer coisa, mas aquele aparato mecânico parecia tão típico dos delírios de inventores e cientistas loucos que despertou uma dúvida que nem mesmo todo o discurso anterior fizera surgir. O que os sussurros afirmavam ia muito além de qualquer crença humana – porém as outras coisas não iam ainda mais além? Por acaso deveriam ser consideradas menos absurdas simplesmente por serem mais remotas e menos passíveis de provas concretas?

Com a cabeça girando a mil em meio ao caos, percebi os grunhidos e guinchos das três máquinas ligadas ao cilindro – que em pouco tempo cederam para dar lugar a um silêncio quase total. O que estaria prestes a acontecer? Eu ouviria uma voz? Em caso positivo, que prova eu teria de que não era uma espécie de rádio disfarçado e conectado a um falante escondido, mas que observava tudo? Mesmo hoje hesito em afirmar o que ouvi, ou que tipo de fenômeno de fato ocorreu diante de mim. Mas de que algo aconteceu não resta dúvida.

Para ser breve e direto, a máquina com os tubos e a caixa de ressonância começou a falar, e com uma precisão e inteligência que não deixavam dúvidas de que o falante estava presente e nos observando. A voz era alta, metálica, sem vida e totalmente mecânica em todos os detalhes de sua produção. Era incapaz de inflexões de expressividade, mas emitia sua fala rascante com precisão e deliberação absolutas.

— Sr. Wilmarth – a voz falou –, espero não lhe provocar nenhum sobressalto. Sou um ser humano como você, mas meu corpo no momento está sendo submetido a um tratamento vitalizante dentro do Morro Redondo, cerca de dois quilômetros a leste daqui. Mas eu estou aqui com você, meu cérebro está nesse cilindro, e eu enxergo, ouço e falo através desses vibradores eletrônicos. Em uma semana vou atravessar o vazio como já fiz muitas vezes antes, e espero ter o prazer da companhia do sr. Akeley. E espero algum dia ter a sua também, pois conheço você de vista e de reputação, e acompanhei de perto sua correspondência com seu amigo. Obviamente, sou um dos homens que se aliaram aos seres de longe em visita ao nosso planeta. Eu os conheci no Himalaia, e já os ajudei de diversas formas. Em troca eles me proporcionaram experiências que poucos já tiveram. Você tem ideia do que quero dizer quando digo que já estive em 37 corpos celestiais diferentes? Planetas, estrelas escuras e outros objetos menos defináveis, inclusive oito que estão fora de nossa galáxia e dois que estão além do cosmo curvado do espaço e do tempo? Tudo isso não me fez mal algum. Meu cérebro foi removido do corpo por incisões tão bem feitas que seria uma definição grosseira descrevê-las como cirurgias. Os seres visitantes têm métodos que tornam essas extrações bem fáceis e quase corriqueiras, e o corpo não envelhece quando o cérebro está fora. O cérebro, devo acrescentar, é praticamente imortal em suas faculdades mecânicas, com uma nutrição limitada suprida por trocas periódicas do líquido conservante. Em suma, espero sinceramente que você venha comigo e com o sr. Akeley. Os visitantes estão ansiosos para ter contato com homens de conhecimento como você, e para mostrar os abismos grandiosos que a maioria de nós sequer sonha em nossa ignorância. Pode parecer estranho a princípio conhecê-los, mas sei que você não há de se abalar com isso. Acho que sr. Noyes vai também, o homem que trouxe você até aqui de carro. Ele é um de nós há anos... acho que você reconheceu sua voz da gravação que o sr. Akeley lhe mandou.

Diante de meu sobressalto violento, o falante fez uma pausa antes do continuar.

– Bem, sr. Wilmarth, vou deixar essa questão a seu critério; acrescento apenas que um homem com seu gosto pela estranheza e pelo folclore jamais deveria deixar passar uma chance como essa. Não há nada a temer. As transições são todas indolores, e existe muito a desfrutar em um estado totalmente mecanizado de sensações. Quando os eletrodos estão desconectados, a pessoa simplesmente mergulha em um sono com sonhos especialmente vívidos e fantásticos. E agora, se não se importa, podemos retomar nossa seção amanhã. Boa noite... simplesmente vire os mecanismos de volta para a esquerda; não se preocupe com a ordem exata, mas deixe a máquina com as lentes por último. Boa noite, sr. Akeley... cuide bem de nosso hóspede! Agora você poderia desligar os mecanismos?

Isso foi tudo. Obedeci mecanicamente e desativei os três mecanismos, atordoado pelas dúvidas em relação ao que havia acabado de acontecer. Minha cabeça ainda estava girando quando ouvi a voz sussurrada de Akeley me dizendo que eu poderia deixar os aparelhos na mesa mesmo. Ele não esboçou nenhum comentário sobre o que aconteceu, e nada do que falasse seria capaz de ajudar meu raciocínio atordoado. Eu o ouvi recomendar que levasse a lamparina para usar no meu quarto, e deduzi que queria descansar sozinho no escuro. Ele certamente precisava de um repouso, pois o discurso que fez à tarde e no início da noite seria suficiente para exaurir até mesmo um homem vigoroso. Ainda confuso, desejei boa noite a meu anfitrião e subi com a lamparina, embora tivesse comigo uma excelente lanterna de bolso elétrica.

Fiquei contente por me ver fora do escritório no térreo com seu odor estranho e suas vagas sugestões de vibração, mas claro que nada era capaz de espantar a sensação de temor, perigo e anormalidade cósmica quando eu parava para pensar no lugar onde estava e nas forças com que estava lidando. A região selvagem e isolada, a encosta escura e misteriosa de mata fechada que se estendia atrás da casa, as pegadas na estrada, o homem doente e imóvel que sussurrava na escuridão, os cilindros e as máquinas infernais, e acima de tudo os convites para estranhas cirurgias e para viagens ainda mais estranhas – essas coisas, tão novas e ocorrendo em sucessão tão súbita, me atingiram com uma força cumulativa que drenou meus brios e quase esgotou minhas forças físicas.

Descobrir que Noyes, meu guia, era o participante humano no monstruoso ritual no registro fonográfico foi um baque especial, embora eu já pressentisse uma leve e repulsiva familiaridade em sua voz. Outro choque violento vinha de minha postura em relação a meu anfitrião, quando eu parava para analisá-la; por mais que eu instintivamente gostasse do Akeley que se revelava na correspondência, descobri que em pessoa ele me causava uma repulsa singular. Sua doença deveria ter estimulado minha piedade; em vez disso, porém, me provocava uma espécie de estremecimento. Ele era tão rígido e inerte que parecia um cadáver – e aquele sussurro incessante era tão odioso e inumano!

Me ocorreu então que era um sussurro diferente de tudo que eu já tinha ouvido na vida; apesar da curiosa imobilidade do falante com a boca escondida pelo bigode, tinha uma força latente e uma capacidade de propagação incomuns para o arfar de um asmático. Era possível entender o que ele dizia praticamente da sala toda, e vez ou outra parecia que aqueles sons débeis porém penetrantes eram mais uma manifestação de contenção deliberada do que de fraqueza – por que motivo, eu não imaginava. Desde o princípio pressenti um caráter perturbador em seu timbre. Hoje, quando tento refletir sobre o assunto, acho que posso associar essa impressão a uma espécie de familiaridade subconsciente como aquela que tornou tão agourenta a voz de Noyes. Mas eu não saberia dizer onde ou quando tinha me deparado com a coisa que sugeria isso.

Pelo menos uma certeza eu tinha – a de que não passaria a noite ali. Meu interesse científico se perdera em meio ao medo e à repulsa, e só o que eu sentia era um desejo de escapar daquela rede de morbidez e de revelações antinaturais. Eu já sabia demais. Devia ser verdade que tais ligações cósmicas existem – porém essas coisas certamente não foram feitas para ser experimentadas por seres humanos normais.

Influências blasfemas pareciam me cercar e sufocar meus sentidos. Dormir, eu decidi, estava fora de questão; então simplesmente apaguei a lamparina e me deitei na cama totalmente vestido. Sem dúvida era uma postura absurda, mas eu me mantive pronto para qualquer urgência inesperada, segurando na mão direita o revólver que trouxera e a lanterna de bolso na esquerda. Lá de baixo não vinha ruído algum, e imaginei que meu anfitrião ainda estava lá sentado em sua rigidez cadavérica com as luzes apagadas.

De algum lugar vinha o tique-taque de um relógio, e cheguei a me sentir grato pela banalidade desse som. Isso me lembrou, porém, de mais uma coisa naquela região que me deixou perturbado – a ausência absoluta de vida animal. A não ser pelo murmúrio sinistro de águas distantes, aquela imobilidade era uma anomalia – de caráter interplanetário – e me perguntei que tipo de maldição intangível e estelar devia pairar sobre a região. Eu me lembrei das antigas lendas afirmando que os cães e outros bichos sempre detestaram os Distantes, e imaginei o que aquelas marcas na estrada poderiam significar.

VIII

Não me pergunte quanto tempo durou meu inesperado cochilo, ou quanto do que aconteceu nesse ínterim foi apenas sonho. Se eu afirmar que acordei em um determinado horário e ouvi certas coisas, você diria que eu não acordei; e que tudo foi um sonho, até o momento em que decidi correr para fora da casa, cambalear até o abrigo onde ficava o velho Ford e pegar sem pedir permissão o veículo para uma fuga alucinada e sem rumo pelos morros assombrados que acabou – depois de horas de curvas e solavancos em meio a labirintos cercados de florestas – em um vilarejo que no fim era Townshend.

Obviamente, você também vai minimizar todo o resto em meu relato; vai dizer que todas as fotos, a gravação, o cilindro e as máquinas são apenas provas da impostura praticada contra mim pelo desaparecido Henry Akeley. Vai inclusive sugerir que ele conspirou com outros excêntricos para espalhar seu tolo e elaborado boato – que ele mesmo interceptou a encomenda em Keene e que produziu com Noyes o assustador registro fonográfico. Mas o estranho é que Noyes até hoje não foi identificado; que ele não era conhecido em nenhum dos vilarejos próximos da casa de Akeley, embora devesse visitar a região com frequência. Eu queria ter tomado a precaução de memorizar a placa de seu carro – ou talvez tenha sido melhor não fazer isso. Pois, apesar do que você possa dizer, apesar daquilo que às vezes até eu digo para mim mesmo, sei que influências distantes e repulsivas devem estar pairando em algum lugar naqueles morros semidesconhecidos – e que essas influências têm espiões e emissários no mundo dos homens. Manter a maior distância possível dessas influências e desses emissários é tudo o que eu peço da vida no futuro.

Quando minha história incrível fez o xerife enviar um destacamento para a fazenda, Akeley tinha desaparecido sem deixar pistas. Seu pijama largo, seu cachecol amarelo e as bandagens de seus pés estavam no chão junto à poltrona, e não era possível saber se tinha levado roupas consigo. Os cães e os animais da fazenda não estavam lá, e havia alguns curiosos buracos de bala na fachada e em algumas paredes internas; mas fora isso nada de incomum foi detectado. Nenhum cilindro ou maquinário, nenhuma das provas que levei em minha valise, nenhum odor estranho ou vibração no ar, nenhuma pegada na estrada, e nem sinal das coisas mais complexas que vi por último.

Fiquei uma semana em Brattleboro depois de minha fuga, interrogando pessoas de todos os tipos que haviam conhecido Akeley, e os resultados me convenceram de que a questão não era um produto de sonho ou delírio. As estranhas aquisições de cães, munição e produtos químicos por parte de Akeley, além das queixas de fios cortados de seu telefone, estão todas registradas; todos os que o conheciam – inclusive seu filho que vivia na Califórnia – confirmaram que seus comentários ocasionais sobre estudos incomuns tinham certa consistência. Cidadãos respeitáveis acreditavam que ele era louco, e sem hesitação proclamavam que todas as evidências relatadas eram boatos criados por caprichos insanos, talvez com a ajuda de comparsas excêntricos; mas os homens comuns do campo corroboravam seus depoimentos em todos os detalhes. Ele mostrara a alguns daqueles broncos suas fotografias e a pedra preta, e reproduzira a horrenda gravação para que ouvissem; e todos disseram que as pegadas e a voz com zumbido eram como aquelas descritas nas lendas ancestrais.

Disseram também que cenas e sons suspeitos foram notados com cada vez mais frequência em torno da casa de Akeley depois que ele encontrou a pedra preta, e que o lugar passou a ser evitado por quase todos, com exceção do carteiro e de um ou outro sujeito mais voluntarioso. A Montanha Escura e o Morro Redondo eram lugares sabidamente assombrados, e não encontrei ninguém que tivesse explorado seus arredores com maior proximidade. Desaparecimentos ocasionais de nativos ao longo da história do distrito foram confirmados, e incluíam Walter Brown, uma espécie de andarilho mencionado nas cartas de Akeley. Cheguei inclusive a encontrar um agricultor que imaginava ter visto pessoalmente um dos corpos estranhos na época do trasbordamento do rio West, mas a história era confusa demais para ter alguma serventia.

Quando fui embora de Brettleboro decidi nunca mais voltar a Vermont, e tenho certeza de que vou manter minha resolução. Aqueles morros selvagens são de fato um posto avançado de uma temível raça cósmica – e tenho ainda mais certeza disso depois de ler que um novo planeta foi avistado além de Netuno, e que de forma involuntária, porém odiosamente apropriada, foi nomeado "Plutão". Tenho convicção de que se trata de nada menos que o obscuro Yuggoth – e estremeço quando tento imaginar *por que* seus monstruosos habitantes desejaram que se tornasse conhecido justamente agora. Em vão, tentei me convencer de que essas criaturas demoníacas não estão assumindo uma nova política que com o tempo se revele prejudicial à Terra e seus habitantes naturais.

Mas ainda preciso contar a respeito do fim daquela terrível noite na casa de fazenda. Como mencionei, enfim caí em um sono perturbado; um cochilo permeado por fragmentos de sonho envolvendo vislumbres de paisagens monstruosas. O que me acordou até hoje não sei dizer, mas que de fato despertei nesse momento específico não resta dúvida. Minha primeira e confusa impressão foi de ouvir as tábuas do piso rangendo no corredor do lado de fora do quarto, e de algo mexendo disfarçadamente na maçaneta. O barulho, porém, se interrompeu quase de imediato; minhas impressões mais claras começaram com as vozes que escutei vindas do escritório no andar de baixo. Parecia haver vários falantes, e julguei que estivessem envolvidos em uma controvérsia.

Depois de alguns segundos eu já estava totalmente desperto, pois o caráter das vozes era tal que tornava ridícula a ideia de dormir. Os tons eram curiosamente variados, e ninguém que ouvira aquele maldito registro fonográfico teria alguma dúvida sobre a natureza de pelo menos duas vozes. Por mais terrível que pudesse parecer, eu sabia que estava sob o mesmo teto com criaturas inomináveis dos abismos do espaço, pois aquelas duas vozes eram inegavelmente os zumbidos blasfemos que os Seres Distantes usavam para se comunicar com os homens. As duas tinham diferenças individuais – de tom, sotaque e tempo –, mas eram ambas do mesmo e terrível tipo.

Uma terceira voz vinha inquestionavelmente de uma máquina conectada a um dos cérebros armazenados nos cilindros. Não havia muita dúvida quanto aos zumbidos, pois a voz alta, metálica e sem vida da noite anterior, com um tom áspero, impessoal, preciso e deliberado sem nenhuma expressão em sua precisão e deliberação, era absolutamente inesquecível. Por um tempo não parei para pensar se a inteligência por trás dela era a mesma que falara comigo; porém, pouco depois concluí que *qualquer* cérebro seria capaz de emitir sons vocais do mesmo tipo se estivesse ligado ao mecanismo produtor de fala; as únicas diferenças possíveis estariam na linguagem usada, assim como na cadência, na velocidade e na pronúncia. Para completar o colóquio assustador havia duas vozes humanas – uma de um homem desconhecido e claramente bronco e a outra o tom suave com sotaque de Boston do meu antigo guia Noyes.

Enquanto tentava capturar as palavras que as tábuas grossas do assoalho interceptavam de forma tão impressionante, notei também o grande ruído de movimentação no andar de baixo; portanto, era impossível evitar a impressão de que o escritório estava cheio de criaturas vivas – muitas a mais do que as vozes que eu conseguia ouvir. A natureza exata da movimentação era dificílima de descrever, pois existem poucas bases possíveis de comparação. Os objetos pareciam se mover pela sala de tempos em tempos como entidades conscientes; o som de seus passos se assemelhava a uma espécie de bater de pratos sem frequência definida – como um contato não coordenado de cascos contra borracha dura. Para usar um exemplo mais concreto, porém mais inexato, era como se pessoas usando tamancos de madeira saíssem arrastando os pés sobre um piso de tábuas polidas. Sobre a natureza e a aparência dos seres responsáveis pelo som eu não tenho como especular.

Em pouco tempo percebi que seria impossível distinguir algum discurso coerente. Palavras isoladas – que incluíam o nome de Akeley e o meu – às vezes chegavam até mim, em especial quando pronunciadas pela máquina de falar mecânica, mas o sentido exato se perdia em virtude da necessidade do contexto. Eu me recuso a formular deduções específicas a partir disso, e o efeito assustador que tiveram sobre mim se deu mais por *sugestão* do que por alguma *revelação*. Um terrível e anormal conclave, eu tinha certeza, estava reunido sob mim, mas para quais chocantes deliberações não havia como saber. Era curioso como o senso inegável de malignidade e blasfêmia prevalecia dentro de mim apesar da garantia de Akeley de que os Distantes eram amistosos.

Escutando de forma paciente, comecei a distinguir com clareza as vozes, apesar de não conseguir entender muita coisa do que diziam. Tive a impressão de capturar certas emoções típicas por trás do discurso dos falantes. Uma das vozes com zumbido, por exemplo, tinha um tom inconfundível de autoridade; já a voz mecânica, apesar de se expressar em alto volume, parecia em posição de subordinação e apelo. A voz de Noyes transmitia uma intenção conciliatória. Os outros eu não tinha como interpretar. Não ouvi os sussurros de Akeley, mas sabia que esse som em especial jamais conseguiria atravessar o assoalho espesso do quarto.

Vou tentar reproduzir algumas das palavras desconexas e outros sons capturados, identificando os falantes da melhor maneira possível. Foi da máquina de fala mecânica que identifiquei as primeiras palavras reconhecíveis.

(MÁQUINA DE FALA MECÂNICA)
[...] trouxe pessoalmente [...] as cartas e a gravação [...] pôr um fim [...] recebido [...] vendo e ouvindo [...] maldição [...] força impessoal, afinal de contas [...] cilindro novo e reluzente [...] Deus do céu [...]

(PRIMEIRA VOZ COM ZUMBIDO)
[...] tempo que interrompemos [...] pequeno e humano [...] Akeley [...] cérebro [...] dizendo [...]

(SEGUNDA VOZ COM ZUMBIDO)
[...] Nyarlathotep [...] Wilmarth [...] registros e cartas [...] impostura barata [...]

(NOYES)
[...] [palavra ou nome impronunciável, provavelmente N'gah-Kthun] [...] inofensivo [...] paz [...] algumas semanas [...] teatral [...] já disse antes [...]

(PRIMEIRA VOZ COM ZUMBIDO)
[...] sem razão [...] plano original [...] efeitos [...] Noyes pode assistir [...] Morro Redondo [...] cilindro novo [...] carro de Noyes [...]

(NOYES)
[...] bem [...] todo seu [...] lá embaixo [...] descanso [...] local [...]

(DIVERSAS VOZES AO MESMO TEMPO EM FALATÓRIO INDISTINTO)

(MUITOS PASSOS, INCLUSIVE O ARRASTAR OU CLIQUE-CLAQUE ESTRANHO)

(UMA ESTRANHA ESPÉCIE DE AGITAÇÃO)

(SOM DE AUTOMÓVEL SENDO LIGADO E SE AFASTANDO)

(SILÊNCIO)

Isso é em essência o que meus ouvidos capturaram enquanto eu estava deitado sem me mover na cama da estranha casa de fazenda entre os morros demoníacos – totalmente vestido, com um revólver na mão direita e uma lanterna de bolso na esquerda. Como mencionei, estava totalmente desperto; porém, algum tipo obscuro de paralisia me mantinha inerte mesmo depois de os últimos ecos desaparecerem. Ouvi o tique-taque constante do antigo relógio de Connecticut em algum lugar lá embaixo, e por fim a respiração profunda de alguém dormindo. Akeley devia ter cochilado depois da estranha sessão, e provavelmente precisava muito descansar.

Decidir o que pensar e o que fazer caberia apenas a mim. Afinal, o que eu tinha ouvido *de fato* além das coisas que as informações prévias me levaram a esperar? Por acaso eu não sabia que os inomináveis Distantes frequentavam livremente a casa? Sem dúvida Akeley recebeu uma visita inesperada deles. Mas alguma coisa naquele discurso fragmentado me assustou imensamente, levantou as dúvidas mais terríveis e grotescas e me deixou torcendo com fervor para que tudo não tivesse passado de um sonho do qual eu pudesse acordar. Acho que meu subconsciente identificou alguma coisa que minha mente não conseguiu reconhecer. Mas e quanto a Akeley? Ele não era meu amigo, e não teria protestado caso alguém pretendesse me fazer mal? Os roncos tranquilos lá embaixo pareciam tornar ridículos os meus medos subitamente intensificados.

Era possível que Akeley tivesse sido dominado e usado como isca para me atrair para os morros com as cartas, as fotos e o registro fonográfico? Aqueles seres pretendiam nos destruir porque sabíamos demais? Mais uma vez pensei no caráter abrupto e antinatural da mudança de contexto ocorrida entre a penúltima e a última carta de Akeley. Meu instinto me dizia que havia alguma coisa muito errada. Nem tudo era o que parecia. O café de gosto acre que recusei – alguma entidade oculta e desconhecida tentara adulterá-lo com alguma droga? Eu precisava falar com Akeley imediatamente e restabelecer seu bom senso. Eles o hipnotizaram com promessas de revelações cósmicas, mas agora ele precisava escutar a voz da razão. Nós precisávamos nos afastar daquilo antes que fosse tarde demais. Se ele não tivesse forças para executar a fuga, eu o ajudaria. Ou, se não conseguisse convencê-lo a fugir, podia pelo menos fazer isso sozinho. Com certeza ele me deixaria usar seu Ford e depois iria buscá-lo em uma garagem qualquer em Brattleboro. Eu havia visto o carro no abrigo – com a porta aberta agora que os tempos de perigo tinham passado –, e achava que havia uma boa chance de estar pronto para uso imediato. Minha aversão momentânea a Akeley, que senti durante e depois de nossa conversa, desaparecera. Ele estava em uma posição parecida com a minha, e precisávamos nos unir. Ciente de sua condição adoentada, detestaria ter que acordá-lo naquele momento, mas sabia que era necessário. Eu não podia continuar naquela casa até de manhã.

Pelo menos estava me sentindo apto a agir, e me espreguicei vigorosamente para recobrar o controle sobre os músculos. Levantando-me com uma cautela mais impulsiva que deliberada, encontrei e coloquei meu chapéu, peguei minha valise e comecei a descer com a ajuda da lanterna. Em meu nervosismo, mantive o revólver empunhado na mão direita, levando a valise e a lanterna na esquerda. Por que tomei tais precauções não sei dizer, pois estava indo acordar o único ocupante da casa.

Enquanto descia na ponta dos pés pelos degraus rangentes até o andar de baixo, dava para ouvir o homem adormecido com mais clareza, e notei que deveria estar no cômodo à minha esquerda – a sala de estar na qual não entrei. À minha direita estava o negrume do escritório de onde vieram as vozes. Empurrando a porta para abri-la, tracei um caminho com a lanterna até a fonte dos roncos, e por fim posicionei o facho no rosto adormecido. No instante seguinte, porém, me virei e comecei uma retirada felina para o corredor, com uma cautela despertada tanto pela razão como pelo instinto. Pois quem dormia no sofá não era Akeley, e sim Noyes, que me servira como guia.

Qual era a real situação, eu não sabia, mas o bom senso me dizia que o mais seguro a fazer era descobrir o máximo possível sem despertar ninguém. Voltando ao corredor, fechei silenciosamente a porta da sala atrás de mim, diminuindo as chances de acordar Noyes. Entrei com cuidado no escritório às escuras, onde esperava encontrar Akeley, dormindo ou acordado, na poltrona no canto do cômodo que era seu local de descanso favorito.

O facho da lanterna alcançou a grande mesa no centro, revelando um dos cilindros infernais com a máquina de audição acoplada e um mecanismo de fala ao lado, pronto para ser conectado a qualquer momento. Aquele, eu refleti, devia ser o cérebro envasado que ouvi falar durante a assustadora conferência, e por um instante tive um impulso perverso de ligar o mecanismo de fala para ver o que teria a dizer.

Eu devia tentar ser discreto em minha presença mesmo assim, pensei, pois os mecanismos de audição e visão acoplados certamente conseguiriam discernir a luz da lanterna e os rangidos do piso sob meus pés. Mas no fim não ousei mexer na coisa. De passagem, notei que era o cilindro novo e reluzente com o nome de Akeley, que eu vira na prateleira no fim da tarde e que meu anfitrião pediu que fosse ignorado. Recordando a ocasião agora, só consigo me arrepender de minha timidez e desejar que tivesse feito o aparato falar. Só Deus sabe que terríveis mistérios, dúvidas e questões de identidade poderiam ter sido esclarecidos! Mas, por outro lado, pode ter sido melhor evitar tamanho envolvimento.

Da mesa voltei o foco para o canto onde pensei que estivesse Akeley, mas para minha perplexidade descobri que a poltrona estava sem nenhum ocupante humano, adormecido ou desperto. Estendido no assento estava o volumoso pijama largo e, caído no chão, o cachecol amarelo e as bandagens para os pés que considerei tão estranhas. Com hesitação, comecei a conjecturar a respeito de onde Akeley poderia estar, e por que o descarte tão repentino dos paramentos de doente, e observei que o odor estranho e a sensação de vibração não estavam mais presentes no cômodo. Qual teria sido a causa? Curiosamente me ocorreu que o percebera apenas quando

Akeley estava por perto. Devia ficar mais forte onde ele sentava, e ausente por completo a não ser no cômodo onde estava, ou nas proximidades da porta do recinto. Fiz uma pausa, deixando a luz da lanterna perambular pelo escritório escuro e devassando meu cérebro em busca de explicações para aquela mudança de rumo.

O ideal seria que eu saísse silenciosamente de lá antes de deixar que a luz pousasse de novo sobre a cadeira vazia. Mas eu não fui embora em silêncio, e sim com um grito abafado que deve ter perturbado, embora não despertado, o vigia adormecido do outro lado do corredor. Esse grito, e os roncos continuados de Noyes, foram os últimos sons que ouvi na casa repleta de morbidez sob o cume de floresta escura de uma montanha assombrada – o foco do horror transcósmico em meio aos morros verdejantes e isolados e os córregos de murmúrios amaldiçoados daquela zona rural espectral.

Foi incrível eu não ter derrubado a lanterna, a valise e o revólver em meu estado de confusão mental, mas por algum motivo não perdi nenhuma das três coisas. Consegui sair do cômodo e da casa sem fazer mais barulho, me guiar em segurança junto com meus pertences até o velho Ford no abrigo e conduzir o velho carro até um ponto seguro naquela noite escura e sem luar. O trajeto que se seguiu foi como um delírio de Poe ou Rimbaud ou um desenho de Doré, mas no fim conseguir chegar a Townshend. Isso é tudo. Se minha sanidade se mantiver, posso considerar que tive sorte. Às vezes sinto medo do que o futuro vai trazer, em especial depois que o novo planeta, Plutão, foi tão inusitadamente descoberto.

Conforme relatei, deixei o facho da lanterna voltar para a poltrona vazia depois de percorrer o cômodo; então notei pela primeira vez a presença de certos objetos no assento, ocultados pelas dobras do pijama ali deixado. Esses foram os objetos, três no total, que os investigadores não encontraram quando foram até lá mais tarde. Como eu disse no início, não havia nada de visualmente aterrorizante neles. O problema era o que faziam inferir. Mesmo hoje tenho meus momentos de dúvidas – momentos em que de certa forma aceito o ceticismo daqueles que atribuem minha experiência como um todo a sonhos, nervos exaltados e delírios.

Os três objetos eram construídos de forma admirável, e providos de engenhosas pinças de metal que os acoplavam a uma forma orgânica que eu não ouso nem conjecturar. Espero – desejo sinceramente – que tenham sido reproduções em cera de um artista de grande maestria, apesar do que me dizem os meus medos mais íntimos. Deus do céu! Aquela coisa sussurrante na penumbra, com seus odores mórbidos e suas vibrações! Com seus feitiços, suas emissões, suas canalizações, seu caráter insondável... aquele zumbido horrendo e reprimido... e o tempo todo naquele cilindro novo e reluzente na prateleira... pobre-diabo... "capacidades cirúrgicas, biológicas, químicas e mecânicas prodigiosas"...

Pois aquelas coisas na poltrona, absolutamente perfeitas, com uma semelhança – ou identidade – de comprovação microscópica eram o rosto e as mãos de Henry Wentworth Akeley.

A COISA NA SOLEIRA DA PORTA

I

É verdade que disparei seis tiros na cabeça de meu melhor amigo, mas espero demonstrar neste depoimento que não sou o assassino. A princípio hei de ser chamado de louco – mais louco do que o homem que abati a tiros em seu quarto no sanatório de Arkham. Mais tarde, porém, meus leitores vão pesar os argumentos, relacioná-los com os fatos conhecidos e se perguntar como eu poderia reagir de outra maneira diante da evidência daquele horror – daquela coisa na soleira da porta.

Até então eu também não via nada além de loucura nas histórias exóticas que me levaram a agir. Mesmo hoje me pergunto se me deixei enganar – ou se não estou mesmo louco, no fim das contas. Eu não sei – mas outros também têm coisas terríveis a dizer sobre Edward e Asenath Derby, e mesmo os policiais mais durões ficam abalados ao relatar aquela última e terrível visita. Eles tentaram sem muita convicção elaborar uma teoria a respeito de uma brincadeira de mau gosto ou de uma ameaça por parte de empregados demitidos, mas no fundo sabem que a verdade é algo infinitamente mais terrível e inacreditável.

Portanto eu afirmo que não matei Edward Derby. Em vez disso posso dizer que o vinguei, e ao fazer isso purguei a Terra de um terror cuja sobrevivência poderia ter liberado sobre a humanidade horrores sem precedentes. Existem zonas escuras de sombra ao redor de nossos caminhos diários, e de tempos em tempos alguma alma maligna encontra uma passagem. Quando isso acontece, o homem que fica sabendo precisa agir antes de ser obrigado a encarar as consequências.

Eu conhecia Edward Pickman Derby desde pequeno. Apesar dos oitos anos de diferença entre nós, em virtude de sua precocidade já compartilhávamos muitos interesses quando ele tinha oito anos e eu dezesseis. Ele foi o aluno mais brilhante que vi na vida, e aos sete anos escrevia poemas de um tipo sombrio, fantástico e quase mórbido que deixava seus tutores estupefatos. Talvez o fato de ter sido educado em casa por professores particulares tenha contribuído para seu desabrochar prematuro. Filho único, ele tinha problemas de saúde que apavoravam seus dedicados pais e os faziam mantê-lo sempre por perto. Ele nunca podia sair sem a babá, e quase nunca tinha chance de brincar com outras crianças sem supervisão. Tudo isso sem dúvida alguma produziu uma vida interior de caráter secreto e estranho no menino, cuja imaginação era a única alameda para a liberdade.

Por qualquer padrão, seu aprendizado na juventude era prodigioso e bizarro; sua escrita fluente me cativava, apesar de eu ser bem mais velho. Nessa época eu estava interessado em uma arte de extração um tanto grotesca, e encontrei naquele menino mais novo alguém com um gosto semelhante. O que estava por trás de nosso amor pelas sombras e pelos mistérios era, sem dúvida, a cidade antiga, envelhecida e um tanto assustadora em que vivíamos – a amaldiçoada pelas bruxas e lendariamente assombrada Arkham, com seus telhados triangulares e balaustradas georgianas caindo aos pedaços que contemplaram por séculos os murmúrios sinistros da correnteza do Miskatonic.

Com o passar do tempo meu interesse se voltou para a arquitetura, e desisti de meu intento de ilustrar um livro com os poemas demoníacos de Edward, mas nossa camaradagem continuou a mesma. A estranha genialidade do jovem Derby se desenvolveu de forma notável, e aos dezoito anos ele lançou uma coletânea de versos dignos de pesadelos que fez grande sucesso quando lançada com o título *Azathoth e outros horrores*. Ele era um correspondente próximo do poeta baudelairiano Justin Geoffrey, que escreveu *O povo do monólito* e morreu gritando para as paredes em um manicômio em 1926 depois de uma visita a um vilarejo sinistro e de má reputação na Hungria.

Em termos de independência e questões práticas, no entanto, Derby era extremamente imaturo em virtude de sua existência superprotegida. Sua saúde já estava melhor, mas seus hábitos de dependência infantil foram enraizados de forma profunda pelo excesso de zelo dos pais; ele nunca viajava sozinho, não tomava decisões por si só, nem assumia responsabilidades. Logo se viu que não estava capacitado para concorrer nos negócios ou no mercado profissional, porém a fortuna de sua família era tão vasta que só contribuía para sua tragédia. Quando entrou na idade adulta manteve um enganoso aspecto juvenil. Loiro de olhos azuis, tinha a pele lisa de uma criança, e suas tentativas de cultivar um bigode eram quase invisíveis à primeira vista. Sua voz era baixa e suave, e a vida de menino mimado lhe rendeu uma silhueta gorducha em vez do aspecto robusto de um jovem bem alimentado. Ele tinha uma boa estatura, e suas belas feições o tornariam um rapaz galante caso sua timidez não o condenasse ao isolamento em meio aos livros.

Os pais de Derby o levavam ao exterior todo ano nas férias de verão, e ele não demorou a se inteirar dos aspectos mais elementares do pensamento e do modo de ser europeu. Seus talentos dignos de um Poe se voltaram mais e mais para a decadência, e as outras sensibilidades artísticas e demais desejos permaneceram apenas latentes nele. Travávamos grandes discussões nesses tempos. Eu tinha passado por Harvard, feito estágio em um escritório de arquitetura em Boston, me casado e enfim voltado a Arkham para exercer minha profissão – instalado em uma propriedade familiar na Saltonstall Street desde que meu pai se mudara para a Flórida por motivos de saúde. Edward costumava me visitar quase todas as noites, a ponto de eu considerá-lo de casa. Ele tinha um modo característico de tocar a campainha ou bater na porta que se tornou uma espécie de sinal codificado, então depois do jantar eu sempre ouvia os três toques seguidos de mais dois depois de uma breve pausa. Com menos frequência eu visitava sua casa e observava com inveja os volumes obscuros de sua biblioteca cada vez mais numerosa.

Derby estudou na Universidade do Miskatonic em Arkham, pois seus pais não o deixariam morar fora da cidade. Entrou na faculdade aos dezesseis e concluiu a graduação em três anos, saindo formado em inglês e literatura francesa e tirando nota máxima em tudo, menos matemática e ciências. Ele pouco se misturava com os demais estudantes, embora contemplasse com inveja os tipos mais "ousados" ou "boêmios" – aqueles de quem imitava o palavreado "esperto" e a pose niilista e irônica, e cuja conduta dúbia desejava ter coragem de adotar.

O que ele fez foi se tornar um devoto quase fanático de histórias secretas de magia, gênero pelo qual a biblioteca da universidade era, e ainda é, famosa. Seu interesse sempre presente pela fantasia e a estranheza se aprofundou em um mergulho profundo nas runas e nos enigmas deixados em um fabuloso passado para a orientação e o atordoamento da posteridade. Ele leu coisas como o assustador *Livro de Eibon*, o *Unaussprechlichen Kulten*, de Von Junzt, e o proibido *Necronomicon* do árabe louco Abdul Alhazred, mas não contou a seus pais sobre suas descobertas. Edward tinha vinte anos quando meu único filho nasceu, e pareceu satisfeito quando dei ao recém-nascido o nome Edward Derby Upton, em sua homenagem.

Quando chegou aos 25 anos, Edward Derby era um homem prodigiosamente culto e um poeta e fantasista de certo renome, embora sua falta de contatos e responsabilidades atrapalhasse seu crescimento literário e conferisse a suas publicações um caráter derivativo e pedante. Eu era talvez o amigo mais próximo – e o considerava uma fonte inesgotável de tópicos teóricos de importância vital, ao passo que ele se valia de mim para assuntos sobre os quais não podia conversar com os pais. Ele permaneceu solteiro – mais por acanhamento, inércia e superproteção dos pais do que por falta de inclinação – e tinha contatos apenas superficiais com o restante da sociedade. Quando a guerra chegou, sua saúde e timidez inerentes o mantiveram em casa. Eu fui a Plattsburg* em missão militar, mas não cheguei a sair do país.

Assim os anos se passaram. A mãe de Edward morreu quando o filho tinha 34 anos, e por quatro meses

---

* Campo de treinamento para oficiais do Exército criado durante a Primeira Guerra Mundial. (N.E.)

ele ficou incapacitado por algum estranho transtorno psicológico. Seu pai o levou à Europa, e ele conseguiu se recuperar sem sequelas aparentes. Depois disso parecia sentir uma espécie de euforia grotesca, como se tivesse escapado de alguma amarra invisível. Começou a se misturar com os universitários mais "avançados" apesar de sua idade e esteve presente em alguns atos absolutamente extravagantes – em uma ocasião foi chantageado em uma grande quantia (que pegou emprestada comigo) para que seu envolvimento em certo incidente não chegasse ao conhecimento de seu pai. Alguns rumores que se espalhavam sobre os alunos mais abusados da universidade eram singularíssimos. Havia inclusive boatos sobre envolvimento com magia negra e com acontecimentos absolutamente inacreditáveis.

II

Edward tinha 38 anos quando conheceu Asenath Waite. Ela, creio eu, tinha por volta de 23 na época e estava fazendo um curso livre de metafísica medieval na Miskatonic. A filha de um amigo meu que a conhecia de uma época anterior – na Hall School, em Kingsport – mostrou certa antipatia por ela em virtude de sua estranha reputação. Era uma mulher morena, baixinha e muito bonita, a não ser pelos olhos arregalados demais. Embora houvesse algo em sua expressão que incomodava os mais sensíveis, eram principalmente sua origem e as conversas que circulavam a seu respeito que afugentavam as pessoas em geral. Ela era uma das Waite de Innsmouth, e lendas sinistras circulavam por gerações sobre a cidade decadente e semiabandonada e seus habitantes. Existem histórias dando conta de acordos tenebrosos por volta do ano de 1850, e de um estranho elemento "não exatamente humano" nas famílias mais antigas do degradado porto de pesca – histórias que apenas os mais velhos eram capazes de reproduzir com a precisão e o assombro necessários.

O caso de Asenath era agravado pelo fato de ser filha de Ephraim Waite – fruto de um casamento já na velhice com uma esposa cuja identidade nunca foi revelada. Ephraim vivia em uma mansão semiarruinada na Washington Street, em Innsmouth, e aqueles que viram o lugar (o povo de Arkham evitava o máximo possível as visitas a Innsmouth) declaravam que as janelas do sótão estavam sempre cobertas com tábuas, e que sons estranhos escapavam de lá quando a tarde caía. O velho era conhecido por ter sido um notável estudante de magia na juventude, e segundo as lendas era capaz de provocar ou extinguir tempestades em alto-mar a seu bel-prazer. Eu o vi uma ou duas vezes na juventude, quando ele veio a Arkham consultar volumes proibidos na biblioteca da universidade, e detestei seu rosto saturnino e lupino com uma barba grisalha e emaranhada. Ephraim morreu louco – em circunstâncias estranhíssimas – pouco antes de a filha (deixada em seu testamento sob a tutela nominal do diretor) entrar na Hall School, porém ela se revelou uma seguidora voraz do pai, exibindo uma semelhança diabólica com ele às vezes.

O amigo cuja filha estudou com Asenath Waite contou muitas coisas curiosas quando a notícia de seu envolvimento com Edward começou a se espalhar. Asenath, ao que parecia, tinha certa fama de praticante de magia na escola, e de fato parecia capaz de feitos dos mais surpreendentes. Ela dizia provocar tempestades, porém seu aparente sucesso era em geral visto como fruto de uma incrível habilidade de previsão do tempo. Todos os animais lhe demonstravam uma aversão evidente, e ela era capaz de fazer um cão uivar com certos movimentos com a mão direita. Houve vezes em que demonstrou vislumbres de um domínio linguístico e de conhecimentos singularíssimos – e assustadores – para uma menina tão nova; nesses momentos ela atemorizava as colegas com olhares e piscadelas, e parecia extrair uma satisfação obscena e irônica de sua própria situação.

O que havia de mais incomum, porém, eram os casos comprovados de sua influência sobre outras pessoas. Sem sombra de dúvidas, ela era uma praticante da hipnose de competência comprovada. Com estranhos olhares para uma colega era capaz de proporcionar uma sensação distinta de *personalidades trocadas* – como se a vítima fosse transportada momentaneamente para o corpo da maga e pudesse enxergar de fora o próprio corpo, cujos olhos brilhavam e se arregalavam em uma expressão de total alheamento. Asenath costumava fazer afirmações exóticas sobre a natureza da consciência e sua independência do corpo físico – ou pelo menos dos processos vitais do corpo físico. O que mais a irritava, no entanto, era o fato de não ser homem, pois ela acreditava que o cérebro masculino tinha poderes cósmicos amplos e singulares. Com um cérebro masculino, ela dizia ser capaz de igualar e até ultrapassar seu pai em termos de domínio sobre forças desconhecidas.

Edward conheceu Asenath em uma reunião da "intelligentsia" no dormitório de um estudante, e não conseguia falar de outra coisa quando veio me visitar no dia seguinte. Ela demonstrava ter os interesses e o tipo de erudição que mais o atraíam, e além disso provocou nele um efeito devastador em virtude de sua aparência.

Eu nunca tinha visto a jovem, e me recordava apenas de forma vaga de ouvir conversas a seu respeito, mas sabia quem era ela. Pareceu-me lamentável que Derby tenha se empolgado tanto, porém não disse nada para demovê-lo, pois o encantamento costuma se fortalecer com demonstrações de oposição. Ele disse também que não diria nada sobre ela ao pai.

Nas semanas seguintes o jovem Derby mal tocava em outros assuntos que não fossem Asenath. Os galanteios tardios de Edward foram logo notados pelos demais, embora todos concordassem que ele não aparentava nem de longe a idade que tinha, e que era uma companhia das mais apropriadas para a jovem bizarra que idolatrava. Era apenas um pouco barrigudo, apesar dos hábitos preguiçosos e indulgentes, e seu rosto não tinha nenhuma ruga. Asenath, por sua vez, tinha pés de galinha prematuros em virtude da expressão intensa de sua vontade férrea.

Mais ou menos nessa época Edward trouxe a moça à minha casa para uma visita, e percebi de imediato que seu interesse era correspondido. Ela o encarava continuamente com um ar quase predatório, e notei que a intimidade entre os dois era total. Logo depois fui ter com o velho sr. Derby, a quem sempre admirei e respeitei. Ele já ouvira falar da nova amizade do filho, e extraíra toda a verdade do "menino". Edward pretendia se casar com Asenath, e inclusive vinha procurando uma casa nos subúrbios. Ciente de minha geralmente grande influência sobre o filho, seu pai me perguntou se eu poderia ajudá-lo a romper o desaconselhável relacionamento; infelizmente, porém, expressei minhas sinceras dúvidas. Não era um simples caso de uma mulher de temperamento forte dominando a vontade débil de Edward. O eterno menino tinha transferido sua dependência dos pais para uma figura nova e mais forte, e nada poderia ser feito quanto a isso.

O casamento foi realizado um mês depois – por um juiz de paz, a pedido da noiva. O sr. Derby, aconselhado por mim, não se opôs; ele, minha esposa, meu filho e eu comparecemos à breve cerimônia – os outros convidados se resumiam a jovens excêntricos da universidade. Asenath comprara a velha casa de campo dos Crowninshield no fim da High Street, e o casal concordou em se mudar para lá depois de uma breve estadia em Innsmouth, de onde seriam trazidos três empregados, alguns livros e artigos para o lar. Não foi tanto por consideração a Edward e seu pai, e sim por um desejo pessoal de se manter perto da universidade, sua biblioteca e seus tipos "sofisticados", que Asenath decidiu se estabelecer em Arkham em vez de voltar para casa.

Quando Edward me visitou depois da lua de mel, eu o considerei ligeiramente mudado. Asenath o fizera se livrar do bigode ralo, mas não era só isso. Ele parecia mais sóbrio e reflexivo, e sua expressão habitual de rebeldia juvenil foi substituída por um olhar quase que de tristeza genuína. Fiquei sem saber se gostara ou não da mudança. Com certeza ele parecia mais do que nunca um adulto normal. Talvez o casamento fosse uma coisa boa – afinal, a *modificação* no tipo de dependência não poderia ser um passo para sua *neutralização*, levando mais adiante a uma independência responsável? Ele viera sozinho, pois Asenath estava ocupadíssima. Ela trouxera uma enorme quantidade de livros e objetos de Innsmouth (Derby estremeceu ao dizer tal nome), e estava trabalhando na conclusão da reforma da casa que pertencera aos Crowninshield.

Sua casa "naquela cidade" era um lugar desconcertante, mas alguns objetos existentes por lá lhe revelaram coisas surpreendentes. Ele estava evoluindo rapidamente em termos de conhecimentos esotéricos agora que dispunha de Asenath como guia. Alguns dos experimentos propostos por ela eram ousados e radicais – e ele não se sentia à vontade para descrevê-los –, mas confiava nos poderes e nas intenções da esposa. Os três empregados eram estranhíssimos – um casal bem idoso que trabalhara para o velho Ephraim e que às vezes se referia de maneira cifrada à falecida mãe de Asenath, e uma jovem de pele escura com anormalidades destacadas nas feições e que parecia exalar um inextinguível cheiro de peixe.

III

Pelos dois anos seguintes vi Edward com cada vez menos frequência. Duas semanas às vezes se passavam sem que eu ouvisse os três toques na campainha, seguidos de mais dois; e, quando ele aparecia – ou, o que acontecia de forma cada vez menos usual, eu o visitava –, não parecia muito disposto a conversar sobre assuntos relevantes. Ele se tornara reticente quanto aos estudos sobre ocultismo que costumava descrever e discutir com tantas minúcias, e preferia não mencionar a esposa. Ela envelhecera demais desde o casamento, a ponto de – estranhamente – parecer mais velha que o marido. Seu rosto revelava a expressão mais determinada que já vi na vida, e seu aspecto como um todo pareceu adquirir um vago e inexplicável caráter repulsivo. Minha esposa e meu filho também notaram a mesma coisa, e aos poucos fomos parando de visitá-la – fato que, Edward admitiu em um de seus momentos de infantilidade incontida, causou a ela grande satisfação. De tempos em tempos os Derby faziam longas viagens – declaradamente para a Europa, embora em certas ocasiões Edward insinuasse se tratar de destinos bem mais obscuros.

Foi depois do primeiro ano de casamento que as pessoas começaram a falar sobre a mudança percebida em Edward Derby. Eram conversas das mais casuais, pois se tratava de uma alteração puramente psicológica, mas revelavam questões interessantes. De vez em quando, ao que parecia, Edward era flagrado em certas atitudes absolutamente incompatíveis com sua natureza passiva de costume. Por exemplo, embora nunca tivesse dirigido automóveis no passado, ele passou a ser visto entrando ou saindo da antiga propriedade dos Crowninshield ao volante do possante Packard de Asenath, que guiava com maestria, e encarava o tráfego movimentado com habilidade e determinação totalmente alheias a seu caráter habitual. Nessas ocasiões ele estava sempre voltando de uma viagem ou partindo para uma – que tipo de viagem, ninguém podia saber, embora a rota preferencial parecesse ser a estrada para Innsmouth.

Estranhamente, a transformação não parecia causar uma impressão agradável. As pessoas diziam que ele ficava parecido demais com a esposa, ou até com o velho Ephraim Waite, nesses momentos – ou talvez tais momentos parecessem sobrenaturais por serem tão raros. Às vezes, horas depois de sair, ele voltava esparramado e inerte no assento traseiro do carro com um mecânico ou chofer contratado ao volante. Por outro lado, seu aspecto preponderante nas ruas em seus contatos sociais cada vez mais raros (inclusive, devo dizer, suas visitas a mim) continuava a ser a indecisão de sempre – com sua irresponsabilidade infantil ainda mais acentuada que no passado. Enquanto o rosto de Asenath envelhecia, o de Edward – a não ser nessas ocasiões excepcionais – assumia uma expressão de imaturidade extrema, a não ser pelo traço recém-adquirido de tristeza ou entendimento que transparecia em breves instantes. Era de fato bem intrigante. Nesse meio-tempo, os Derby se afastaram quase inteiramente do excêntrico círculo de universitários – não por vontade própria, pelo que ouvi dizer, mas porque alguma coisa em seus estudos recentes deixou chocados até mesmo os mais calejados entre aqueles que compartilhavam de seus interesses.

Mais ou menos nessa época o velho sr. Derby morreu, o que mais tarde considerei até bom. Edward ficou abaladíssimo, mas isso não afetou de forma alguma seu estilo de vida. Ele via pouquíssimo o pai depois de casado, pois Asenath concentrava em torno de si todas as relações familiares importantes do marido. Alguns o consideraram indiferente à perda – em especial depois que suas demonstrações de ousadia e confiança ao volante começaram a se intensificar. Ele queria se mudar de volta para a velha mansão dos Derby, mas Asenath insistia em ficar na antiga casa dos Crowninshield, à qual estava bem adaptada.

Não muito tempo depois minha esposa ouviu um comentário curioso de uma amiga – uma das poucas pessoas que ainda se relacionavam com os Derby. Ela estivera no fim da High Street para visitar o casal e vira um carro passar em disparada com Edward ao volante, com uma expressão estranhamente confiante e um sorriso quase arrogante estampado no rosto. Ao tocar a companhia, foi informada pela repulsiva jovem que Asenath também estava fora; mas ela arriscara uma olhada para dentro da casa ao ir embora. Em uma das janelas da biblioteca de Edward, ela viu um rosto franzido – uma face cuja expressão de sofrimento, derrota e desesperança era quase impossível de descrever. Era Asenath – apesar de isso parecer impossível, tendo em vista seu jeito de ser tão dominador. A visitante, porém, era capaz de jurar que naquele instante sentiu sobre si os olhos tristes e enevoados do pobre Edward.

As visitas de Edward a essa altura se tornaram um pouco mais frequentes, e o que me dizia aos poucos voltou a ser mais concreto. O que ele dizia era impossível de acreditar, mesmo para alguém criado em uma cidade antiga e assombrada por lendas como Arkham, mas ele contava aquelas histórias sinistras com uma sinceridade e um caráter convincente que me fizeram temer por sua sanidade. Falou sobre terríveis encontros em locais isolados, em ruínas ciclópicas nas profundezas dos bosques do Maine sob vastas escadarias que levavam a abismos escondidos pela noite, sobre ângulos complexos que conduziam através de paredes invisíveis a outras regiões do espaço e do tempo, e sobre terríveis trocas de personalidade que permitiam explorações em locais remotos e proibidos, em outros mundos e outros contínuos espaço-tempo.

De vez em quando havia menções amalucadas e atordoantes a determinados objetos – objetos com cores e texturas intrigantes e diferentes de tudo o que existe na Terra, cujas insanas curvaturas e superfícies não atendiam a qualquer propósito concebível nem seguiam nenhuma geometria compreensível. Essas coisas, ele falou, vinham "de fora"; e sua esposa sabia como obtê-las. Às vezes – mas sempre na forma de murmúrios assustados e ambíguos – ele fazia referências ao velho Ephraim Waite, que vira ocasionalmente na biblioteca da universidade nos tempos de estudante. Tais colocações nunca eram específicas, mas pareciam girar em torno de alguma dúvida especialmente horrenda quanto ao fato de o velho mago estar mesmo morto – em um sentido espiritual mas também corpóreo.

Às vezes Derby se interrompia de forma abrupta em suas revelações, e me peguei perguntando se Asenath não seria capaz de adivinhar seu discurso à distância e fazê-lo se calar com alguma espécie desconhecida de truque telepático – algum poder do tipo que ela demonstrava na escola. Com certeza, desconfiava que ele me contava coisas, pois à medida que as semanas se passaram tentou impedir suas visitas com palavras e olhares de um efeito inexplicável. Apenas com dificuldade ele podia vir me ver, pois, embora fingisse ir a outro lugar, alguma força invisível costumava dificultar seus movimentos ou fazê-lo esquecer temporariamente seu destino. Suas visitas em geral aconteciam quando Asenath estava fora – "em seu próprio corpo", como ele estranhamente afirmava. Ela sempre descobria depois – os empregados vigiavam as saídas do marido –, mas não achava que uma medida drástica quanto a isso se fazia necessária.

IV

Derby estava casado fazia mais de três anos no dia de agosto em que recebi um telegrama do Maine. Fazia dois meses que não o via, mas ouvi dizer que ele estava viajando "a negócios". Asenath supostamente o acompanhara, mas segundo boatos mais bem informados havia alguém no segundo andar da casa atrás das cortinas grossas das janelas, pois os curiosos vinham monitorando as compras feitas pelos empregados. A polícia de

Chesuncook me telegrafara falando sobre um homem maltrapilho que saíra da mata delirando e gritando pela minha proteção. Era Edward – e conseguia se lembrar apenas de seu próprio nome e de meu nome e endereço.

Chesuncook fica perto da mata mais selvagem, fechada e inexplorada do Maine, e foi preciso um dia todo de viagem em meio a um cenário fantástico e inóspito para chegar lá de carro. Encontrei Derby trancafiado em uma cela na cidadezinha, oscilando entre o frenesi e a apatia. Ele me reconheceu de imediato, e começou a despejar uma torrente de palavras sem sentido e incoerentes em minha direção.

– Dan... pelo amor de Deus! O covil dos shoggoths! Depois de descer seis mil degraus... a abominação das abominações... Eu jamais deixaria que ela me levasse, e então me vi lá... Iä! Shub-Niggurath!... O vulto se ergueu do altar, e havia quinhentos uivando... A Criatura Encapuzada berrava "Kamog! Kamog!", que era o nome secreto do velho Ephraim na assembleia... Eu estava lá, onde ela prometeu que não me levaria... Um minuto antes eu estava trancado na biblioteca, e então estava lá onde ela foi com meu corpo... no local da maior das blasfêmias, o covil profano onde o reino das trevas começa e o vigia cuida do portão... Eu vi um shoggoth, que mudou de forma... Não aguento mais... E não vou tolerar mais... Eu acabo com ela se me levar para lá de novo... Eu mato aquela entidade... Ela, ele, aquilo, o que seja... Eu acabo com aquilo! Mato com minhas próprias mãos!

Precisei de uma hora para acalmá-lo, mas enfim ele se tranquilizou. No dia seguinte comprei roupas decentes para ele no vilarejo e tomamos o caminho de volta para Arkham. Sua fúria e histeria se aplacaram, e ele se mostrou mais inclinado ao silêncio, mas então começou a murmurar sinistramente consigo mesmo quando o carro passou por Augusta – como se a vista da cidade despertasse lembranças desagradáveis. Estava claro que ele não queria voltar para casa; e considerando os delírios que parecia ter com a esposa – delírios inegavelmente originados de algum tipo de processo hipnótico a que fora submetido –, achei melhor que não voltasse mesmo. Em vez disso, ficaria na minha casa por um tempo, por mais que isso desagradasse Asenath. Mais tarde eu o ajudaria a conseguir o divórcio, pois com certeza havia fatores mentais que tornavam aquele casamento um suicídio para ele. Quando saímos do perímetro urbano e pegamos a estrada de novo os murmúrios de Derby foram cessando, e eu deixei que cochilasse no assento do carona enquanto dirigia.

Durante nossa passagem por Portland ao entardecer o murmúrio recomeçou, de forma mais perceptível que antes, e prestando mais atenção capturei um fluxo de palavras insanas a respeito de Asenath. A maneira como ela afetava os nervos de Edward era clara, pois ele tinha desenvolvido uma série de alucinações a seu respeito. Seu sofrimento atual, ele resmungou furtivamente, era apenas mais um de uma longa série. Ela o estava dominando, e ele sabia que algum dia faria isso de forma definitiva. Mesmo naquele momento Asenath havia aberto mão do controle sobre ele apenas porque era preciso, porque não conseguia mantê-lo por mais tempo. Ela tomava seu corpo com frequência, e o levava a diferentes lugares para rituais inomináveis, deixando-o no corpo dela e trancando-o no andar superior da casa – mas às vezes não conseguia prolongar esse estado de coisas por muito tempo, e ele se via de repente de volta a seu corpo em algum lugar distante, terrível e talvez até desconhecido. Às vezes ela conseguia assumir o controle de novo, às vezes não. Muitas vezes ele era deixado em algum lugar como aquele em que o encontrei... e em muitas ocasiões precisou percorrer distâncias assustadoras para voltar para casa, contratando alguém para dirigir o carro depois de encontrar o veículo.

O pior de tudo era que ela o estava controlando por intervalos cada vez mais longos. Ela queria ser um homem – ser totalmente humana –, e por isso o dominava. Asenath pressentira nele uma mistura de cérebro privilegiado com personalidade fraca. Algum dia ela o expulsaria e desapareceria com seu corpo – para se aprofundar na prática da magia como seu pai e deixá-lo preso àquela carcaça feminina que nem ao menos era humana. Sim, ele sabia tudo sobre os nascidos em Innsmouth agora. Transações haviam sido feitas com criaturas do mar, uma coisa horrível... E o velho Ephraim – ele conhecia o segredo, e quando ficou velho tomou uma atitude grotesca para se manter vivo... queria viver para sempre... Asenath conseguiria... uma demonstração bem-sucedida já ocorrera, inclusive.

Enquanto Derby balbuciava, eu me virei para observá-lo com mais atenção, confirmando a impressão de mudança que um primeiro escrutínio tinha sugerido. Paradoxalmente, ele parecia em uma forma física melhor que a habitual – mais rígido, aparentando um desenvolvimento mais normal, e sem a flacidez pouco saudável provocada por seus hábitos indolentes. Era como se estivesse ativo e bem exercitado pela primeira vez em sua vida superprotegida, e julguei que a força de Asenath deve tê-lo empurrado a um estado mental mais dinâmico e alerta. Naquele momento, porém, sua mente estava em frangalhos, pois ele balbuciava extravagâncias incríveis sobre a esposa, sobre a magia negra, sobre o velho Ephraim e sobre revelações capazes de convencer até a mim. Ele repetia nomes que eu reconhecia de velhas pesquisas em volumes proibidos, e que às vezes me faziam estremecer com uma certa demonstração de coerência mitológica – uma coerência convincente – que atravessava seu discurso. De tempos em tempos havia uma pausa, como se ele estivesse criando coragem para uma última e terrível revelação.

– Dan, Dan, você não se lembra dele... os olhos enlouquecidos e a barba grisalha e desgrenhada que nunca ficava totalmente branca? Ele me encarou uma vez, e nunca mais esqueci. Agora *ela* me olha assim. *E eu sei por quê!* Ele encontrou no *Necronomicon*... a fórmula. Ainda não posso falar em qual página, mas quando puder você vai ler e entender. Então você vai saber o que me dominou. De novo, de novo e de novo... passando de corpo em corpo... ele nunca vai morrer. O brilho da vida... ele sabe quebrar o elo... mesmo depois que o corpo morre, o brilho continua aceso por um momento. Posso dar algumas pistas, e talvez você descubra. Escute, Dan... você sabe por que minha mulher passa tanto tempo debruçada sobre aqueles manuscritos? Você já viu alguma coisa escrita pelo velho Ephraim? Quer saber por que estremeci quando vi algumas anotações feitas às pressas por Asenath? Asenath... *essa pessoa existe mesmo?* Por que pensaram que havia veneno no estômago de Ephraim? Por que os Gilman sempre comentam à boca pequena sobre a forma como ele gritou, como uma criança assustada, quando enlouqueceu e Asenath o trancou no sótão com janelas vedadas com tábuas onde os outros estavam? *Era a alma do velho Ephraim que estava presa lá? Quem trancou quem?* Por que ele passou meses procurando alguém com uma mente privilegiada e uma personalidade fraca? Por que amaldiçoava o fato de ter uma filha e não um filho? Me diga, Daniel Upton, *que tipo de transação maligna foi perpetrada naquela casa dos horrores onde o monstro blasfemo teve à mercê sua filha inocente, imatura e semi-humana?* Ele não tornou a coisa permanente, como ela vai acabar fazendo comigo? Me diga por que aquela criatura que diz se chamar Asenath escreve com uma letra diferente quando está desprevenida, *e não dá para diferenciar sua caligrafia de...*

Então aconteceu. A voz de Derby se elevou em um grito agudo em meio ao delírio, e ele se interrompeu em um estalo quase mecânico. Eu me lembrei de outras ocasiões em casa quando suas confidências cessavam de maneira abrupta – quando eu sentia que alguma onda telepática da força mental de Asenath intervinha para calá-lo. Agora, porém, era bem diferente – e senti que era infinitamente mais terrível. O rosto ao meu lado se contorceu de forma quase irreconhecível por um momento, e seu corpo todo começou a tremer – como se seus ossos, órgãos, músculos e nervos estivessem se reajustando para assumir uma postura, uma atitude e uma personalidade radicalmente distintas.

Onde estava o maior horror eu simplesmente não saberia dizer, mas fui invadido por tamanha onda de náusea e repulsa – uma sensação tão paralisante de estranheza e anormalidade – que minhas mãos se afrouxaram no volante. A figura ao meu lado parecia cada vez mais um monstro invasor vindo do espaço do que um amigo de longa data – um foco maligno e amaldiçoado de forças cósmicas desconhecidas e terríveis.

Hesitei apenas por um momento, mas foi nesse instante que meu acompanhante agarrou o volante e me forçou a trocar de lugar com ele. A noite estava caindo, e as luzes de Portland já estavam para trás, então não era possível ver muito bem seu rosto. O brilho de seus olhos, porém, era fenomenal, e eu sabia que ele devia estar em seu estado estranhamente energizado – tão diferente de seu jeito de ser habitual –, que tanta gente já vinha notando. Parecia inacreditável que o pacato Edward Derby – que nunca se impunha, e que nunca aprendera a dirigir – estivesse me dando ordens e assumindo a direção do meu próprio carro, mas era exatamente isso o que estava acontecendo. Ele se manteve em silêncio por um tempo, e em meu horror inexplicável fiquei contente por isso.

Sob as luzes de Biddeford e Saco vi sua boca franzida com firmeza, e estremeci ao notar seus olhos em chamas. As pessoas tinham razão – ele se parecia terrivelmente com a esposa e com o velho Ephraim quando entrava nesse estado. Não era à toa que ninguém gostava de vê-lo assim – havia algo antinatural e diabólico naquilo, e senti a presença do sinistro com mais força por causa dos delírios que tinha ouvido. Aquele homem, que durante toda a sua vida eu conhecera como Edward Pickman Derby, se tornou um estranho – uma espécie de intruso do abismo negro.

Ele só voltou a falar quando estávamos em um trecho escuro da estrada, e quando o fez sua voz pareceu absurdamente estranha. Estava mais grave, mais firme e mais decidida do que em qualquer outra ocasião; além disso, seu sotaque e sua pronúncia estavam diferentes – e lembrava de forma vaga, remota e bastante perturbadora algo que eu não estava conseguindo identificar. Havia, pensei, um traço de profunda e genuína ironia em seu timbre – não a pseudoironia exibicionista e inócua dos chamados "sofisticados", que Derby costumava imitar, e sim algo mais sombrio, elementar, disseminado e potencialmente maligno. Fiquei pasmo com seu autocontrole logo depois de uma fala delirante motivada pelo pânico.

– Espero que você perdoe o escândalo que eu dei agora há pouco, Upton – ele falou. – Você viu meu estado de nervos, e acho que é capaz de desculpar esse tipo de comportamento. Fico extremamente grato, claro, pela carona para casa. E é melhor esquecer também as maluquices que eu possa ter dito sobre minha mulher... e sobre as coisas em geral. Isso é o que acontece quando a pessoa se aprofunda demais em um ramo de estudos como o meu. Minha filosofia é cheia de conceitos bizarros, e quando a mente fica exausta tudo se funde em uma série de aplicações concretas do imaginário. Preciso descansar mais daqui para a frente... você talvez fique sem me ver por uns tempos, e não culpe Asenath por isso. Esta viagem foi meio estranha, mas na verdade é tudo bem simples. Existem certas relíquias indígenas nos bosques do norte, monumentos de pedras, essas coisas, que têm muita relevância para o folclore local, e Asenath e eu procuramos por coisas assim. Foi uma busca difícil, por isso parece que me descontrolei. Vou mandar buscar o carro quando chegar em casa. Um mês de descanso deve ser suficiente para eu me recompor.

Não me lembro qual foi minha participação na conversa, pois a estranheza de meu acompanhante dominava meus pensamentos. A cada momento minha sensação de um elusivo horror cósmico se intensificava, e em pouco tempo me vi em um estado quase delirante de desejo que a viagem terminasse logo. Derby não me ofereceu mais o volante, e fiquei contente com a velocidade com que passamos por Portsmouth e Newburyport.

Na bifurcação da estrada, onde é possível se afastar da costa sem passar por Innsmouth, temi que meu acompanhante fosse tomar a outra direção e atravessar aquele lugar maldito. Mas não foi esse o caso, e passamos rapidamente por Rowley e Ipswich a caminho de nosso destino. Chegamos a Arkham antes da meia-noite, e as luzes ainda estavam acesas na antiga residência dos Crowninshield. Derby agradeceu mais uma vez antes de sair do carro, e voltei para casa sozinho com uma curiosa sensação de alívio. Foi uma viagem terrível – ainda mais por eu não conseguir determinar o motivo exato para isso –, e não lamentei a decisão de Derby de passar um longo período sem me ver.

V

Os dois meses seguintes foram marcados por boatos. As pessoas relatavam cada vez mais terem visto Derby em seu novo estado energizado, e Asenath quase nunca se mostrava disponível para receber os poucos que a procuravam. Eu só recebera uma visita de Edward, quando ele apareceu brevemente com o carro de Asenath – de fato recuperado depois de ter sido deixado em algum lugar no Maine – para pegar de volta alguns livros que havia me emprestado. Ele estava em seu novo estado mental, e ficou por tempo suficiente apenas para fazer alguns comentários polidos e evasivos. Era evidente não tinha interesse algum em conversar comigo quando estava nessa condição – e reparei que não se deu nem ao trabalho de fazer seu toque especial da campainha quando chegou. Como naquela noite no carro, senti um leve e profundo horror que não conseguia explicar, portanto sua partida rápida se revelou um prodigioso alívio.

Em meados de setembro Derby ficou fora da cidade uma semana, e alguns dos estudantes de hábitos decadentes fizeram comentários sobre o assunto, insinuando a respeito de um encontro com um famoso líder de seita, recentemente expulso da Inglaterra, que se estabelecera em Nova York. De minha parte, não conseguia tirar da cabeça aquela estranha viagem ao Maine. A transformação que presenciei me afetou de forma profunda, e me peguei várias vezes tentando entender a situação – e o horror extremo que me provocou.

Os boatos mais estranhos, porém, davam conta dos gemidos que eram ouvidos na antiga casa dos Crowninshield. A voz parecia feminina, e alguns a consideravam parecida com a de Asenath. Eu a ouvia apenas raramente, e notei que às vezes era como se fosse estrangulada à força. Havia rumores sobre uma investigação, que se desfizeram no dia em que Asenath saiu às ruas e conversou animadamente com um grande número de conhecidos – se desculpando por sua ausência recente e falando vagamente sobre os ataques de nervos e a histeria de uma hóspede de Boston. A tal hóspede nunca foi vista, mas a aparição de Asenath pôs um fim ao falatório. Foi quando alguém resolveu complicar a questão espalhando que os gemidos vez ou outra eram emitidos por uma voz masculina.

Em uma noite eu ouvi os familiares cinco toques na campainha – três seguidos, uma pausa, e então mais dois. Atendi pessoalmente, encontrei Edward nos degraus da frente da casa e percebi de imediato que sua personalidade voltara a ser a de sempre, que eu não encontrava desde os dias de seus delírios naquela terrível viagem de Chesuncook. Seu rosto se contorcia em uma mistura de estranhos sentimentos, na qual o medo e o triunfo pareciam se intercalar. Ele olhou furtivamente por cima do ombro antes de eu fechar a porta.

Depois de me seguir com passos vacilantes até meu escritório, ele pediu um uísque para acalmar os nervos. Decidi não interrogá-lo e esperar que começasse a falar o que estava ali para me dizer. Por fim ele conseguiu concatenar algumas informações com uma voz embargada.

– Asenath se foi, Dan. Tivemos uma longa conversa ontem à noite enquanto os empregados estavam fora, e eu a fiz prometer parar de me usar como sua presa. Claro que eu tinha certas... certas defesas ocultas que nunca comentei com você. Ela foi obrigada a ceder, mas ficou irritadíssima. Arrumou as coisas para ir embora para Nova York a tempo de pegar o trem das 8h20 em Boston. Acho que as pessoas vão comentar, mas não tem jeito. Você não precisa contar que houve um desentendimento... é só dizer que ela partiu para uma longa viagem de pesquisas. Ela provavelmente vai ficar com um de seus horrendos grupos de devotos. Espero que vá para a costa oeste e peça o divórcio... enfim, eu a fiz prometer que vai manter distância e me deixar em paz. Foi horrível, Dan... ela estava roubando meu corpo, me expulsando dele, me fazendo prisioneiro. Eu abaixei a cabeça e fingi que deixava, mas precisava dar um jeito nisso. Conseguiria elaborar um plano com a devida cautela, pois ela não pode ler minha mente de forma literal, ou em detalhes. Só o que ela notou de diferente em mim foi uma disposição a me rebelar... e ela sempre me considerou inofensivo. Nunca imaginou que eu pudesse levar a melhor sobre ela... mas eu tinha uma ou outra carta na manga.

Derby olhou por cima do ombro e pediu mais uísque.

— Mandei embora os malditos empregados hoje de manhã quando voltaram. Não ficaram nem um pouco satisfeitos, e fizeram uma série de questionamentos, mas enfim se foram. Eles são do mesmo tipo, gente de Innsmouth, e eram unha e carne com ela. Espero que me deixem em paz... não gostei de suas risadinhas quando saíram. Vou tentar recontratar o máximo dos empregados de meu pai que conseguir. Vou me mudar de volta para minha casa. Você deve pensar que estou louco, Dan... mas a história de Arkham contém algumas pistas do que contei... e do que ainda vou revelar. Você presenciou uma das mudanças pessoalmente... no seu carro, depois que contei sobre Asenath enquanto voltávamos do Maine. Foi então que ela me pegou... me expulsou do meu corpo. A última coisa da viagem de que me lembro foi que me exaltei todo enquanto tentava explicar *que tipo de demônio ela é.* Foi quando ela me pegou, e em um piscar de olhos eu estava outra vez na casa... na biblioteca onde aqueles amaldiçoados empregados me trancaram, e no corpo daquela maldita... que não é nem ao menos humana... Foi com ela que você voltou para casa, sabe... aquela predadora do meu corpo... você deve ter percebido a diferença!

Eu estremeci quando Derby se interrompeu. Claro que *percebi* a diferença, mas como aceitar uma explicação insana como essa? Meu abalado visitante, porém, estava se tornando cada vez mais extravagante.

— Eu precisava me salvar... eu precisava, Dan! Ela me pegou de vez no Dia das Bruxas... eles fizeram um sabá para os lados de Chesuncook, e o sacrifício consolidou tudo. Ela me dominou de vez... ela seria eu, e eu seria ela... para sempre... era tarde demais... Meu corpo era dela de forma definitiva... Ela seria um homem, e totalmente humana, como queria... Acho que teria me tirado do caminho, matado seu próprio ex-corpo comigo dentro, maldita seja, *assim como fez antes*... assim como ela, ele ou aquilo fez antes...

A essa altura o rosto de Edward estava contorcido de forma atroz, e ele se inclinou desconfortavelmente em minha direção quando sua voz se tornou um sussurro.

– Você precisa saber daquilo que eu mencionei no carro... *que ela não é Asenath, na verdade, e sim o velho Ephraim*. Comecei a desconfiar há um ano e meio, mas agora tenho certeza. A caligrafia dela quando é pega desprevenida... às vezes ela rabisca um bilhete em uma letra idêntica à dos manuscritos do pai, nos mínimos detalhes... e às vezes diz coisas que só um velho como Ephraim falaria. Ele trocou de forma com ela quando sentiu a morte chegando... ela foi a única que ele encontrou com o tipo certo de cérebro e a personalidade fraca de que precisava... assumiu o corpo dela de maneira permanente, assim como quase fez comigo, e depois envenenou o corpo em que a colocou. Você não viu a alma do velho Ephraim faiscando nos olhos daquela mulher-diabo um monte de vezes... e nos meus quando ela tomou meu corpo?

Ele começou a arfar, e fez uma pausa para recobrar o fôlego. Eu não disse nada, e quando voltou a falar a voz de Edward estava mais próxima do normal. Era um caso de internação, pensei, mas não seria eu quem tomaria as providências necessárias. Talvez o tempo e a distância de Asenath mudassem as coisas. Dava para ver que ele nunca mais ousaria se aprofundar no ocultismo mórbido outra vez.

– Eu conto o restante mais tarde... agora preciso descansar. Vou falar sobre os horrores proibidos em que ela me envolveu... sobre os horrores antigos que agora mesmo estão apodrecendo em cantos obscuros, mantidos por alguns monstruosos sacerdotes encarregados de deixá-los vivos. Algumas pessoas sabem coisas sobre o universo que não deveriam ser do conhecimento de ninguém, e fazem coisas que ninguém deveria ser capaz. Eu estava envolvido até o pescoço nessa história, mas para mim já basta. Eu queimaria o maldito *Necronomicon* e todo o restante se fosse o bibliotecário da Miskatonic. Mas agora ela não pode mais me pegar. Preciso sair daquela casa amaldiçoada o quanto antes, e voltar para a minha. Você vai me ajudar se for necessário, eu sei disso. Com aqueles empregados diabólicos, sabe... e caso as pessoas comecem a fazer muitas perguntas sobre Asenath. Eu não posso dar o endereço dela, sabe... E existem também alguns grupos, alguns cultos, sabe, que podem não aceitar muito bem nosso rompimento... alguns deles têm ideias e métodos bastante diferentes. Sei que você vai ficar do meu lado se alguma coisa acontecer... mesmo se eu precisar contar algumas coisas acachapantes...

Pedi para que Edward dormisse no meu quarto de hóspedes naquela noite, e na manhã seguinte ele parecia mais calmo. Conversamos sobre possíveis providências para sua mudança de volta para a mansão dos Derby, e torci para que fizesse isso o quanto antes. Ele não voltou naquele dia, porém nos vimos com frequência nas semanas seguintes. Conversamos o mínimo possível sobre coisas estranhas e desagradáveis, mas discutimos bastante sobre a reforma da velha casa dos Derby e sobre as viagens que Edward prometeu fazer comigo e com meu filho no verão.

De Asenath, quase não falamos, pois eu considerava esse assunto dos mais perturbadores. As fofocas, obviamente, circulavam à vontade, mas não havia nenhuma conversa que tivesse relação com os estranhos acontecimentos na antiga casa dos Crowninshield. Uma coisa que não gostei de ouvir foi o que o contador de Derby deixou escapar em um momento de empolgação no Clube Miskatonic – sobre os cheques que Edward vinha mandando regularmente para o casal Moses e Abigail Sargent e uma tal de Eunice Babson de Innsmouth. Ao que parecia, os empregados de aparência maligna estavam extorquindo dele alguma espécie de tributo – mas ele não conversou sobre isso comigo.

    Eu queria que o verão – e as férias de meu filho de Harvard – chegasse logo, para que pudéssemos ir à Europa com Edward. Logo percebi que ele não estava se recuperando com a rapidez esperada; havia um toque de histeria em seus momentos ocasionais de empolgação, e seus acessos de medo e depressão estavam se tornando frequentes demais. A velha casa dos Derby ficou pronta em dezembro, porém Edward continuava a adiar a mudança. Embora odiasse e parecesse temer a antiga propriedade dos Crowninshield, ele também se mostrava estranhamente escravizado pelo lugar. Não queria saber de começar a encaixotar as coisas e inventava todo tipo de desculpas para protelar as providências necessárias. Quando mencionei isso, pareceu inexplicavelmente apavorado. O velho mordomo de seu pai – que estava lá junto com alguns outros empregados recontratados – me contou um dia que Edward às vezes vagava pela casa, em especial pelo porão, com uma expressão estranha e atípica. Eu perguntei se Asenath não estaria lhe escrevendo cartas perturbadoras, mas o mordomo falou que não havia chegado nenhuma correspondência que pudesse vir dela.

VI

Perto do Natal, Derby desmoronou certa noite em uma visita a mim. Enquanto eu falava sobre nossas viagens no verão seguinte, ele de repente deu um grito e pulou da poltrona com uma expressão de susto e medo incontrolável – um pânico cósmico e uma repulsa tamanha que apenas as profundezas dos pesadelos são capazes de trazer a uma mente sã.

– Meu cérebro! Meu cérebro! Deus do céu, Dan... está sendo puxado... do além... golpeado... agarrado... a mulher-diabo... inclusive agora... Ephraim! Kamog! Kamog!... O poço dos shoggoths... Iä! Shub-Niggurath! O Bode com Mil Crias!... A chama... a chama... além do corpo, além da vida... na terra... ai, Deus!...

Eu o empurrei de volta para a poltrona e despejei um pouco de vinho em sua boca quando o frenesi se acalmou e se tornou uma monótona apatia. Ele não resistiu, mas continuou movendo os lábios, como se estivesse falando sozinho. Foi quando percebi que estava tentando se comunicar comigo, e aproximei o ouvido de sua boca para capturar as palavras murmuradas.

– ...de novo, de novo... ela está tentando... eu deveria imaginar... nada é capaz de deter essa força; nem a distância, nem a magia, nem a morte... ela sempre volta, na maioria das vezes à noite... não posso permitir... é horrível... Deus do céu, Dan, *se você soubesse o quanto é horrível...*

Quando ele caiu em um estupor eu o acomodei melhor com almofadas e deixei que dormisse. Decidi não chamar um médico, pois sabia o que seria dito sobre sua sanidade, e gostaria de dar à natureza uma chance, se possível. Ele acordou à meia-noite, e eu o instalei em uma cama no andar de cima, porém quando amanheceu não estava mais lá. Saíra da casa silenciosamente, e seu mordomo, quando telefonei, falou que ele estava em casa, andando apreensivamente de um lado para o outro na biblioteca.

Não demorou muito para que Edward desmoronasse depois disso. Ele não voltou a me visitar, mas eu fui vê-lo todos os dias. Passava o tempo sentado em sua biblioteca, olhando para o nada e com uma expressão de quem estava *escutando* algo anormal. Às vezes se expressava de forma racional, mas sempre sobre temas banais. Diante de qualquer menção de seus problemas, ou de planos futuros, ou de Asenath, ele entrava em frenesi. O mordomo contou que Edward sofria convulsões terríveis à noite, durante as quais poderia acabar se machucando com gravidade.

Tive uma longa conversa com seu médico, seu contador e seu advogado, e por fim aceitei que fosse examinado por dois especialistas. Os espasmos resultantes das primeiras investigações foram violentos e lamentáveis – e naquela noite sua pobre figura inquieta foi levada em um carro fechado ao sanatório de Arkham. Fui nomeado seu curador, e o visitava duas vezes por semana – quase sempre terminando às lágrimas por ouvir seus gritos enlouquecidos, seus sussurros assombrados e suas repetições incessantes e apavorantes de frases como: "Eu precisava fazer isso… eu precisava… aquilo vai me pegar… vai me pegar… naquele lugar… naquele lugar escuro… Mãe do céu! Dan! Me salve… me salve…".

Ninguém sabia me dizer se havia esperança de recuperação, mas eu tentei de tudo para me manter otimista. Edward precisava ter uma casa quando voltasse a si, então transferi seus empregados para a mansão dos Derby, que com certeza era a escolha mais saudável. Não consegui decidir o que fazer com a antiga propriedade dos Crowninshield e sua complexa coleção de objetos inexplicáveis, então temporariamente a deixei como estava – pedindo à arrumadeira dos Derby que fosse até lá e limpasse os cômodos principais uma vez por semana, e recomendando ao fornalheiro que acendesse o fogo nesses dias.

O último pesadelo veio antes do Dia da Candelária – prenunciado, em uma cruel ironia, por uma falsa esperança. Certa manhã no fim de janeiro o pessoal do sanatório telefonou para avisar que o juízo de Edward voltara de repente. Sua memória de curto prazo, segundo disseram, estava severamente prejudicada, mas de sua sanidade não havia dúvidas. Ele precisaria ficar internado para observação, claro, mas o desfecho do caso parecia certo. Ficaria tudo bem, e ele receberia alta em uma semana.

Fui correndo até lá com a maior alegria, porém fiquei perplexo quando uma enfermeira me conduziu ao quarto de Edward. O paciente se levantou para me cumprimentar, estendendo a mão com um sorriso educado; percebi de imediato que ostentava aquela estranha personalidade energizada que parecia tão alheia à sua natureza – a personalidade que julguei tão horrenda, e que o próprio Edward afirmara se tratar da alma invasora de sua esposa. Lá estavam os mesmos olhos em chamas – tão parecidos com os de Asenath e os do velho Ephraim – e a mesma boca franzida com firmeza; e quando ele falou senti a mesma ironia impregnada em sua voz – uma ironia profunda e recendente a malignidade. Aquela foi a pessoa que dirigiu meu carro certa noite cinco meses antes – a pessoa que eu não voltara a ver a não ser na breve visita em que ele se esquecera do sinal dos cinco toques na campainha e me provocou um medo tão nebuloso – e agora me provocava a mesma sensação de estranheza blasfema e de inefável horror cósmico.

Ele falou educadamente sobre as providências para sua alta hospitalar – e não me restou nada a fazer senão concordar, apesar de alguns lapsos em sua memória recente. Mas senti que havia alguma coisa terrível e inexplicavelmente errada e anormal. Havia horrores naquela situação que eram incompreensíveis para mim. Era de fato uma pessoa sã – mas seria o Edward Derby que eu conhecia? Em caso negativo, quem ou o que era – *e onde estava Edward*? Estaria livre ou confinado... ou extirpado da face da terra? Havia implicações absolutamente sinistras em tudo o que a criatura dizia – e seus olhos parecidos com os de Asenath conferiam um aspecto de zombaria a certas palavras sobre "a sensação de liberdade proporcionada por um *confinamento especialmente próximo*". Devo ter me comportado de forma estranhíssima, e me retirei às pressas e de bom grado.

No dia seguinte inteiro eu torturei meu cérebro em busca de uma explicação. O que tinha acontecido? Que tipo de mente se mostrava naqueles estranhos olhos no rosto de Edward? Não conseguia pensar em mais nada além daquele enigma terrível e fugidio, e desisti de realizar meus afazeres habituais. Na segunda manhã após a aparente recuperação, o pessoal do hospital telefonou para avisar que o estado do paciente permanecia o mesmo, e no fim daquela tarde me vi próximo de um colapso nervoso – uma condição que admito, embora muita gente possa pensar que afetou minhas visões subsequentes. Não tenho nada a dizer sobre isso a não ser que nenhuma loucura minha seria capaz de contrariar *todas* as evidências.

VII

Foi à noite – depois desse mesmo fim de tarde – que o horror total e absoluto me abateu e obscureceu meu espírito com um pânico pesado e impossível de superar. Começou com um telefonema pouco antes da meia-noite. Eu era o único acordado em casa, e desci sonolento para atender na biblioteca. Não parecia haver ninguém na linha, e eu estava prestes a desligar e ir para a cama quando meu ouvido captou uma vaga impressão de som do outro lado. Seria alguém que estava enfrentando dificuldades para falar? Enquanto escutava, detectei uma espécie de gorgolejar semilíquido – "glub... glub... glub" –, mas que emitia uma estranha impressão de se tratar de palavras ininteligíveis e inarticuladas em suas divisões silábicas. "Quem é?", eu perguntei, mas como resposta só obtive o mesmo "glub-glub... glub-glub". Concluí que se tratava de um ruído mecânico; mas, imaginando que o aparelho do outro lado estivesse danificado e a pessoa conseguisse me ouvir, mas não falar, acrescentei: "Não estou escutando você. É melhor desligar e tentar o serviço de informações". Imediatamente depois ouvi o telefone ser desligado do outro lado da linha.

Conforme mencionei, isso foi pouco antes da meia-noite. Mais tarde, quando a ligação foi rastreada, descobriu-se que vinha da antiga propriedade dos Crowninshield, embora fizesse alguns dias desde a última vez que a arrumadeira estivera por lá. Não sou capaz de descrever em detalhes o que foi encontrado naquela casa – a bagunça em um depósito no porão, as marcas de passos, a sujeira, o guarda-roupa revirado, as marcas inexplicáveis no telefone, os materiais de escritório utilizados de forma desajeitada e o fedor detestável que pairava sobre tudo. Os policiais, pobres-diabos, têm suas teorias sabichonas, e ainda estão à procura dos sinistros empregados dispensados – que desapareceram das vistas em meio à confusão. Os investigadores insistem que foi uma espécie de vingança odiosa da parte deles, e especulam que fui incluído por ser o melhor amigo e conselheiro de Edward.

Idiotas! Eles acham que aqueles palhaços abrutalhados poderiam ter falsificado a caligrafia no papel? Pensam que os empregados poderiam ser capazes de forjar o que aconteceu depois? Não conseguem ver as mudanças no corpo que costumava ser o de Edward? Quanto a mim, *agora acredito em tudo o que Edward Derby me contou*. Existem horrores que vão além dos limites da vida, dos quais nem desconfiamos, e de vez em quando as evocações malignas do homem conseguem trazê-los para nosso alcance. Ephraim – ou Asenath – diabolicamente os evocou, e eles envolveram Edward da mesma forma como estão fazendo comigo.

Não tenho como garantir que estou seguro. Tais poderes vão além da manifestação física da vida. No dia seguinte – à tarde, quando saí do estado de prostração e voltei a andar e falar normalmente –, fui ao manicômio e abati a tiros a criatura, pelo bem of Edward e do mundo, mas como posso ter certeza de sua morte até que o corpo seja cremado? O cadáver está sendo mantido para autópsias inúteis realizadas por uma série de médicos – mas eu digo que a cremação precisa ser feita. *Ele precisa ser cremado – pois não era mais Edward Derby quando o abati a tiros.* Que a loucura me fulmine se não o cremarem, pois nesse caso eu posso ser o próximo. Mas minha personalidade não é fraca – e eu não vou me deixar abater pelos terrores que habitam aquele corpo. Uma vida... como Ephraim, Asenath e Edward...

e depois quem? Eu *não vou* ser expulso do meu corpo... Eu *não vou* trocar de alma com aquela carcaça cravejada de balas no manicômio!

Mas antes preciso narrar de forma coerente o horror final. Não vou comentar a respeito daquilo que a polícia faz questão de ignorar – os testemunhos sobre a criatura diminuta, grotesca e malcheirosa vista por pelo menos três pessoas na High Street pouco antes das duas horas, e da natureza das pegadas encontradas em certos lugares. Vou relatar apenas que fui acordado pela campainha e por batidas na porta – chamados alternados que se davam com uma espécie de desespero fragilizado, *e todas as vezes tentando imitar o toque especial de Edward.*

Despertada do sono, minha mente entrou em parafuso. Derby à minha porta – e se lembrando do antigo código! A nova personalidade não se lembrava... Edward teria voltado a seu juízo perfeito? Por que estaria tão tenso e apressado? Teria recebido alta antecipada ou fugido? Talvez, pensei enquanto vestia um robe e corria escada abaixo, seu retorno a si tivesse se dado de forma delirante e violenta, fazendo com que sua alta fosse cancelada e o obrigando a uma fuga desesperada pela liberdade. O que quer que tivesse acontecido, era o bom e velho Edward outra vez, e eu iria ajudá-lo!

Quando abri a porta para a escuridão, uma lufada de um fedor insuportável quase me fez recuar. Eu engasguei de náusea, e por um momento quase vi a figura diminuta e curvada nos degraus da frente da casa. O chamado havia sido o de Edward, mas o que seria aquela coisa horrenda e anormal diante de mim? Para onde teria ido Edward? Ele havia acabado de tocar mais uma vez quando abri a porta.

O visitante usava um sobretudo de Edward – cuja parte inferior quase tocava o chão, e cujas mangas estavam dobradas, mas mesmo assim as mãos continuavam invisíveis. Sua cabeça estava abaixada, e uma echarpe de seda preta escondia seu rosto. Quando dei um passo hesitante à frente, a figura emitiu um som semilíquido como aquele que eu ouvira ao telefone – "glub... glub..." – e me estendeu uma folha de papel espetada na ponta de um lápis comprido. Ainda atordoado pelo fedor absurdo, peguei o papel e tentei ler sob a luz que escapava pela porta.

Sem dúvida alguma, era a letra de Edward. Mas por que ele escrevera se estava tão perto a ponto de me chamar em minha casa? E por que sua caligrafia estava tão estranha e trêmula? Não era possível identificar muita coisa na semipenumbra, então recuei para o vestíbulo, e a figura diminuta me acompanhou com passos pesados e mecânicos, mas se deteve na soleira da porta. O odor do estranho mensageiro era de fato terrível, e eu torci (não em vão, graças a Deus) para que minha esposa não precisasse confrontá-lo.

Então, enquanto lia, senti meus joelhos fraquejarem e minha visão escurecer. Estava caído no chão quando voltei a mim, com o maldito papel ainda agarrado por minha mão enrijecida pelo medo. Eis o que estava escrito:

Dan, vá ao sanatório e mate aquela criatura. Extermine sem piedade. Aquilo não é mais Edward Derby. Ela me pegou, é Asenath, *e ela estava morta fazia três meses e meio.* Eu menti quando falei que ela foi embora. Eu a matei. Precisei fazer isso. Foi um ato repentino, mas estávamos a sós, e eu estava em meu corpo. Apanhei o candelabro e esmaguei sua cabeça. Ela teria me dominado de forma permanente no Dia das Bruxas.

Eu a enterrei no depósito mais recôndito do porão, debaixo de algumas caixas velhas, e limpei todos os vestígios. Os empregados desconfiaram na manhã seguinte, mas têm segredos demais para se arriscar a acionar a polícia. Eu os demiti, mas só Deus sabe o que eles, e os outros membros do culto, vão fazer.

Por um tempo pensei que estivesse tudo bem, e então senti meu cérebro sendo puxado. Eu percebi o que era... e deveria ter me lembrado. Uma alma como a dela, ou de Ephraim, não é totalmente vinculada ao corpo físico, e permanece viva enquanto o corpo ainda durar. Ela estava me pegando, me fazendo trocar de corpo... *tomando meu corpo e me colocando naquele seu cadáver enterrado no porão.*

Eu sabia o que estava por vir, por isso surtei e fui parar no manicômio. Então aconteceu... eu me vi sufocando no escuro... dentro da carcaça em putrefação de Asenath no porão, enterrado debaixo das caixas onde eu o deixara. E eu sabia que ela estaria no meu corpo no sanatório... e *de forma definitiva*, pois aconteceu depois do Dia das Bruxas, e o sacrifício deve ter sido feito sem a presença dela... agora ela estava com a mente sã, e pronta para ser libertada e se tornar uma ameaça ao mundo. Eu estava desesperado, *e a duras penas consegui sair lá de baixo.*

Estou decomposto demais para falar, não consegui fazê-lo ao telefone, mas ainda consigo escrever. De alguma forma vou sair daqui para levar a você este último aviso. *Mate aquela criatura vil* se você ainda quer que haja paz e tranquilidade no mundo. *Providencie sua cremação.* Se não fizer isso, aquilo vai continuar vivo, trocando de corpo para sempre, e não sei dizer o que é capaz de fazer. Mantenha distância da magia negra, Dan, isso é coisa do diabo. Adeus... você foi um ótimo amigo. Dê à polícia uma desculpa qualquer... lamento muitíssimo por arrastá-lo para essa história. Em breve vou ter paz... esta coisa não vai se manter de pé por muito tempo. Espero que estas palavras cheguem a você. E mate a criatura... mate-a.

Seu amigo, ED

Foi só mais tarde que li a segunda parte da mensagem, pois desmaiei ao final do terceiro parágrafo. E desmaiei de novo quando vi e senti o cheiro daquela coisa na soleira quando o ar fresco do amanhecer a atingiu. O mensageiro não estava mais consciente nem se movendo.

Meu mordomo, um homem mais durão que eu, não desmaiou diante do que encontrou no vestíbulo pela manhã. Em vez disso, telefonou para a polícia. Quando os policiais chegaram, eu já tinha sido levado para a cama, mas a outra massa corpórea presente estava no mesmo lugar onde havia desabado durante a noite. Os homens precisaram levar seus lenços ao nariz.

O que por fim encontraram em meio às estranhamente arranjadas roupas de Edward foi basicamente um horror em estado liquescente. Havia ossos também – e um crânio esmagado. Os exames da arcada dentária revelaram que pertencia inegavelmente a Asenath.

A SOMBRA PROJETADA DO TEMPO

I

Depois de 22 anos de pesadelo e terror, salvo apenas por uma convicção desesperada da natureza mítica de certas impressões, não me sinto capaz de garantir a veracidade daquilo que penso ter encontrado na Austrália Ocidental na noite de 17 para 18 de julho de 1935. Existem razões para acreditar que minha experiência foi uma alucinação total ou parcial – que, acredito eu, poderia ter ocorrido por múltiplas causas. No entanto, o realismo da situação foi tão horrendo que às vezes considero essa esperança impossível. Se aconteceu de fato, a humanidade precisa se preparar para aceitar concepções de cosmo, e de seu lugar no vórtice borbulhante do tempo, cuja simples menção é paralisante. A humanidade também deve ficar atenta a um perigo específico à espreita que, embora nunca seja capaz de atingir toda a raça, pode impor horrores monstruosos e inimagináveis a alguns de seus membros mais desafortunados. É por essa razão que eu defendo, com todas as forças de meu ser, o abandono definitivo de todas as tentativas de desenterrar esses fragmentos de construções desconhecidas e primevas que minha expedição se propôs a investigar.

Partindo do pressuposto de que eu estava acordado e em sã consciência, minha experiência naquela noite foi algo que jamais ocorrera a um homem. Além disso, foi uma assustadora confirmação de tudo o que eu sempre tentei refutar como mito ou matéria de sonho. Felizmente não existem provas, pois em meu pavor perdi o objeto notável que – caso fosse de verdade e pudesse ser removido daquele abismo estonteante – teria servido como uma evidência irrefutável. Quando me deparei com o horror estava sozinho – e até hoje nunca contei a ninguém. Era impossível impedir outros de escavar naquela direção, mas o acaso e as areias instáveis até aqui evitaram que isso acontecesse. Agora preciso formular um depoimento definitivo – não só em benefício de meu equilíbrio mental, mas também para alertar outras pessoas que venham a encará-lo com seriedade.

Escrevo estas páginas – cujas primeiras partes devem soar familiares para os leitores mais assíduos do noticiário científico e da imprensa cotidiana em geral – na cabine do navio que está me levando para casa. Devo entregá-las a meu filho, professor Wingate Peaslee, da Universidade do Miskatonic – o único membro de minha família que se manteve próximo de mim depois de meu estranho episódio de amnésia anos atrás, e o homem mais bem-informado a respeito dos meandros do caso. De todos os viventes, ele é o menos propenso a ridicularizar o que tenho a relatar daquela fatídica noite. Não adiantei nada oralmente antes de iniciar a viagem, pois acredito ser melhor fazer a revelação por escrito. Lendo e relendo à vontade ele poderá formar uma imagem mais convincente do que aquela que minha confusa língua seria capaz de criar. Ele pode fazer o que bem entender com este relato – mostrá-lo, com os devidos comentários, a qualquer um que julgue capaz de usá-lo de forma proveitosa. É para benefício dos leitores que porventura desconheçam as fases iniciais do caso que antes da revelação em si componho um resumo bastante amplo de seu contexto.

Meu nome é Nathaniel Wingate Peaslee, e aqueles que se lembram de histórias antigas do noticiário – ou das cartas e dos artigos nos periódicos de psicologia de seis ou sete anos atrás – devem saber quem sou. A imprensa cobriu de forma extensiva meu incomum episódio de amnésia entre 1908 e 1913, e em boa parte com as implicações tradicionais de horror, loucura e bruxaria que assombram a velha cidade de Massachusetts que era – e continua a ser – meu local de residência. Mas devo dizer que na história de meus ancestrais e de minha infância não existe nada que remeta à loucura ou a algo sinistro. Esse é um fato importantíssimo, tendo em vista a sombra que recaiu sobre mim pela ação de fontes *externas*. Pode ser que os séculos de obscuridade tenham conferido à antiga, mal conservada e assombrada Arkham uma vulnerabilidade peculiar em relação a tais sombras – embora isso pareça improvável à luz dos demais casos que mais tarde vim a estudar. Mas a questão principal é que não existe nada de anormal em meu passado e meu histórico familiar. O que se deu teve origem *em outro lugar* – onde, eu não consigo nem começar a tentar pôr em palavras.

Sou filho de Jonathan e Hannah (Wingate) Peaslee, ambos de Haverhill. Nasci e fui criado em Haverhill – na velha casa da Boardman Street perto de Golden Hill – e só me mudei para Arkham quando entrei na Universidade do Miskatonic, aos dezoito anos. Isso foi em 1889. Depois de me formar fui fazer pós-graduação em economia em Harvard, e voltei à Miskatonic como professor assistente de economia política em 1895. Por mais de treze anos levei uma vida tranquila e feliz. Eu me casei com Alice Keezar, de Haverhill, em 1896, e meus três filhos, Robert K., Wingate e Hannah, nasceram em 1898, 1900 e 1903, respectivamente. Em 1898 me tornei professor adjunto, e em 1902 professor titular. Em nenhum momento demonstrei o menor interesse por ocultismo ou por anomalias da psicologia humana.

Foi em 14 de maio de 1908, uma quinta-feira, que aconteceu o estranho episódio de amnésia. O caso foi bastante súbito, porém mais tarde me dei conta de que estava tendo visões breves e repentinas fazia algumas horas – visões caóticas que me perturbaram terrivelmente por seu caráter sem precedentes –, e que devem ter constituído os sintomas preliminares. Minha cabeça doía, e fui acometido por uma sensação peculiar – absolutamente nova para mim – de que havia alguém tentando dominar meus pensamentos.

O colapso ocorreu às 10h20 da manhã, enquanto eu ministrava uma aula de Economia Política VI – sobre as tendências históricas e contemporâneas da economia – para alunos do segundo e do terceiro ano. Comecei a ver formas estranhas diante de meus olhos e a sentir que estava em algum ambiente grotesco, e não em sala de aula. Meus pensamentos e minhas palavras se distanciaram do tema e da questão, e os alunos perceberam que algo grave me acometera. Então desabei sobre a cadeira, inconsciente, em um estupor do qual ninguém era capaz de me tirar. Minhas faculdades mentais de costume só voltaram a ser vistas neste mundo cinco anos, quatro meses e treze dias depois.

Obviamente, foi por meio de outras pessoas que tomei conhecimento do acontecido. Eu não mostrei nenhum indício de consciência por dezesseis horas e meia, mesmo depois de ser levado para minha casa, no número 27 da Crane Street, e de receber a melhor assistência médica disponível. Às 3 da manhã do dia 15 de maio meus olhos se abriram e comecei a falar, mas não demorou para que os médicos e minha família se assustassem terrivelmente com aquilo que eu estava dizendo. Ficou evidente que eu não tinha nenhuma lembrança de minha identidade e meu passado, mas por alguma estranha razão parecia preocupado em esconder meu desconhecimento. Meus olhos percorriam com estranhamento as pessoas ao redor, e as contrações de minha musculatura facial eram totalmente inabituais.

Até mesmo minha fala soava estranha e alheia. Meus órgãos vocais pareciam ser usados de forma desajeitada e vacilante, e minha dicção adquiriu um caráter curiosamente formal, como se tivesse aprendido a falar inglês lendo tratados de gramática. Minha pronúncia se tornou barbaramente estranha, e minha escolha vocabular incluía curiosos arcaísmos e expressões de construção e sentido incompreensíveis. Entre estas últimas, uma em particular foi lembrada de forma vívida – ainda que amedrontada – pelo mais jovem dos médicos mesmo vinte anos depois. Foi só então que tal expressão passou a ter um significado de fato – primeiro na Inglaterra e depois nos Estados Unidos – e, apesar de sua complexidade e seu ineditismo absolutos, fora citada de maneira literal nas palavras obscuras do estranho paciente de Arkham em 1908.

Minha força física se restabeleceu de imediato, embora tenha sido necessária uma trabalhosa reeducação corporal para que eu voltasse a usar normalmente minhas mãos, pernas e as demais partes do corpo como um todo. Em virtude disso e de outras sequelas inerentes ao lapso mnemônico, fui mantido por algum tempo sob minuciosa supervisão médica. Quando vi que minhas tentativas de esconder o lapso haviam fracassado, eu o admiti abertamente e me mostrei ávido por todo tipo de informações. Na verdade, os médicos notaram que eu perdi o interesse em minha personalidade anterior assim que demonstrei aceitar a amnésia como um fato natural. Eles perceberam que meus maiores esforços se concentravam em dominar certas questões referentes a história, ciência, artes, linguagens e folclore – algumas tremendamente obtusas, outras puerilmente simples – que pareciam, de forma bem estranha em muitos casos, alheias a minha consciência.

Eles notaram também que eu demonstrava um domínio inexplicável de certos tipos desconhecidos de conhecimento – um domínio que eu parecia querer esconder, em vez de revelar. Vez ou outra eu me referia, de forma casual e convicta, a eventos específicos de priscas eras, fora do escopo da história consolidada – e tratava tais referências como piadas quando via a estranheza que causavam. E em duas ou três ocasiões falei sobre o futuro de uma maneira que deixou as pessoas assustadas. Esses vislumbres desconcertantes logo pararam de acontecer, mas alguns observadores atribuíram esse desaparecimento mais a uma certa cautela furtiva de minha parte do que à extinção do estranho conhecimento que os alimentava. Na verdade, eu parecia anormalmente ávido para absorver o modo de falar, os costumes e os pontos de vista de meus contemporâneos, como se fosse um estudioso vindo de uma terra distante e estrangeira.

Assim que obtive permissão, passei a frequentar a biblioteca da universidade por longas horas; e em pouco tempo comecei a tomar providências para estranhas viagens, privilegiando trajetos que incluíam universidades americanas e europeias, que tanto geraram comentários nos anos seguintes. Em nenhum momento me afastei da convivência de pessoas cultas, pois meu caso ganhou uma certa notoriedade entre os psicólogos da época. Eu virei exemplo de manifestação típica de personalidade secundária – embora ainda surpreendesse os especialistas de vez em quando com algum sintoma bizarro ou algum vestígio de uma zombaria cautelosamente velada.

Amizades genuínas, porém, eu tinha pouquíssimas. Alguma coisa em meu aspecto e meu jeito de falar parecia despertar medos e aversões de caráter vago em todos os que me conheciam, como se houvesse um distanciamento infinito entre mim e tudo o que há de normal e saudável. Essa ideia de um horror tenebroso e oculto ligado a abismos incalculáveis e *distantes* era amplamente disseminada e persistente. Minha própria família não era exceção. A partir do momento de meu estranho despertar, minha esposa passou a me tratar com repulsa e horror extremos, jurando que alguma criatura desconhecida usurpara o corpo do marido. Em 1910 ela pediu o divórcio judicial, e não aceitou mais me ver nem depois de meu retorno à normalidade, em 1913. Esses sentimentos eram compartilhados por meu filho mais velho e minha filha caçula, que desde então nunca mais vi.

Apenas Wingate, meu filho do meio, parecia capaz de vencer o terror e a repulsa despertados por minha transformação. Ele sentiu que eu estava estranho, claro, mas apesar de só ter oito anos na época mantinha a fé que ainda pudesse voltar a ser quem era. Quando isso aconteceu, ele me procurou, e o juiz me concedeu sua guarda. Nos anos seguintes me ajudou com os estudos aos quais fui impelido, e hoje, aos 35 anos, é professor de psicologia da Miskatonic. Porém não duvido do horror que causei – pois com certeza a mente, a voz e a expressão facial da criatura que acordou no dia 15 de maio de 1908 não eram as de Nathaniel Wingate Peaslee.

Não vou tentar narrar muita coisa a respeito de minha vida entre 1908 e 1913, pois os leitores podem obter os fatos principais – assim como em boa medida eu tive que fazer – a partir dos arquivos dos jornais e dos periódicos científicos. Meus rendimentos ficaram todos a meu critério, e foram gastos de forma gradual e até bem pensada em viagens e estudos em diversos centros de aprendizagem. Minhas viagens, porém, eram peculiares ao extremo; envolviam longas expedições a lugares remotos e desolados. Em 1909 passei um mês no Himalaia, e em 1911 chamei muita atenção com uma viagem de camelo pelos desertos desconhecidos da Arábia. O que aconteceu nessas jornadas nunca consegui descobrir. No verão de 1912 fretei um navio e naveguei pelo Ártico até o norte de Spitsbergen, da qual voltei mostrando sinais de desapontamento. Mais tarde nesse mesmo ano passei semanas sozinho além dos limites das explorações anteriores e subsequentes nas vastas cavernas de calcário do oeste da Virginia – labirintos escuros tão complexos que sequer pensei em refazer meus passos por lá.

Minhas estadias nas universidades foram marcadas por uma assimilação anormalmente rápida de informações, como se a personalidade secundária tivesse uma inteligência muitíssimo superior à minha. Descobri também que minha velocidade de leitura e aprendizado solitário era fenomenal. Eu era capaz de dominar um livro em todos os detalhes apenas folheando suas páginas; além disso, minha capacidade de interpretar elementos gráficos complexos de forma instantânea era absolutamente impressionante. Às vezes apareciam relatos desagradáveis de meu poder de influenciar os atos e pensamentos de outras pessoas, mas com o tempo ao que parece tomei a cautela de minimizar a demonstração de tal faculdade.

Outros relatos desagradáveis diziam respeito a minha intimidade com líderes de seitas ocultistas e estudiosos suspeitos de ligação com grupos inomináveis de estranhos hierofantes do mundo antigo. Esses boatos, embora nunca comprovados na época, eram sem dúvida estimulados pelo caráter já conhecido de algumas de minhas leituras – pois consultas a livros raros nas bibliotecas não têm como ser mantidas em segredo. Existem provas materiais – na forma de anotações nas margens – de que examinei minuciosamente coisas como *Cultes des Goules*, do conde d'Erlette, *De Vermis Mysteriis*, de Ludvig Prinn, *Unaussprechlichen Kulten*, de Von Junzt, os fragmentos sobreviventes do intrigante *Livro de Eibon* e o temido *Necronomicon* do árabe louco Abdul Alhazred. É também inegável que uma nova e maligna onda de seitas subterrâneas surgiu mais ou menos na época de minha estranha mutação.

No verão de 1913 comecei a exibir sinais de tédio e interesse reduzido, e a insinuar a vários conhecidos que uma mudança em breve aconteceria em mim. Comentei o retorno das lembranças de minha vida pregressa – embora a maioria daqueles que ouvissem me julgasse insincero, já que todas as recordações citadas eram casuais, e poderiam ter sido aprendidas com a leitura de meus papéis pessoais. Em meados de agosto voltei a Arkham e reabri minha casa fechada havia tempos na Crane Street. Aqui instalei um mecanismo de aspecto dos mais curiosos, construído em etapas distintas por diferentes fabricantes de aparelhagem científica na Europa e nos Estados Unidos, e mantido cuidadosamente fora das vistas de qualquer um que pudesse ter inteligência suficiente para analisá-lo. As únicas pessoas que o viram – os empregados e a nova governanta – disseram se tratar de uma mistura de barras, rodas e espelhos, mas com apenas pouco mais de meio metro de altura, trinta centímetros de largura e trinta centímetros de profundidade. O espelho central era circular e convexo. Tudo isso foi confirmado pelos fabricantes de peças que puderam ser localizados.

No fim da tarde de 26 de setembro, uma sexta-feira, dispensei a governanta e a arrumadeira até a hora do almoço do dia seguinte. As luzes da casa ficaram acesas até tarde, e um homem esguio, escuro e com uma aparência peculiar de estrangeiro apareceu de automóvel para uma visita. Por volta da uma da manhã as luzes foram apagadas. Às 2h15, um policial em patrulha viu a casa às escuras, mas o carro do estranho continuava parado no meio-fio. Por volta das quatro horas o veículo não estava mais lá. Eram seis horas quando uma voz estranha e hesitante ao telefone solicitou ao dr. Wilson que fosse à minha casa para me socorrer de um inexplicável desmaio. Quando rastreada a ligação – um interurbano –, revelou-se que fora feita de um telefone público na North Station em Boston, mas ninguém soube dizer de onde viera o tal estrangeiro alto e magro.

Quando o médico chegou à minha casa, me encontrou inconsciente na sala de estar – em uma poltrona com uma mesa em frente. No tampo polido da mesa havia arranhões revelando que algum objeto pesado fora apoiado em sua superfície. A estranha máquina não estava mais lá, e nunca mais se escutou nada a respeito.

Sem dúvida o estrangeiro escuro e esguio a havia levado. Na lareira da biblioteca foi encontrada uma grande quantidade de cinzas, revelando a evidente queima de todos os papéis que eu pudesse ter escrito desde o advento da amnésia. O dr. Wilson considerou minha respiração bastante alterada, mas com uma injeção hipodérmica se tornou mais regular.

Às 11h15 do dia 27 de setembro meu corpo se sacudiu de forma vigorosa, e meu rosto, até então com a aparência de uma máscara, passou a mostrar sinais de expressividade. O dr. Wilson notou que tal expressão não era a de minha personalidade secundária, e fazia lembrar meu aspecto habitual. Mais ou menos às 11h30 murmurei algumas sílabas curiosas, que não podem ser relacionadas com nenhuma fala humana. Eu também parecia incomodado com alguma coisa. Depois do almoço, quando a governanta e a arrumadeira já tinham voltado, comecei a balbuciar de forma inteligível.

– ...dos economistas ortodoxos dessa época, Jevons é quem mais exemplifica a tendência prevalente no sentido da correlação científica. Sua tentativa de associar o ciclo comercial de prosperidade e depressão com o ciclo físico das manchas solares talvez seja o ápice da...

Nathaniel Wingate Peaslee tinha voltado – um espírito em cuja escala do tempo ainda era uma manhã de quinta-feira em 1908, com os alunos de economia voltados para a velha mesa posicionada sobre a plataforma.

II

Minha retomada da vida normal foi um processo difícil e doloroso. A perda de mais de cinco anos de vida cria mais complicações do que se pode imaginar, e em meu caso havia incontáveis questões a resolver. O que ouvi sobre meus atos desde 1908 me deixou perplexo e perturbado, mas tentei encarar a situação da maneira mais filosófica possível. Depois de enfim conseguir a guarda de meu segundo filho, Wingate, me estabeleci com ele na casa na Crane Street e tratei de retomar as aulas – meu antigo cargo me foi oferecido gentilmente de volta pela universidade.

Comecei a trabalhar no semestre que teve início em fevereiro de 1914, e me mantive no emprego apenas por um ano. Depois desse período percebi o quanto aquela experiência havia me afetado. Embora perfeitamente lúcido – pelo menos era essa minha impressão – e sem problema algum com minha personalidade original, eu não tinha mais a energia de outros tempos. Era atormentado com frequência por sonhos vagos e ideias estranhas e, quando a chegada da guerra mundial fez com que minha mente refletisse sobre a história, me peguei pensando em épocas e eventos da forma mais estranha possível. Minha concepção de *tempo* – minha capacidade de distinção entre sequencialidade e simultaneidade – parecia sutilmente distorcida; tanto que concatenei ideias quiméricas sobre viver em uma era e fazer a mente se transportar por toda a eternidade em busca de conhecimento sobre épocas passadas e futuras.

A guerra me proporcionou estranhas impressões de me *lembrar* de algumas de suas *consequências* mais extremas – como se soubesse o que iria acontecer e estivesse vendo tudo em *retrospectiva* à luz de informações futuras. Todas essas quase-memórias foram obtidas a duras penas, e com uma sensação de que estavam atrás de alguma barreira psicológica artificial. Quando timidamente mencionei a outros minhas impressões, me vi diante de reações variadas. Algumas pessoas ficavam um tanto desconcertadas, mas os membros do departamento de matemática comentaram sobre os novos desenvolvimentos da teoria da relatividade – na época discutidos apenas entre os especialistas –, que mais tarde se tornaram tão conhecidos. O dr. Albert Einstein, segundo diziam, estava reduzindo o *tempo* à condição de uma simples dimensão.

Mas os sonhos e os sentimentos conflituosos me afetavam cada vez mais, e tive que abandonar o trabalho em 1915. Certas impressões estavam assumindo uma forma incômoda – me transmitindo uma impressão constante de que minha amnésia fora alguma espécie profana de *troca*; que a personalidade secundária na verdade era uma força invasora de regiões desconhecidas, e que minha personalidade fora deslocada enquanto isso. Depois me vi levado a vagas e assustadoras especulações a respeito do paradeiro de meu verdadeiro eu enquanto meu corpo era usado por outro. O curioso conhecimento e a estranha conduta do ocupante de meu corpo me perturbavam cada vez mais à medida que eu ia tomando conhecimento dos detalhes por meio das outras pessoas, dos jornais e das revistas. A estranheza que tanto atordoava a todos parecia se harmonizar terrivelmente com o pano de fundo do conhecimento sinistro que se entranhou nos abismos de meu subconsciente. Comecei a buscar febrilmente cada fragmento de informação a respeito dos estudos e das viagens *do outro* ao longo daqueles anos tenebrosos.

Nem todos os meus problemas eram semiabstratos como esse. Havia também os sonhos – que pareciam cada vez mais vívidos e concretos. Ciente da maneira como seriam encarados, eu raramente os mencionava para outros que não fossem meu filho ou alguns psicólogos de confiança, mas no fim dei início a um estudo científico sobre outros casos a fim de descobrir se tais visões eram típicas ou atípicas nas vítimas de amnésia. Meus resultados – obtidos com a ajuda de psicólogos, historiadores, antropólogos e especialistas em saúde mental de vasta experiência, em um estudo que incluía registros de personalidades dissociativas desde os tempos das lendas de possessão demoníaca até os casos médicos comprovados do presente – a princípio me causaram mais perturbação do que consolo.

Logo descobri que meus sonhos não tinham equivalentes na imensa maioria dos casos de amnésia. Havia, porém, uma pequena quantidade residual de relatos que durante anos me deixaram perplexo e chocado com seus paralelos com minha própria experiência. Alguns faziam parte do folclore antigo; outros eram casos registrados nos anais da medicina; um ou outro eram lendas obscuramente enterradas em documentos históricos. Portanto parecia que, embora o que me atingiu especificamente fosse raríssimo, havia casos que ocorriam em longos intervalos desde os primórdios dos anais da humanidade. Alguns séculos podiam conter um, dois ou três casos; outros nenhum – ou pelo menos nenhum cujo registro tenha sobrevivido.

Sua essência era sempre a mesma – uma pessoa com vida mental bastante ativa era dominada por uma estranha personalidade secundária e passava um período maior ou menor da vida em uma existência absolutamente incompatível com a anterior, que era tipificada a princípio por uma incapacidade vocal e corporal, e posteriormente por uma aquisição maciça de conhecimento científico, histórico, artístico e antropológico;

tal aquisição ocorria com um interesse febril, e com uma capacidade de absorção anormal. Então se dava o retorno repentino da consciência anterior, atormentada de tempos em tempos por vagos e inclassificáveis sonhos que sugeriam fragmentos de horrendas lembranças deliberadamente obliteradas. E a semelhança clara de tais pesadelos com os meus – inclusive nos mínimos detalhes – não deixou dúvidas em minha mente sobre sua natureza significativamente típica. Um ou dois casos mostravam uma camada extra de familiaridade blasfema e estonteante, como se eu já tivesse conhecimento prévio de sua existência através de um canal cósmico mórbido e assustador demais para ser levado em conta. Em três relatos havia menções a detalhes específicos, como a presença de um maquinário desconhecido como o que estivera em minha casa antes da segunda transformação.

Outra coisa que me preocupou gravemente durante minha investigação foi a frequência um tanto acentuada de casos em que breves e elusivos vislumbres dos pesadelos típicos aconteceram com pessoas que não sofreram daquele tipo exato de amnésia. Tais pessoas eram em sua maioria gente de uma inteligência mediana ou inferior – algumas tão primitivas que de forma nenhuma podiam servir como veículos para uma erudição anormal e aquisições mentais de rapidez sobrenatural. Apenas por um instante elas foram animadas por uma força desconhecida – logo depois voltaram ao normal, e só restava uma lembrança vaga e fugaz de horrores inumanos.

Houve pelo menos três casos como esse nos últimos cinquenta anos – um deles apenas quinze anos atrás. Alguma coisa estaria *tateando às cegas pelo tempo*, saída de algum abismo de existência desconhecida na natureza? Esses casos menos severos seriam *experimentos* sinistros e monstruosos de um tipo e de uma autoria que vai além de qualquer crença saudável? Essas eram minhas especulações sem forma em meus momentos de maior fragilidade – fantasias despertadas pelos mitos revelados por meus estudos. Pois era impossível não pensar que certas lendas persistentes de antiguidade imemorial, aparentemente desconhecidas das vítimas e dos médicos ligados aos casos recentes de amnésia, eram uma convincente e acachapante elaboração de lapsos de memória como o meu.

Da natureza dos sonhos e das impressões que estavam se tornando tão clamorosos eu ainda tinha medo de falar. Pareciam remeter à loucura, e às vezes eu de fato considerava estar enlouquecendo. Seria um tipo específico de delírio que afetava pessoas que sofreram lapsos de memória? Teoricamente, os esforços do subconsciente para preencher um vazio atordoante de pseudomemórias podem dar margem ao surgimento de estranhas e imaginativas fantasias. Essa era, de fato (embora uma teoria alternativa relacionada ao folclore por fim tenha se revelado mais plausível), a opinião de diversos especialistas em saúde mental que me ajudaram em minha busca por casos semelhantes, e que compartilhavam de minha perplexidade com alguns dos paralelos exatos descobertos. Eles não consideravam minha condição como insanidade, preferiam classificá-la como um tipo de transtorno neurótico. Minha decisão de tentar rastreá-la e analisá-la, em vez de tentar ignorá-la ou esquecê-la, eles julgavam correta e de acordo com os princípios da psicologia. Eu valorizava bastante os conselhos de tais profissionais, que me estudaram durante minha possessão pela outra personalidade.

Meus primeiros distúrbios não tiveram manifestação visual, diziam respeito às questões mais abstratas que mencionei. Havia também a sensação de um profundo e inexplicável horror com relação a *mim mesmo*. Desenvolvi um estranho medo de ver minha própria forma, como se meus olhos fossem detectar em meu corpo algo desconhecido e inconcebivelmente aberrante. Quando olhava para baixo e contemplava a familiar forma humana vestida com as habituais roupas cinza ou azuis sempre experimentava um curioso alívio, mas para isso precisava superar um pavor infinito. Passei a fugir dos espelhos sempre que possível, e a frequentar uma barbearia para não ter que fazer minha própria barba.

Foi somente depois de um bom tempo que relacionei esses sentimentos com as impressões visuais transitórias que comecei a desenvolver. A primeira correlação teve a ver com a estranha sensação de uma restrição externa e artificial à minha memória. Eu atribuía aos vislumbres visuais que experimentava um profundo e terrível significado, e uma assustadora conexão comigo, mas alguma influência deliberada me impedia de compreender esse significado e essa ligação. Então veio o estranhamento quanto ao elemento do *tempo*, e com isso os esforços desesperados para classificar as imagens fragmentárias dos sonhos de acordo com algum padrão cronológico e espacial.

Os vislumbres a princípio foram apenas estranhos, e não exatamente assustadores. Eu parecia estar em um enorme recinto fechado cujas enormes arcadas de pedra quase se perdiam nas sombras mais acima. Qualquer que fosse a época ou o local em que se passava a cena, o princípio de arcada era disseminado e usado de uma forma extensiva e comparável à da Roma Antiga. Havia janelas redondas colossais e portas altíssimas e arqueadas, além de pedestais ou mesas da altura de um cômodo comum.

Vastas prateleiras de madeira escura cobriam as paredes, contendo o que parecia ser volumes de imenso tamanho com estranhos hieróglifos nas capas. As partes visíveis da alvenaria continham curiosos entalhes, sempre em estilos curvilíneos e matemáticos, além de caracteres do mesmo tipo exibido pelos enormes livros. A construção de pedra escura era uma espécie monstruosa de megálito, com as linhas superiores convexas se encaixando perfeitamente com as partes inferiores côncavas do bloco que vinha em cima. Não havia cadeiras, mas os tampos dos grandes pedestais estavam lotados de livros, papéis e o que parecia ser material para a escrita – recipientes de formato estranho de um metal arroxeado, e cilindros com pontas manchadas. Por mais altos que fossem os pedestais, às vezes eu conseguia vê-los de cima. Em alguns deles havia grandes globos luminosos de cristal que serviam como lamparinas, e inexplicáveis máquinas compostas de tubos de vidro e barras de metal. As janelas eram envidraçadas e cobertas com grades de aparência robusta. Embora não tenha ousado me aproximar e espiar, do local onde eu estava dava para ver o topo de uma vegetação parecida com samambaias. O piso era de pedra, com peças enormes de formato octogonal, e não havia tapetes de nenhum tipo.

Mais tarde tive visões percorrendo corredores ciclópicos de pedra, e subindo e descendo planos inclinados gigantescos do mesmo tipo de alvenaria monstruosa. Não havia escadas em parte nenhuma, nem uma passagem que tivesse menos de nove metros de largura. Algumas estruturas por que passei pareciam se elevar a centenas de metros do chão. Mais abaixo, havia múltiplos patamares de cômodos escuros e alçapões nunca abertos, bloqueados com trancas de metal e transmitindo a impressão de oferecer especial perigo. Ao que tudo indicava eu era um prisioneiro, e tudo o que via remetia a alguma forma de horror. Senti que os hieróglifos curvilíneos nas paredes seriam capazes de fulminar minha alma com sua mensagem caso eu não estivesse protegido por minha misericordiosa ignorância.

Depois meus sonhos passaram a incluir também vistas das enormes janelas redondas e do titânico teto plano no alto da construção, com seus curiosos jardins, uma ampla área vazia e um parapeito alto e recortado de pedra, para onde levava o mais alto dos planos inclinados. Havia infinitas léguas de construções gigantescas, cada uma com seu jardim, espalhadas por caminhos pavimentados de sessenta metros de largura. Seu aspecto diferia imensamente entre si, porém poucas tinham menos de 150 metros de base e trezentos metros de altura. Muitas pareciam tão ilimitadas que deviam ter fachadas com quilômetros de extensão, enquanto outras se lançavam em alturas montanhosas pelos céus cinzentos e vaporosos. Pareciam ser constituídas principalmente de pedra ou concreto, e a maioria revelava o estranho e curvilíneo tipo de alvenaria que notei na construção onde estava. Os tetos eram planos e cobertos de jardins, com uma tendência para os parapeitos recortados. Às vezes havia terraços e patamares mais altos, além de amplos espaços vazios entre os jardins. Os caminhos espaçosos entre as construções sugeriam alguma movimentação, mas em minhas primeiras visões não consegui discernir essa impressão em detalhes.

Em certos locais vi enormes torres cilíndricas e escuras que se elevavam muito acima das demais estruturas. Pareciam ter uma natureza totalmente única, e revelavam sinais de antiguidade e dilapidação prodigiosas.

Eram construídas com um tipo bizarro de alvenaria com peças quadradas de basalto, sendo a parte superior ligeiramente estreitada e arredondada. Notei também a existência de construções menores – todas se desfazendo sob a ação dos éons –, parecidas com as torres escuras e cilíndricas em termos de arquitetura básica. Em torno dessas pilhas aberrantes de blocos quadrados havia uma inexplicável aura de ameaça e medo concentrado, como a que exalava dos alçapões trancados.

Os onipresentes jardins eram quase assustadores em sua estranheza, com formas bizarras e desconhecidas de vegetação espalhadas por caminhos largos ladeados por monólitos curiosamente entalhados. As plantas anormalmente grandes parecidas com samambaias predominavam; algumas verdes e algumas com uma palidez mórbida e fungoide. Entre elas cresciam coisas espectrais que pareciam calamites, cujos troncos com aspecto de bambu chegavam a alturas fabulosas. Havia formas parecidas com cicadáceas, arbustos grotescos de um tom verde-escuro e árvores com aspecto de coníferas. As flores eram miúdas, sem cor e irreconhecíveis, plantadas em canteiros geométricos ou espalhadas entre a vegetação em geral. Em alguns dos terraços e jardins havia plantas maiores e mais vívidas de contornos quase ofensivos e que sugeriam ser espécies artificiais. Fungos de tamanho considerável, com cores e contornos próprios, espalhados pelo local pareciam indicar uma espécie desconhecida mas bem estabelecida de tradição de cultivo. Nos jardins mais amplos no nível do chão parecia haver alguma tentativa de preservar as irregularidades da natureza, mas nos tetos das construções se notava mais seletividade e mais evidências da arte topiária.

O céu estava sempre úmido e nublado, e às vezes eu testemunhava chuvas fortíssimas. De tempos em tempos, porém, apareciam vislumbres do sol – que parecia ter proporções anormais – e da lua, cujas marcas demonstravam certas diferenças das habituais que nunca consegui identificar propriamente. Quando – raríssimas vezes – o céu noturno estava sem nuvens, eu avistava constelações impossíveis de reconhecer. Os contornos conhecidos às vezes se mostravam de forma aproximada, mas nunca idêntica; e, pela posição dos poucos grupos que consegui identificar, senti que deveria estar no hemisfério sul da Terra, perto do Trópico de Capricórnio. O horizonte distante era sempre enevoado e indistinto, mas dava para ver enormes selvas com espécies desconhecidas de árvores com samambaias, calamites, *lepidodendra* e *sigillaria* além dos limites da cidade, com sua folhagem frondosa oscilando calmamente sob os vapores em movimento. De quando em quando apareciam indícios de movimentação no céu, mas nessas minhas primeiras visões nunca ficava nada muito claro.

No segundo semestre de 1914 comecei a ter sonhos infrequentes em que flutuava estranhamente sobre a cidade e pelas regiões ao redor. Eu via caminhos intermináveis por entre florestas de vegetação assustadora com troncos manchados, estriados e listrados, e passei por cidades tão estranhas quanto aquela que me assombrava com tanta insistência. Vi construções monstruosas de pedra preta ou iridescente em clareiras onde um crepúsculo perpétuo pairava, e atravessei longas trilhas elevadas por pântanos tão escuros que não dava para enxergar quase nada além da vegetação de estatura gigantesca do banhado. Certa vez vi uma área de incontáveis quilômetros de ruínas basálticas dizimadas pelo tempo, cuja arquitetura era parecida com as das poucas torres baixas, redondas e sem janelas na cidade assombrosa. E uma vez vi o mar – uma extensão ilimitada e vaporosa ladeada por cais de pedras colossais em uma enorme cidade de domos e arcadas. Vultos gigantescos e indistintos pareciam se mover sobre a água, e em determinados pontos sua superfície era agitada por jorros anômalos.

III

Conforme mencionei, não foi logo de início que essas visões exóticas ganharam um caráter apavorante. Com certeza, muita gente já sonhou com coisas intrinsecamente mais estranhas – coisas compostas de fragmentos não relacionados de imagens e leituras da vida cotidiana, arranjados de formas novas e fantásticas pelos caprichos irrefreáveis do sono. Por algum tempo aceitei tais visões como naturais, embora nunca houvesse tido sonhos extravagantes. Muitas das anomalias vagas, eu argumentava, deviam vir de fontes numerosas e triviais demais para ser rastreadas; muitas pareciam refletir um conhecimento trivial e didático sobre plantas e outras condições do mundo primitivo de 150 milhões de anos atrás – o mundo do período permiano ou triássico. Ao longo dos meses, porém, o elemento do terror ganhou força. Foi quando os sonhos passaram a ter sempre um aspecto de *lembrança*, e quando minha mente começou a associá-los com meus incômodos abstratos cada vez maiores – a sensação de restrição mnemônica, as curiosas impressões a respeito do *tempo*, a sensação de uma repugnante troca com minha personalidade secundária de 1908 a 1913 e, um bom tempo mais tarde, minha inexplicável repulsa de mim mesmo.

Quando certos detalhes bem definidos passaram a aparecer nos sonhos, seu horror se multiplicou para mim – até que, em outubro de 1915, senti que algo precisava ser feito. Foi quando comecei um estudo intensivo de outros casos de amnésia e visões, sentindo que assim poderia encarar de forma objetiva meu problema e me desvencilhar de sua carga emocional. Porém, como mencionei antes, o efeito a princípio foi quase o inverso. Fiquei perturbadíssimo com o fato de que meus sonhos eram tão parecidos com os outros; em especial porque alguns relatos eram antigos demais para ser explicados com o conhecimento geológico por parte do sonhador – descartando assim minha ideia a respeito das paisagens primitivas. Além disso, muitos desses relatos ofereciam detalhes e explicações concernentes às visões de grandes construções e jardins selvagens – entre outras coisas. As vistas e impressões vagas eram terríveis por si mesmas, porém o que era sugerido ou afirmado por alguns dos outros sonhadores remetia à loucura ou à blasfêmia. E o pior de tudo foi que minha pseudomemória foi incitada a sonhos ainda mais exóticos e a expectativas de revelações vindouras. Mesmo assim, a maioria dos médicos considerava meu caminho, em termos gerais, o mais benéfico a tomar.

Estudei psicologia de forma sistemática, e com o devido estímulo meu filho Wingate fez o mesmo – seus estudos inclusive o levaram à sua escolha profissional. Em 1917 e 1918 fiz cursos livres sobre o tema na Miskatonic. Enquanto isso, minha análise dos registros médicos, históricos e antropológicos seguia de maneira infatigável, envolvendo viagens a bibliotecas distantes e por fim incluindo até mesmo a leitura dos horrendos livros de folclores antigos e proibidos pelos quais minha personalidade secundária parecia tão imperturbavelmente interessada. Alguns deles eram os mesmos exemplares que consultei em meu estado alterado, e fiquei perturbadíssimo com certas anotações nas margens e *correções* ostensivas do horrendo texto com uma caligrafia e uma linguagem que pareciam estranhamente inumanas.

Tais anotações eram feitas em sua maioria nos respectivos idiomas dos diversos livros, e quem as escreveu parecia dominá-los todos com igual facilidade e academicismo. Mas uma nota feita ao *Unaussprechlichen Kulten*, de Von Junzt, era alarmantemente distinta. Consistia de certos hieróglifos curvilíneos feitos com a mesma tinta que as emendas em alemão, porém não seguiam nenhum padrão humano reconhecível. E tais hieróglifos eram inconfundivelmente aparentados com os caracteres com que me deparava em meus sonhos – caracteres cujo significado eu momentaneamente tinha a sensação de saber ou estava prestes a me lembrar. Para completar minha confusão sinistra, os bibliotecários me confirmaram que, tendo em vista os registros de consulta dos volumes em questão, todas essas anotações deviam ter sido feitas por mim em meu estado secundário, embora eu nada soubesse – e ainda não saiba – dos três idiomas em questão.

Juntando os registros esparsos, antigos e modernos, antropológicos e médicos, descobri uma mistura razoavelmente consistente de mito e alucinação cujo escopo e exotismo me deixaram pasmado. Apenas uma coisa me consolava – o fato de tais mitos serem tão antigos. Que tipo de conhecimento poderia ter incluído imagens do paleozoico ou mesozoico em fábulas primitivas eu não fazia ideia, mas as imagens estavam lá. Portanto, havia uma base para a formação de um tipo específico de delírio. Os casos de amnésia sem dúvida criaram os contornos do padrão mítico – mas depois disso os acréscimos fantasiosos dos mitos devem ter causado seu efeito sobre as mentes abaladas pela amnésia e estimulado suas pseudomemórias. Eu mesmo tinha lido e ouvido todos os relatos antigos durante meu lapso de memória – minhas pesquisas posteriores comprovaram amplamente isso. Não era natural, portanto, que meus sonhos subsequentes e impressões emocionais fossem estimulados por aquilo que minha memória reteve sutilmente de meu estado secundário? Alguns dos mitos tinham relações relevantes com outras lendas nebulosas do mundo pré-humano, em especial as histórias hindus envolvendo abismos atordoantes de tempo que fazem parte do folclore dos teosofistas modernos.

Os mitos primevos e os delírios modernos corroboravam a ideia de que a humanidade era apenas uma – talvez a última – das raças altamente desenvolvidas e dominantes da longa e quase desconhecida vida deste planeta. Criaturas de formas inconcebíveis, segundo os mitos, tinham erguido torres na direção do sol e dissecado cada segredo da natureza antes que o primeiro ancestral anfíbio do homem se arrastasse para fora dos mares quentes, três milhões de anos atrás. Alguns vieram das estrelas; alguns eram tão antigos quanto o próprio cosmo; outros se desenvolveram a partir de germes terrenos distantíssimos dos primeiros germes de nosso ciclo de vida. Falava-se livremente de intervalos de bilhões de anos, e de ligações com outras galáxias. Na verdade, nem ao menos existia o tempo em sua acepção mais aceita pela humanidade.

Porém a maioria das lendas e impressões dizia respeito a uma raça relativamente tardia, de uma estranha e intricada forma que não se parecia com nenhuma outra reconhecida pela ciência e que vivera até cinquenta milhões de anos antes do advento da humanidade. Segundo os mitos, era a mais notável de todas as raças, pois foi a única a desvendar o segredo do tempo. Tal raça aprendeu todas as coisas já sabidas *ou ainda a ser descobertas* na Terra através do poder de suas mentes aguçadas de se projetar ao passado e ao futuro, atravessando abismos de milhões de anos, para estudar o conhecimento de todas as eras. Das realizações dessa raça surgiram todas as lendas dos *profetas*, inclusive os que fazem parte da mitologia humana.

Em suas vastas bibliotecas havia volumes de textos e imagens contendo todos os anais da Terra – histórias e descrições de todas as espécies que existiram ou vão existir, com registros completos de suas artes, realizações, idiomas e perfis psicológicos. Com um conhecimento que englobava todos os éons, a Grande Raça escolhia de cada período e forma de vida os pensamentos, as artes e os processos que pudessem ser apropriados à sua própria natureza e condição. O conhecimento do passado, adquirido através de uma exploração mental que ia além dos sentidos conhecidos, era mais difícil de obter que o conhecimento do futuro.

No caso deste último o caminho era mais fácil e mais material. Com a devida ajuda mecânica, uma mente poderia se projetar adiante no tempo, abrindo um caminho extrassensorial até o período desejado. Então, depois de testes preliminares, tal mente dominaria o melhor representante possível das formas de vida mais evoluídas do período, entraria no cérebro do organismo e imporia suas próprias vibrações enquanto a mente desalojada voltaria à época daquele que a desalojou, permanecendo em seu corpo até que o processo reverso fosse realizado. A mente projetada, no corpo do organismo do futuro, posaria como um membro da raça da aparência adquirida, aproveitando para absorver com a maior rapidez possível tudo o que pudesse ser aprendido da época escolhida e seu conjunto de informações e técnicas.

Enquanto isso a mente desalojada, mandada para a época e o corpo de quem a desalojou, seria cuidadosamente vigiada para não prejudicar o corpo que ocupava, e teria todo o seu conhecimento arrancado por interrogadores bem treinados. Muitas vezes a mente podia ser questionada em seu próprio idioma, nos casos em que expedições já houvessem trazido registros de sua língua. Se a mente viesse de um corpo cuja linguagem a Grande Raça não fosse capaz de reproduzir fisicamente, seriam construídas máquinas inteligentes, nas quais seu discurso seria tocado como em um instrumento musical. Os membros da Grande Raça eram imensos cones rugosos de três metros de altura, com a cabeça e outros órgãos acoplados em membros móveis de trinta centímetros de espessura que saíam de seu ponto mais alto. Eles se comunicavam estalando ou raspando suas enormes patas ou garras nas pontas de dois de seus quatro membros, e se movimentavam pela expansão e contração de uma camada viscosa em suas amplas bases de três metros de comprimento.

Quando o atordoamento e o ressentimento da mente cativa passavam, e quando (considerando que vinha de um corpo muitíssimo diferente dos da Raça Antiga) o horror à forma temporária e desconhecida se dissipava, vinha a permissão para estudar o novo ambiente e experimentar uma sabedoria semelhante à da mente que a desalojou. Com as precauções adequadas, e em troca de determinados serviços, a mente cativa podia circular por todo o mundo habitável em aeronaves titânicas ou em enormes veículos com motores atômicos que atravessavam os grandes caminhos, além de circular livremente pelas bibliotecas que continham os registros do passado e do futuro do planeta. Isso fazia com que muitas mentes cativas se apaziguassem; pois, como eram todas inteligências afiadas, receber a revelação dos mistérios ocultos da Terra – capítulos definidos de passados inconcebíveis e vórtices estonteantes de um tempo futuro que incluíam anos à frente de suas próprias épocas – sempre é uma experiência de vida suprema, apesar dos horrores abismais muitas vezes revelados.

Em alguns casos os cativos tinham permissão para conhecer outras mentes capturadas no futuro – trocar ideias com mentes que viviam cem, mil ou um milhão de anos antes de sua época. E todos eram incentivados a escrever abundantemente em sua própria língua sobre si mesmos e seu período; esses documentos eram armazenados no grande arquivo central.

Cabe aqui dizer que havia um tipo especialmente infeliz de cativo cujos privilégios eram bem mais amplos que os da maioria. Era o caso dos exilados *permanentes* moribundos, cujos corpos no futuro foram tomados por membros da Grande Raça que, diante da ocorrência da morte física, buscavam escapar da extinção mental. Tais melancólicos exilados não eram tão comuns quanto seria de se esperar, pois a longevidade da Grande Raça fazia diminuir seu amor pela vida – em especial das mentes superiores, capazes de se projetar. Foi dos casos de projeção permanente de mentes antigas que sugiram muitos dos episódios duradouros de trocas de personalidade registrados ao longo da história – inclusive a da humanidade.

Nos casos mais comuns de exploração, quando a mente invasora aprendia tudo o que desejava no futuro, construía um aparato semelhante ao que iniciou sua jornada e revertia o processo de projeção. Mais uma vez estaria em seu próprio corpo e em sua própria época, e a mente cativa retornaria ao corpo no futuro ao qual de fato pertencia. Apenas quando um dos corpos envolvidos morria durante a troca a restauração era impossível. Em tais ocorrências, obviamente, a mente exploradora – assim como aqueles que fugiam da morte – precisaria viver em outro corpo no futuro; ou então a mente cativa – assim como os exilados permanentes moribundos – precisava terminar seus dias na forma e na época de um membro da Grande Raça.

Tal destino era menos horrendo quando a mente cativa também era de alguém pertencente à Grande Raça – o que não era incomum, pois em todos os seus períodos se tratava de uma raça preocupadíssima com o próprio futuro. O número de exilados permanentes moribundos da Grande Raça era bem pequeno – em grande parte por causa dos castigos severos impostos pelo desalojamento da mente de futuros membros da Grande Raça por parte de quem estava morrendo. Por meio da projeção, providências eram tomadas para aplicar as punições às mentes em seus novos corpos no futuro – inclusive a reversão forçada, às vezes. Casos complexos de desalojamento de mentes exploradoras ou cativas por outras mentes em vários períodos foram rastreados e minuciosamente retificados. Em todas as eras desde a descoberta da projeção mental, um minúsculo porém bem registrado contingente da população consistia de mentes da Grande Raça de épocas passadas, que permaneceram por um maior ou menor tempo.

Quando a mente cativa voltava a seu próprio corpo no futuro, era esvaziada por meio de um intricado mecanismo de hipnose de tudo o que aprendera na época da Grande Raça – em virtude das consequências desagradáveis inerentes ao fato de passar adiante conhecimento em grandes quantidades. Os poucos casos existentes de transmissão integral causaram, e ainda vão causar em um futuro conhecido, grandes desastres. E foi em grande parte em consequência de duas ocorrências do tipo (segundo os mitos antigos) que a humanidade descobriu a existência da Grande Raça. De todas as coisas desse mundo distantíssimo, em termos *físicos e concretos*, restaram apenas certas ruínas de pedra em locais remotos e no fundo do mar, além de partes do texto dos assustadores Manuscritos Pnakóticos.

Portanto, a mente que voltava chegava à sua própria época apenas com visões remotas e fragmentadas daquilo que ocorrera desde o episódio de amnésia. Todas as lembranças que podiam ser erradicadas eram erradicadas, então na maioria dos casos a lembrança dos momentos vividos depois da primeira troca era apenas um borrão obscurecido pelos sonhos. Algumas mentes se recordavam de mais coisas do que outras, e a oportunidade de comparar memórias algumas raras vezes ofereceu vislumbres do passado proibido às épocas futuras. Provavelmente nunca houve um tempo em que grupos ou seitas secretas não cultuassem alguns desses vestígios. No *Necronomicon* se insinua a presença de tal culto entre a raça humana – um culto que às vezes ajudava as mentes a voltar para os tempos da Grande Raça.

Com o tempo a Grande Raça se tornou quase onisciente e se dedicou à tarefa de estabelecer trocas com mentes de outros planetas, explorando seus passados e seus futuros. Da mesma forma, buscavam compreender o passado e a origem da orbe escura e morta há éons no espaço sideral que é origem de sua linhagem mental – pois a mente da Grande Raça é mais antiga que sua forma corpórea. Os seres de um mundo mais antigo e moribundo, conhecedores dos maiores segredos, estavam à procura de um novo mundo e novas espécies em que pudessem ter longas vidas, e mandaram suas mentes em massa para uma raça futura mais bem adaptada para abrigá-los – as criaturas em formas de cone que povoavam nossa Terra um bilhão de anos atrás. Assim surgiu a Grande Raça, enquanto as mentes mandadas ao passado foram deixadas para morrer em meio ao horror de habitar formas estranhas. Mais tarde a raça se veria de novo diante da morte, porém viveria através da migração de suas melhores mentes para os corpos de outros cuja existência física se deu muitíssimo tempo depois.

Essas eram as informações existentes, entre lendas e alucinações. Quando, em 1920, consegui juntar minhas pesquisas de forma coerente, senti uma diminuição na tensão agravada pelos estágios iniciais da descoberta. Afinal, apesar de todas as fantasias provocadas pelas emoções cegas, a maioria dos fenômenos não era passível de explicação? Algum acaso deve ter direcionado minha mente para estudos obscuros durante o período de amnésia – foi quando li as lendas proibidas e conheci os membros das antigas e mal reputadas seitas. Isso, e apenas isso, forneceu o material para os sonhos e os sentimentos perturbadores que me acometeram depois do retorno de minha memória. Quanto às anotações nas margens em hieróglifos e idiomas desconhecidos, que os bibliotecários atribuíam a mim, posso ter facilmente aprendido um pouco dessas línguas em meu estado secundário, ao passo que os hieróglifos sem dúvida foram cunhados em minha mente pelas descrições fantasiosas das velhas lendas, e *só depois* se misturaram a meus sonhos. Tentei obter algumas confirmações conversando com os líderes de seitas mais conhecidos, porém nunca consegui estabelecer as conexões certas.

Às vezes a relação entre muitos casos e épocas distantíssimas continuava a me incomodar tanto quanto antes, porém refleti que o folclore mais exótico era sem dúvida mais disseminado no passado que no presente. Provavelmente todas as demais vítimas de casos como o meu tinham em sua linhagem familiar um conhecimento de longa data a respeito das lendas que conheci apenas em meu estado secundário. Quando as vítimas perdiam a memória, associavam a si mesmas com as criaturas dos mitos que conheceram em casa – os fabulosos invasores que supostamente desalojavam a mente das pessoas –, e por isso embarcaram em buscas por conhecimentos que imaginavam poder localizar em um passado fictício e não humano. Então, quando a memória voltava, elas revertiam o processo associativo e se imaginavam no papel de mentes cativas ocupando o lugar de quem as desalojou. Daí os sonhos e as pseudomemórias seguirem o padrão convencional dos mitos.

Apesar de não ser muito sólida, essa explicação por fim acabou superando todas as outras em minha mente – em grande medida por causa da fraqueza ainda maior de qualquer outra teoria. E um número significativo de psicólogos e antropólogos eminentes concordava comigo. Quanto mais eu refletia, mais meu raciocínio me parecia convincente; por fim eu tinha uma barreira efetiva contra as visões e impressões que me acometiam. Se eu visse coisas estranhas à noite? Eram apenas coisas que li ou ouvi falar. Se eu tivesse percepções e pseudo-memórias estranhas? Isso também era apenas um eco dos mitos absorvidos em meu estado secundário. Nada que eu pudesse sonhar ou sentir poderia ter alguma relevância concreta.

Fortalecido por essa filosofia, meu equilíbrio mental melhorou tremendamente, embora as visões (em vez de impressões abstratas) estivessem se tornando mais frequentes, perturbadoras e detalhadas. Em 1922 consegui voltar ao trabalho de novo, e pus meu conhecimento recém-adquirido em prática aceitando um cargo de professor assistente de psicologia na universidade. Minha antiga cátedra de economia política já estava preenchida de forma adequada fazia tempo – além disso, os métodos de ensino de economia tinham mudado muito desde meus tempos de especialista na área. Nessa época meu filho estava começando os estudos de pós-graduação que o levaram a seu cargo atual, e trabalhávamos bastante juntos.

IV

No entanto, eu continuei a manter um registro cuidadoso dos sonhos estranhos que me acometiam de forma tão vívida e acachapante. Esse registro, argumentei, tinha grande valor como documento psicológico. As visões ainda se pareciam terrivelmente com *lembranças*, mas eu recusava essa impressão com uma boa dose de sucesso. Quando escrevia, tratava os espectros como coisas que de fato vi; mas em todas as outras instâncias os descartava como fugidias ilusões noturnas. Nunca mencionava tais assuntos em conversas normais, mas relatos a respeito, sempre fadados a se espalhar, despertaram boatos a respeito de minha sanidade mental. É interessante pensar que tais rumores ficaram confinados entre os leigos, sem encontrar repercussão alguma entre médicos ou psicólogos.

De minhas visões depois de 1914 vou narrar aqui apenas algumas, pois os relatos e registros estão à disposição de qualquer estudante que tenha algum interesse sério no assunto. É evidente que com o tempo minhas curiosas barreiras de alguma forma foram cedendo, pois o escopo de minhas visões aumentou bastante. No entanto, nunca foram nada mais que fragmentos desconexos sem motivação aparente. Dentro dos sonhos aos poucos fui adquirindo uma liberdade cada vez maior de locomoção. Flutuei por entre estranhas construções de pedra, indo de uma a outra em gigantescas passagens subterrâneas que pareciam ser os caminhos mais comuns de locomoção. Às vezes encontrava os gigantescos alçapões trancados no subterrâneo também, em torno dos quais pairava uma aura de medo proibitivo. Vi enormes piscinas com padrões tesselados, e cômodos com curiosos e inexplicáveis utensílios de diversos tipos. Havia também cavernas colossais de maquinários intricados cujos contornos e propósitos me eram totalmente desconhecidos, e cujo *som* se manifestou apenas depois de muitos anos de sonhos. Devo registrar aqui que a visão e a audição foram os únicos sentidos que exercitei nesse mundo onírico.

O verdadeiro horror começou em maio de 1915, quando vi a primeira das *criaturas vivas*. Isso foi antes que meus estudos me ensinassem o que esperar, tendo em vista os mitos e os casos registrados. À medida que as barreiras mentais caíam, passei a enxergar grandes massas de vapor fino em várias partes da construção e nas ruas mais abaixo, que pouco a pouco foram ficando mais sólidas e distintas, até que por fim eu conseguisse distinguir suas silhuetas monstruosas com uma desconcertante facilidade. Pareciam enormes cones iridescentes, de cerca de três metros de altura e três metros de base, feitos de alguma espécie de matéria enrugada, escamosa e semielástica. Do topo de seus corpos se projetavam quatro membros cilíndricos e flexíveis, de cerca de trinta centímetros de espessura, de uma substância rugosa como a dos cones. Esses membros às vezes se contraíam até quase sumir, e às vezes se esticavam a qualquer distância em um raio de três metros. Dois deles terminavam em duas enormes garras ou pinças. Na ponta do terceiro havia quatro apêndices vermelhos em formato de trombas. O quarto terminava em um globo amarelado de pouco mais de meio metro de diâmetro, com três olhos escuros em sua circunferência central. Acima dessa cabeça havia quatro ramificações estreitas e cinzentas que sustentavam apêndices parecidos com flores, e de sua parte inferior saíam oito tentáculos ou antenas esverdeados. A base do cone central era revestida de uma substância cinzenta e borrachuda que movia o corpo inteiro através de suas expansões e contrações.

Suas ações, embora inofensivas, me horrorizavam ainda mais que sua aparência – pois não é saudável ver objetos monstruosos fazerem algo que só os humanos eram conhecidos por fazer. Esses objetos se moviam de forma inteligente pelos grandes cômodos, pegando livros nas prateleiras e os levando para as grandes mesas, ou vice-versa, e às vezes escrevendo com diligência com um peculiar cilindro preso por um dos tentáculos esverdeados da cabeça. As enormes pinças eram usadas para carregar livros e para se comunicar – em um discurso que consistia de uma série de estalos e raspagens. Os objetos não vestiam nenhuma roupa, porém carregavam bolsas ou sacolas suspensas no topo do tronco cônico. Em geral mantinham a cabeça e o membro que a sustentava no alto do cone, embora fosse frequente que estivesse levantada ou abaixada. Os outros três grandes membros tendiam a ficar em repouso na lateral do cone, contraídos a um tamanho de um metro e meio quando não estavam em uso. Por sua velocidade de leitura, escrita e operação de maquinário (os que ficavam sobre as mesas pareciam de alguma forma ligados ao pensamento), concluí que sua inteligência era muitíssimo maior que a do homem.

Depois disso passei a vê-los em toda parte: apinhando os grandes cômodos e corredores, operando máquinas monstruosas em salas fechadas e percorrendo os vastos caminhos em carros gigantescos com formato de barco. Parei de ter medo deles, pois pareciam formar uma parte absolutamente natural do ambiente ao redor. As diferenças individuais começaram a se manifestar, e alguns pareciam ter sua movimentação restrita de alguma forma. Estes últimos, embora não demonstrassem qualquer diferença física, possuíam uma diversidade de gestos e hábitos que os distinguia não apenas da maioria, como também uns dos outros. Eles escreviam bastante, e naquilo que em minha visão borrada mostrava os contornos de uma ampla variedade de caracteres – e nunca nos hieróglifos curvilíneos típicos da maioria. Alguns, ao que me parecia, usavam nosso alfabeto humano. A maioria trabalhava bem mais devagar que as demais entidades.

Durante todo esse tempo *meu papel* nos sonhos tinha o aspecto de uma consciência incorpórea com um alcance de visão mais amplo que o normal; flutuava livremente, porém confinado aos caminhos transitáveis e às velocidades normais de deslocamento. Somente depois de agosto de 1915 as sugestões de uma existência física começaram a me atormentar. Digo *atormentar* porque em sua primeira fase isso se deu com uma associação puramente abstrata, porém absolutamente terrível, de minha repulsa a meu corpo com cenas de minhas visões. Por um tempo minha principal preocupação durante os sonhos era tentar não ver a mim mesmo, e me lembro do quanto agradeci pela total ausência de espelhos naqueles grandes cômodos. Sempre me senti perturbadíssimo ao refletir sobre o fato de que nunca via as grandes mesas – cuja altura não devia ser menor de três metros – de um nível abaixo de sua superfície.

A tentação mórbida de olhar para baixo foi se tornando cada vez maior, até que certa noite eu não resisti. A princípio meu olhar direcionado para baixo nada revelou. Logo percebi que foi porque minha cabeça estava na ponta de um pescoço flexível de enorme comprimento. Retraindo o pescoço e olhando para baixo, vi então a superfície rugosa, escamosa e iridescente de um vasto cone de três metros de altura e três metros de largura na base. Foi nesse momento que acordei metade de Arkham com meus gritos ao emergir loucamente do abismo do sono.

Somente depois de semanas de horrenda repetição conseguir me acostumar de certa forma com as visões de mim mesmo nessa forma monstruosa. Em meus sonhos depois disso eu me movia fisicamente entre outras entidades desconhecidas, lendo livros terríveis das infinitas prateleiras e escrevendo durante horas nas grandes mesas com um instrumento manipulado pelos tentáculos verdes dependurados em minha cabeça. Trechos do que eu lia e escrevia me vinham à memória. Eram registros pavorosos de outros mundos e universos, e das movimentações de vidas sem forma definida que se davam fora de qualquer universo. Havia registros de estranhas ordens de seres que povoaram o mundo em passados esquecidos, e crônicas assustadoras sobre inteligências de corpos grotescos que o povoariam milhões de anos depois da morte do último ser humano. E tomei conhecimento de capítulos da história humana que nenhum acadêmico de hoje jamais chegou perto de descobrir. A maior parte desses escritos estava na linguagem dos hieróglifos – decifrada por mim de forma estranha, com a ajuda de máquinas que emitiam zumbidos –, que compunha claramente um discurso aglutinativo com sistemas de radicais diferentes de qualquer idioma humano. Outros volumes eram lidos em outras línguas desconhecidas, decifradas da mesma maneira estranha. Pouquíssimos textos estavam em línguas que eu conhecia. Ilustrações inteligentíssimas, inseridas nos arquivos ou mantidas em acervos separados, me foram de imensa ajuda. E o tempo todo eu parecia estar compondo um registro histórico de minha própria época em inglês. Quando acordava, conseguia me lembrar apenas de fragmentos minúsculos e sem significado das línguas desconhecidas que entendia no sonho, embora frases inteiras de meu relato histórico ainda permanecessem comigo.

Descobri – antes mesmo de estudar os casos similares ou os mitos antigos dos quais derivavam os sonhos – que as entidades ao meu redor eram membros da mais notável raça do mundo, que dominava o tempo e enviava mentes exploradoras para todas as épocas. Eu soube inclusive que tinha sido arrancado de minha própria época enquanto *outro* usava meu corpo, e que algumas das outras formas estranhas também abrigavam mentes capturadas. Ao que parecia, eu conversava, em alguma estranha linguagem de estalos com as garras, com intelectos exilados provenientes de todos os cantos do sistema solar.

Havia uma mente do planeta que conhecemos como Vênus, e que nasceria em um futuro incalculavelmente distante, e outra que habitava uma lua das mais afastadas de Júpiter seis milhões de anos no passado. Entre as mentes terráqueas havia alguns membros da raça de seres alados, semivegetais, com cabeça em forma de estrela-do-mar da Antártida paleogênea; um exemplar do povo reptiliano da lendária Valúsia; três dos peludos e pré-humanos adoradores hiperbóreos de Tsathoggua; um dos absolutamente abomináveis tcho-tchos; dois dos habitantes aracnídeos do último ciclo da Terra; cinco da robusta espécie coleóptera que sucedeu os seres humanos e à qual a Grande Raça algum dia vai transferir em massa suas mentes mais elevadas diante de um terrível perigo; além de vários outros ramos da humanidade.

Conversei com a mente de Ying-Li, um filósofo do cruel império de Tsan-Chan, que vai emergir no ano 5000 d.C.; com a do general do povo pardo e macrocéfalo que dominou o sul da África no ano 50000 a.C.; com a de um monge florentino do século XVII chamado Bartolomeo Corsi; com a do rei de Lomar que governou de forma terrível aquela região polar cem mil anos antes que os amarelos e atarracados inutos viessem do oeste para conquistá-la; com a de Nug-Soth, um mago dos sinistros conquistadores de 16000 a.C.; com a de um romano de nome Tito Semprônio Bleso, que foi questor na época de Sula; com a de Kephnes, um egípcio da décima quarta dinastia que me contou o horrendo segredo de Nyarlathotep; com a de um sacerdote do reino médio de Atlântida; com a de James Woodville, um cavalheiro de Suffolk na época de Cromwell; com a de um astrônomo da corte do Peru anterior aos incas; com a do médico australiano Nevil Kingston-Brown, que vai morrer em 2518 d.C.; com a de um arquimago da desaparecida Yhe, no Pacífico; com a de Teodótides, um oficial grecobactriano de 200 a.C.; com a de um velho francês dos tempos de Luís XIII chamado Pierre-Louis Montmagny; com a de Crom-Ya, líder guerreiro cimério de 15000 a.C.; e com tantas outras que meu cérebro não foi capaz de reter os segredos chocantes e as maravilhas estonteantes que tinham a revelar.

Eu acordava com febre todas as manhãs, às vezes em um frenesi para tentar verificar ou refutar as informações que estavam dentro dos limites do conhecimento humano. Os fatos tradicionais ganhavam novos e duvidosos aspectos, e fiquei admirado com minha própria capacidade de invenção nos sonhos para produzir adendos tão surpreendentes à história e à ciência. Estremeci diante dos mistérios que o passado poderia esconder, e das ameaças que o futuro poderia trazer. O que foi insinuado no discurso das entidades pós-humanas sobre o destino da humanidade produziu tamanho impacto em mim que me recuso a registrar aqui. Depois do homem haveria uma poderosa civilização de besouros, dos quais a elite da Grande Raça iria tomar os corpos quando um terrível infortúnio devastasse seu mundo antiquíssimo. Mais tarde, quando o ciclo da Terra se encerrasse, as mentes transferidas migrariam mais uma vez pelo espaço e pelo tempo – para outro local de habitação nos corpos das entidades vegetais bubônicas de Mercúrio. Mas ainda haveria raças depois dessa, se agarrando pateticamente ao planeta gelado e se aglomerando perto de seu núcleo cheio de horrores até o amargo fim.

Em meus sonhos, eu escrevia sem parar o relato histórico de minha própria época que estava preparando – em parte de forma voluntária e em parte em troca de mais oportunidade de viagens e visitas à biblioteca – para o arquivo central da Grande Raça. O arquivo ficava em uma colossal estrutura subterrânea perto do centro da cidade, que passei a conhecer bem por causa de frequentes trabalhos e consultas. Feito para durar tanto quanto a raça, e para resistir às mais violentas convulsões terrenas, o titânico depósito superava todas as demais edificações na robustez de sua construção.

Os arquivos, escritos ou impressos em grandes folhas de uma curiosamente resistente superfície de celulose, eram encadernados em livros que abriam para cima e eram mantidos em estojos individuais de um metal incrivelmente leve e inoxidável de coloração cinzenta, decorados com motivos matemáticos e com os títulos escritos nos hieróglifos curvilíneos da Grande Raça. Esses estojos eram armazenados em cofres retangulares empilhados – como prateleiras fechadas e trancadas – do mesmo tipo de metal inoxidável, protegidos por fechaduras de acionamento intricado. Minha história foi arquivada em um cofre destinado ao nível mais baixo, ou o dos vertebrados – a seção destinada à cultura da humanidade e das raças peludas e reptilianas que sucederam de forma mais imediata o domínio humano do planeta.

Porém, nenhum dos sonhos me proporcionou um retrato integral da vida cotidiana. Só o que havia eram fragmentos enevoados e desconexos, que com certeza não foram revelados na sequência correta. Por exemplo, eu não tinha uma ideia clara de meus aposentos no mundo do sonho, mas ao que parecia contava com um grande cômodo de pedra só meu. Minhas restrições de prisioneiro aos poucos desapareceram, de modo que algumas das visões incluíam jornadas vívidas por grandes estradas nas florestas, visitas a grandes cidades e explorações de vastas ruínas sem janelas que os membros da Grande Raça curiosamente temiam. Houve também longas viagens marítimas em enormes embarcações de múltiplos conveses de incrível rapidez, e passeios sobre regiões selvagens em aeronaves com aparência de projéteis impulsionadas por repulsão elétrica. Do outro lado do amplo e quente oceano havia outras cidades da Grande Raça, e em um continente distante vi os vilarejos toscos das criaturas aladas com focinho preto que se tornariam dominantes depois que a Grande Raça mandasse suas mentes mais proeminentes para o futuro a fim de escapar do horror que se aproximava. A paisagem plana e a vegetação verdejante eram predominantes. Os morros eram baixos e esparsos, e em geral demonstravam sinais de atividade vulcânica.

Sobre os bichos que vi, poderia escrever volumes inteiros. Eram todos selvagens, pois a cultura mecanizada da Grande Raça superara havia tempos os animais domésticos, e sua alimentação era inteiramente vegetal ou sintética. Répteis desajeitados de grande porte rastejavam pelos brejos vaporosos, voavam pelo ar pesado ou nadavam nos mares e lagos; entre esses creio que reconheci vagamente os protótipos arcaicos de muitas outras formas de vida – dinossauros, pterodátilos, ictiossauros, labirintodontes, ranforrincos, plesiossauros e afins – que se tornaram familiares por meio da paleontologia. De pássaros e mamíferos não havia nenhum que eu pudesse conhecer.

Tanto o chão firme como os terrenos alagados estavam sempre cheios de vida com a movimentação de cobras, lagartos e crocodilos, e os insetos zuniam o tempo todo em meio à vegetação luxuriante. No mar aberto, monstros invisíveis e desconhecidos lançavam enormes colunas de espuma branca no céu vaporoso. Certa vez fui levado para o fundo do mar em um gigantesco submarino com holofotes e avistei alguns horrores de tremenda magnitude. Também vi ruínas de cidades submarinas inacreditáveis, e a riqueza de vida crinoide, braquiópode, coral e ictíica que se alastrava por toda parte.

Da fisiologia, da psicologia, dos costumes e da história mais detalhada da Grande Raça minhas visões preservavam pouca informação, e muitos dos fatos esparsos que registro aqui foram obtidos em meus estudos de lendas antigas e outros casos correlatos, e não de meus próprios sonhos. Pois com o tempo, claro, minhas leituras e pesquisas alcançaram e superaram os sonhos em diversas fases; portanto, certos fragmentos de sonhos estavam explicados com antecedência, e serviam como validação para o que descobri. Isso serviu para consolidar minha crença de que leituras e pesquisas similares, realizadas por meu eu secundário, foram a fonte do terrível encadeamento de pseudomemórias.

O período de meus sonhos, ao que parece, remonta a menos de 150 milhões de anos atrás, quando a era paleozoica estava dando lugar à mesozoica. Os corpos ocupados pela Grande Raça não eram representantes de nenhuma linhagem de evolução terrestre – nem ao menos de algum tipo de vida cientificamente conhecido; eram um tipo orgânico homogêneo e altamente especializado, próximo na mesma medida à vida animal e à vida vegetal. Seu funcionamento celular de caráter único praticamente eliminava a fadiga, descartando a necessidade do sono. Sua nutrição, assimilada através dos apêndices vermelhos em forma de tromba em um dos grandes membros flexíveis, era sempre semifluida e em muitos aspectos totalmente diversa da comida dos animais existentes. Esses seres tinham apenas dois dos sentidos que reconhecemos – visão e audição, esta última obtida por meio dos apêndices parecidos com flores nas ramificações cinzentas acima da cabeça –, mas contavam com outros sentidos incompreensíveis (que não eram acessíveis às mentes cativas que habitavam seus corpos), que tinham aos montes. Seus três olhos eram distribuídos de forma a proporcionar um campo de visão mais amplo que o normal. Seu sangue era uma espécie de icor grosso e de um verde bem escuro. Sua reprodução não era sexuada, e sim através de sementes ou esporos incrustados em sua base e que só eram capazes de germinar debaixo d'água. Enormes tanques eram usados para incubar os jovens – que por sua vez eram poucos, em virtude da longevidade dos indivíduos; quatro ou cinco mil anos era o tempo médio de vida.

Indivíduos deficientes eram descartados sem alarde assim que seus defeitos físicos eram notados. A doença e a aproximação da morte, na ausência do sentido do tato e da dor física, eram reconhecidas por sintomas puramente visuais. Os mortos eram incinerados em cerimônias de homenagem. De tempos em tempos, conforme mencionado, uma mente aguçada conseguia escapar da morte se projetando no futuro, porém tais casos não eram numerosos. Quando isso ocorria, a mente exilada vinda do futuro era tratada com a maior gentileza até a dissolução de seu desconhecido hospedeiro.

A Grande Raça parecia formar uma única espécie de nação ou liga, com grandes instituições compartilhadas, embora houvesse quatro divisões bem definidas. O sistema político e econômico de cada unidade era uma espécie de socialismo fascista, com os recursos mais importantes divididos de forma coletiva, e o poder era delegado a uma pequena junta governante eleita pelos votos de todos os que passassem pelos testes educacionais e psicológicos requisitados. A organização familiar não era reforçada, mas os laços entre as pessoas da mesma descendência eram reconhecidos, e os jovens eram em geral orientados pelos pais.

As semelhanças com as instituições e com o comportamento humano eram, obviamente, mais evidentes nos campos em que os elementos altamente abstratos eram considerados, ou então em que havia a predominância de necessidades básicas e não específicas comuns a todas as espécies orgânicas. Algumas semelhanças se davam de forma deliberada, pois a Grande Raça promovia investigações no futuro e copiava aquilo que lhe interessava. A indústria, altamente mecanizada, exigia pouco tempo de trabalho de cada cidadão, e o lazer abundante era preenchido com atividades intelectuais e estéticas dos mais variados tipos. As ciências eram conduzidas com um nível altíssimo de desenvolvimento, e a arte era parte vital da vida, embora no período de meus sonhos não estivesse mais em seu auge. A tecnologia era tremendamente estimulada pela constante luta pela sobrevivência e pela manutenção da integridade física das grandes cidades, desafiada pelos prodigiosos eventos geológicos daqueles dias primitivos.

A criminalidade era surpreendentemente escassa, e combatida por um eficientíssimo sistema de policiamento. As punições iam desde retiradas de privilégios e encarceramento até a morte ou grandes privações emocionais, e nunca eram administradas sem que antes se fizesse um estudo cuidadoso das motivações do criminoso. As guerras – em grande parte civis nos últimos milênios, a não ser quando travadas contra invasores reptilianos ou octópodes, ou então contra os Grandes Anciãos com a cabeça em forma de estrela-do-mar da Antártida – eram raras, mas infinitamente destrutivas. Um enorme exército, usando armas parecidas com câmeras que produziam tremendas descargas elétricas, era mantido sempre em prontidão para propósitos quase nunca mencionados, porém obviamente ligados ao medo incessante das ruínas escuras e sem janelas e dos grandes alçapões trancados nos níveis subterrâneos mais baixos.

Esse medo das ruínas basálticas e dos alçapões era na maior parte do tempo uma questão implícita e não mencionada – ou citada no máximo em conversas furtivas e reservadas. Os detalhes específicos a respeito estavam ausentes dos livros e das prateleiras comuns. Era um assunto considerado tabu entre os membros da Grande Raça, e parecia ligado a terríveis dificuldades do passado, cujo perigo futuro algum dia obrigaria a raça a mandar seus membros mais proeminentes em massa para outra época. Por mais imperfeitas e fragmentadas que fossem as outras coisas apresentadas nos sonhos e nas lendas, essa questão era cercada de um mistério ainda maior. Os antigos mitos, sempre vagos, a evitavam – ou talvez as alusões ao tema tivessem sido removidas por alguma razão. E, tanto em meus sonhos como nos de outros, as pistas eram pouquíssimas. Os membros da Grande Raça nunca abordavam o assunto de forma intencional, e apenas algumas das mentes cativas mais aguçadas conseguiram descobrir algo a respeito.

De acordo com esses fragmentos de informação, a base do medo era uma terrível raça mais antiga de entidades desconhecidas de semipólipos que veio pelo espaço de universos imensuravelmente distantes e dominou a Terra e três outros planetas do sistema solar cerca de seiscentos milhões de anos atrás. Eram apenas em parte materiais – de acordo com nosso entendimento do termo –, e seu tipo de consciência e meios de percepção eram totalmente distintos dos disponíveis aos organismos terrestres. Por exemplo, seus sentidos não incluíam a visão; seu mundo mental era composto de um estranho padrão de impressões não visuais. No entanto, eram suficientemente materiais para usar objetos de constituição sólida quando estavam em áreas cósmicas que o continham, e precisavam de abrigo – ainda que de um tipo bem peculiar. Embora seus *sentidos* pudessem atravessar quaisquer barreiras materiais, isso não valia para sua *substância*, e certas formas de energia elétrica eram capazes de destruí-los por completo. Eles possuíam o poder da mobilidade aérea, apesar da ausência de asas ou qualquer outro meio de levitação. Sua mente era de uma textura tal que nenhuma forma de contato poderia ser estabelecida pela Grande Raça.

Quando essas criaturas chegaram à Terra, construíram imensas cidades basálticas de torres sem janelas e transformaram todos os seres que encontraram em suas presas. Era assim quando as mentes da Grande Raça atravessaram o vazio vindas do obscuro mundo transgalático batizado como Yith nos perturbadores e questionáveis Fragmentos de Eltdown. Os recém-chegados, com os instrumentos que criaram, não tiveram dificuldades para neutralizar as entidades predadoras e afugentá-las para as cavernas das entranhas da terra que elas já haviam anexado a seus lares e nas quais passaram a habitar desde então. Em seguida as entradas foram bloqueadas, e as criaturas foram abandonadas à própria sorte. A Grande Raça então ocupou a maioria de suas cidades, preservando algumas construções importantes por razões mais ligadas a superstição que a indiferença, a ousadia ou o zelo científico e histórico.

Mas, com o passar dos éons, surgiram sinais vagos e malignos de que as Criaturas Ancestrais estavam se tornando mais fortes e numerosas no mundo subterrâneo. Houve irrupções esporádicas de caráter particularmente odioso em cidadezinhas remotas da Grande Raça, e em algumas cidades mais antigas e abandonadas que a Grande Raça não povoara – lugares cujas entradas para os abismos das profundezas não haviam sido devidamente bloqueadas ou vigiadas. Depois disso, maiores precauções foram tomadas, e muitas das entradas foram fechadas para sempre – porém alguns acessos foram mantidos através de alçapões trancados para uso estratégico no combate às Criaturas Ancestrais caso aparecessem em lugares inesperados, em novas aberturas causadas pelas mesmas movimentações geológicas que fecharam algumas antigas passagens e pouco a pouco vinham provocando a diminuição do número de ruínas e estruturas sobreviventes das cidades conquistadas.

As irrupções das Criaturas Ancestrais deviam provocar um choque impossível de expressar, pois marcaram de forma permanente o psicológico da Grande Raça. O clima de medo constante era tal que nem sobre o *aspecto* das criaturas se comentava – eu nunca consegui obter alguma pista sobre sua aparência. Havia sugestões veladas a respeito de uma *plasticidade* monstruosa, e de *lapsos de visibilidade* temporários, além de sussurros ocasionais sobre a capacidade de controlar e fazer uso militar dos *grandes ventos*. Ruídos singulares de *assobios* e pegadas colossais com cinco dedos circulares também pareciam ser associados a elas.

Era evidente que o grande infortúnio que tanto enchia de medo a Grande Raça – o infortúnio que um dia transportaria milhões de suas mentes mais aguçadas pelo vazio do tempo para corpos estranhos em um futuro mais seguro – tinha a ver com uma irrupção final bem-sucedida das Criaturas Ancestrais. As projeções mentais pelo tempo claramente previram tal horror, e a Grande Raça decidiu que ninguém que pudesse ser poupado deveria encará-lo. Que o ataque seria uma vingança, e não uma tentativa de recuperar o mundo da superfície, eles ficaram sabendo pela história posterior do planeta – pois suas projeções revelavam a chegada e a desaparição de diversas raças subsequentes que não foram incomodadas pelas monstruosas entidades. Talvez tais entidades tivessem passado a preferir os abismos subterrâneos do planeta à superfície instável e tempestuosa, pois a luz para elas nada significava. Talvez também estivessem enfraquecendo ao longo dos éons. De fato, era sabido que estavam mortas na época da raça pós-humana de besouros dos quais as mentes fugitivas se apossariam. Enquanto isso a Grande Raça manteria uma vigilância cautelosa, com potentes armas sempre à mão, apesar do silêncio horrorizado sobre o assunto nas conversas correntes e nos registros abertos. E sempre a sombra do medo inominado pairava ao redor dos alçapões trancados e das torres escuras e sem janelas.

V

Esse é o mundo do qual meus sonhos me traziam ecos distantes e esparsos todas as noites. É impossível transmitir alguma ideia do horror e do pavor contidos em tais ecos, pois eram sensações que dependiam de algo de caráter absolutamente intangível – a sensação aguda de uma *pseudomemória*. Conforme mencionei, meus estudos aos poucos me proporcionaram uma defesa contra esses sentimentos, na forma de explicações psicológicas racionais; e essa influência salvadora era ampliada pelo sutil caráter de rotina que as coisas vão ganhando com a passagem do tempo. Mas apesar de tudo o terror vago e sempre próximo reaparecia de tempos em tempos. Porém, não era capaz de me dominar como antes, e depois de 1922 passei a viver uma vida normal de trabalho e lazer.

Com o passar dos anos comecei a sentir que minha experiência – assim como os casos semelhantes e o folclore relacionado – deveria ser catalogada de forma definitiva e publicada em benefício de quem pudesse ter um interesse sério no assunto; portanto, preparei uma série de artigos sobre o tema e os ilustrei com esboços de algumas das formas, das cenas, dos motivos decorativos e dos hieróglifos dos quais me lembrava dos sonhos. Eles foram publicados em várias edições do *Jornal da Sociedade Americana de Psicologia* entre 1928 e 1929, mas não atraíram muita atenção. Enquanto isso eu continuava a registrar meus sonhos com o máximo empenho, inclusive depois de a pilha de relatos chegar a uma proporção imensa e problemática.

Em 10 de julho de 1934, uma carta me foi encaminhada pela Sociedade de Psicologia, e quando a abri entrei na fase culminante e mais terrível de toda essa provação enlouquecedora. Tinha sido enviada de Pilbarra, na Austrália Ocidental, e era assinada por um homem que, depois de certa pesquisa, descobri se tratar de um engenheiro de minas de ótima reputação. Anexadas à carta havia curiosas fotografias. Vou reproduzir seu texto aqui na íntegra, e qualquer leitor deve ser capaz de entender o tremendo impacto que as imagens e a carta tiveram sobre mim.

Por um tempo, fiquei atordoado e quase incrédulo; pois, embora com frequência eu pensasse que certas fases das lendas que permeavam meus sonhos podiam ter alguma base factual, isso não me deixava menos despreparado para algo como um vestígio concreto de um mundo perdido e remoto além de qualquer imaginação. O efeito mais devastador foi o das fotografias – pois ali estavam, com um realismo frio e incontroverso, em uma paisagem arenosa, certos blocos desgastados, lavados e erodidos de pedra cujas partes superiores convexas e as partes inferiores côncavas contavam uma história toda própria. E quando os observei com a lupa pude ver claramente, entre as falhas e os buracos, os desenhos curvilíneos e os hieróglifos cujo significado ganhou para mim um sentido tão horrendo. Mas eis a carta, que fala por si só:

    49, Dampier Street
    Pilbarra, Austrália Ocidental
    18 de maio de 1934
    Prof. N.W. Peaslee
    a/c Sociedade Americana de Psicologia
    30, East 41st Street
    Nova York, EUA

Meu caro senhor,

Uma recente conversa com o dr. E.M. Boyle, de Perth, e alguns periódicos com seus artigos que me foram recentemente mandados me aconselharam a informá-lo a respeito de certas coisas que vi no Grande Deserto Arenoso a leste da mina de ouro que mantemos por lá. Ao que parece, em vista das lendas peculiares sobre antigas cidades de enormes construções de alvenaria e estranhos desenhos e hieróglifos descritos pelo senhor, eu me deparei com algo de grande importância.

Os nativos de cor sempre falaram sobre as "grandes pedras com marcas", e parecem morrer de medo dessas coisas. Para eles, existe uma ligação entre esses objetos e suas lendas bastante difundidas sobre Buddai, o velho gigante adormecido há várias eras debaixo da terra com a cabeça no braço, que algum dia vai acordar e devorar o mundo. Existem algumas histórias antiquíssimas e quase esquecidas de enormes cabanas de pedra subterrâneas, onde as passagens levam infinitamente para baixo e onde coisas horríveis aconteceram. Os de cor alegam que certa vez alguns guerreiros, ao fugir de uma batalha, desceram por uma delas e nunca mais voltaram, e ventos assustadores começaram a soprar do local assim que se perderam lá dentro. Porém, em geral não dá para levar muito a sério o que os nativos falam.

Mas o que tenho a dizer envolve mais que isso. Dois anos atrás, quando estava prospectando a cerca de oitocentos quilômetros deserto adentro na direção leste, deparei com estranhas peças de pedra esculpida de mais ou menos 90 cm x 60 cm x 60 cm, erodidas e esburacadas até o limite do possível. A princípio não consegui encontrar nenhuma das marcas das quais os de cor falavam, mas quando examinei mais de perto pude ver algumas linhas profundamente entalhadas, apesar do desgaste. Tinham curvas peculiares, como os nativos tentaram descrever. Imagino que devia haver trinta ou quarenta blocos, alguns quase enterrados na areia, todos dentro de um círculo de talvez quatrocentos metros de diâmetro.

Quando vi alguns, saí em busca de mais, e fiz uma cuidadosa varredura do local com meus instrumentos. Também tirei fotos dos dez ou doze blocos mais típicos, que envio junto com a carta. Entreguei as informações e as fotografias ao governo local em Perth, mas ninguém fez nada a respeito. Então conheci o dr. Boyle, que tinha lido seus artigos no *Jornal da Sociedade Americana de Psicologia*, com quem por acaso comentei sobre as pedras. Ele demonstrou enorme interesse, e ficou empolgadíssimo quando lhe mostrei as fotografias, dizendo que aquelas pedras e marcas eram exatamente as mesmas das construções com que o senhor sonhava e que apareciam nas lendas. Ele iria lhe escrever, mas não pôde. Enquanto isso, me mandou a maior parte das publicações com seus artigos, e quando vi seus desenhos e suas descrições tive a certeza de que minhas pedras são desse mesmo tipo. O senhor mesmo pode constatar isso nas fotografias anexas. Mais tarde o próprio dr. Boyle também vai entrar em contato.

Agora entendo a importância que tudo isso deve ter para o senhor. Sem dúvida estamos diante dos vestígios de uma civilização desconhecida mais antiga do que qualquer um jamais sonhou, e que serve como base para essas lendas. Como engenheiro de minas, tenho conhecimento em geologia, e posso garantir que esses blocos são tão antigos que até me assustam. A maioria é de arenito e granito, embora um certamente seja feito de algum tipo estranho de *cimento* ou *concreto*. Apresentam evidências de ação da água, como se esta parte do mundo tivesse submergido e voltado à tona depois de longas eras – tudo isso depois que os blocos foram fabricados e usados. É uma questão de centenas de milhares de anos – ou sabe-se lá quantos mais. Não gosto nem de pensar sobre isso.

Em vista de seus grandes esforços anteriores na compilação das lendas e tudo que lhes diz respeito, não duvido que queira liderar uma expedição ao deserto para escavações arqueológicas. O dr. Boyle e eu estamos dispostos a colaborar com esses trabalhos caso o senhor – ou alguma instituição de sua escolha – consiga verba para tanto. Eu consigo providenciar uma dezena de mineiros para a escavação pesada – os nativos de cor seriam inúteis nesse caso, pois descobri que têm um medo quase maníaco desse local. Boyle e eu não falamos sobre o assunto com ninguém, pois o senhor obviamente tem prioridade na descoberta e merece o crédito por isso.

O local pode ser alcançado a partir de Pilbarra em cerca de quatro dias de viagem de trator – veículo necessário para tal travessia. Fica um pouco a oeste e ao sul do percurso de Warburton em 1873, e 160 quilômetros a sudoeste de Joanna Spring. Podemos mandar as coisas pelo rio De Grey em vez de Pilbarra – mas isso pode ser discutido posteriormente. As pedras estão aproximadamente no ponto 22º 3' 14" latitude sul, 125º 0' 39" longitude leste. O clima é tropical, e as condições do tempo no deserto são duras. Uma expedição precisaria ser feita no inverno – nos meses de junho, julho ou agosto. Receberei de bom grado novos contatos sobre esse assunto, e me ponho à disposição para ajudar, qualquer que seja seu plano. Depois de ler seus artigos fiquei impressionadíssimo com o significado da questão como um todo. O dr.

Boyle vai entrar em contato mais tarde. Quando uma comunicação rápida for necessária, é possível mandar um telegrama para Perth.

Fico à espera de uma pronta resposta.

Muito sinceramente,
Robert B.F. Mackenzie

Das consequências imediatas dessa carta, muita coisa pode ser encontrada na imprensa. Tive sorte em conseguir o financiamento da Universidade do Miskatonic, e tanto o sr. Mackenzie como o dr. Boyle mostraram seu valor inestimável tomando as providências necessárias na Austrália. Não fomos muito específicos nas declarações ao público de nossos objetivos, já que o assunto poderia se prestar desagradavelmente ao tratamento sensacionalista e jocoso dos jornais baratos. Como consequência, as menções impressas foram esparsas; porém, foi noticiado o suficiente para relatar nossa busca das supostas ruínas australianas e cobrir os diversos preparativos.

Os professores William Dyer, do departamento de geologia (líder da Expedição Antártica da Miskatonic de 1930-31), Ferdinand C. Ashley, do departamento de história antiga, e Tyler M. Freeborn, do departamento de antropologia – além de meu filho Wingate –, me acompanharam. Meu correspondente Mackenzie veio a Arkham ainda em 1935 para nos ajudar nos preparativos finais. Ele se revelou um homem competentíssimo e agradável de cinquenta e poucos anos, admiravelmente culto e muitíssimo bem informado sobre as condições de viagem na Austrália. Havia tratores à nossa espera em Pilbarra, e fretamos um vapor suficientemente leve para subir o rio até o ponto necessário. Estávamos dispostos a escavar da forma mais cuidadosa e científica possível, vasculhando cada grão de areia e sem correr o risco de estragar nada.

Partimos de Boston a bordo do fumegante *Lexington* em 28 de março de 1935, e fizemos uma viagem tranquila pelo Atlântico e o Mediterrâneo, cruzamos o Canal de Suez, atravessamos o Mar Vermelho e navegamos pelo Índico até nosso destino. Não preciso nem dizer o quanto a visão da costa arenosa e de relevo baixo da Austrália Ocidental me deprimiu, e que detestei a cidade tosca de mineradores e os campos de tonalidade dourada onde os tratores estavam acabando de ser carregados. O dr. Boyle, que veio nos encontrar, se revelou um homem já de idade, agradável e inteligente – e seu conhecimento no ramo da psicologia incitou várias longas conversas com meu filho e comigo.

Um mal-estar e uma grande expectativa se misturaram estranhamente dentro da maioria de nós quando enfim nossa comitiva de dezoito pessoas partiu pelas áridas léguas de areia e pedras. No dia 31 de maio, uma sexta-feira, atravessamos um braço do De Grey e entramos no reino da mais absoluta desolação. Um sentimento inegável de terror cresceu em mim à medida que avançávamos pelo local do antigo mundo por trás das lendas – um terror obviamente intensificado pelo fato de que meus sonhos e minhas pseudomemórias ainda me perturbavam com a mesma força de antes.

Foi no dia 3 de junho, uma segunda-feira, que vimos os primeiros blocos semienterrados. Não sou capaz de descrever minhas emoções quando de fato toquei – na realidade objetiva – um fragmento de alvenaria ciclópica semelhante em todos os aspectos aos blocos nas paredes das construções de meus sonhos. Havia vestígios claros de entalhes – e minhas mãos tremeram quando reconheci parte de um desenho decorativo curvilíneo que me remeteu ao inferno de anos atormentados por pesadelos e pesquisas de resultados atordoantes.

Um mês de escavações rendeu um total de aproximadamente 1.250 blocos em diferentes estágios de desgaste e desintegração. A maioria era composta de megálitos com as partes superiores e inferiores curvadas. Uma minoria era mais estreita, com a superfície lisa, cortada em formas quadradas ou octogonais – como as dos pisos e pavimentos em meus sonhos –, ao passo que algumas eram singularmente maciças e curvadas ou inclinadas de forma a sugerir um uso como estruturas de apoio ou como partes de arcadas e janelas redondas. Quanto mais fundo cavávamos – e mais para o norte e o leste –, mais blocos encontrávamos; no entanto, não conseguimos localizar nenhuma estrutura ao redor deles. O professor Dyer ficou pasmado com a idade incalculável dos fragmentos, e Freeborn encontrou resquícios de símbolos sinistramente condizentes com certas lendas antiquíssimas de Papua e da Polinésia. As condições e a deterioração dos blocos sugeriam vertiginosos ciclos de tempo e eventos geológicos de selvageria cósmica.

Tínhamos um aeroplano à disposição, e meu filho Wingate sobrevoava o local em diferentes altitudes para esquadrinhar o terreno desolado de areia e pedra em busca de contornos de maiores dimensões, além de diferenças de nível ou trilhas de blocos partidos. Seus resultados foram quase sempre negativos, pois, sempre que um dia pensava ter encontrado uma tendência significativa, na viagem seguinte tinha essa impressão substituída por outra igualmente sem substância – fruto do deslocamento constante da areia carregada pelo vento. Uma ou duas sugestões efêmeras, porém, me afetaram de uma forma estranha e desagradável. Por um instante, pareceram se encaixar terrivelmente em algo que eu tinha visto em sonho ou lido, mas do qual não conseguia me lembrar. Havia uma terrível *pseudofamiliaridade* ali – o que me fez encarar de maneira furtiva e apreensiva o terreno abominável e estéril que se estendia nas direções norte e nordeste.

Por volta da primeira semana de julho eu já tinha desenvolvido um bom número de sentimentos conflitantes em relação àquela região mais a nordeste. Havia o horror, mas também a curiosidade – mais que isso, porém, havia uma persistente e intrigante ilusão de *memória*. Tentei todo tipo de expedientes psicológicos para tirar essas impressões da cabeça, mas sem sucesso. A insônia também se abateu sobre mim, porém foi quase bem-vinda, pois significava uma abreviação de meus períodos entregue aos sonhos. Adquiri o hábito de fazer longas caminhadas solitárias no deserto tarde da noite – geralmente para o norte ou nordeste, para onde meus estranhos novos impulsos pareciam me atrair sutilmente.

Às vezes, nessas caminhadas, me deparava com fragmentos quase enterrados de alvenaria antiga. Embora houvesse menos blocos visíveis ali do que no lugar onde começamos, eu tinha certeza de que deveria haver uma vasta abundância sob a superfície. O chão era menos nivelado do que perto de nosso acampamento, e os ventos que sopravam de tempos em tempos empilhavam a areia em fantásticos morretes temporários – expondo alguns vestígios de pedras antigas e encobrindo outros. Eu estava estranhamente ansioso para fazer as escavações chegarem até aquele território, mas ao mesmo tempo temia o que poderia ser revelado. Obviamente, eu estava em péssimo estado – ainda pior porque não conseguia definir o que me acometia.

Uma indicação de meus nervos em frangalhos pode ser obtida a partir de minha reação a uma estranha descoberta que fiz em um de meus passeios noturnos. Era a noite de 11 de julho, e uma lua quase cheia conferia aos misteriosos morretes um brilho curioso. Indo um pouco além de meus limites habituais, deparei com uma enorme pedra que parecia bem diferente de todas as demais que havíamos encontrado. Estava coberta quase que por inteiro, mas afastei a areia com as mãos para estudar o objeto mais de perto, suplementando o luar com minha lanterna elétrica. Ao contrário das outras pedras de tamanho maior, aquela era perfeitamente quadrada, sem nenhuma superfície côncava ou convexa. Parecia feita de uma substância basáltica escura totalmente distinta do granito e arenito e às vezes concreto que constituíam os fragmentos mais familiares.

De repente, eu me levantei, me virei e saí correndo de volta para o acampamento o mais rápido que podia. Foi uma fuga absolutamente inconsciente e irracional, e só quando me aproximei de minha barraca percebi o motivo por que corri. Foi quando me dei conta. A estranha pedra escura era algo sobre o qual eu já havia sonhado e lido, e estava relacionada aos maiores horrores das lendas que atravessavam os éons. Era um dos blocos da alvenaria basáltica mais antiga que a lendária Grande Raça tanto temia – as ruínas altas e sem janelas deixadas pelas Criaturas semimateriais que espreitavam e empesteavam os abismos mais profundos da Terra, cujas forças invisíveis obrigavam a manter os alçapões trancados e as sentinelas sempre a postos.

Passei a noite inteira acordado, mas ao amanhecer concluí que fora uma tolice deixar que a sombra de um mito me perturbasse. Em vez de ter medo, eu deveria estar sentindo o entusiasmo do descobridor. Na manhã seguinte contei aos outros sobre meu achado, e Dyer, Freeborn, Boyle, meu filho e eu nos deslocamos para ver o bloco anômalo. No entanto, só nos deparamos com o fracasso. Eu não tinha uma ideia clara da localização da pedra, e o vento que soprou depois havia alterado totalmente os morretes de areia em movimento.

VI

Agora chego à parte crucial e mais difícil de minha narrativa – ainda mais difícil porque não tenho certeza de que seja real. Às vezes me sinto desconfortavelmente seguro de que não estava dormindo ou delirando; e é essa sensação – diante das estupendas implicações que a comprovação objetiva de minha experiência levantariam – que me estimula a fazer este registro. Meu filho – um psicólogo de formação com o conhecimento mais completo e compreensivo de meu caso – deve ser o principal juiz daquilo que tenho a contar.

Primeiro preciso estabelecer o contexto em que a ocasião se deu, como aqueles que estavam no acampamento bem sabem. Na noite de 17 para 18 de julho, um dia de muito vento, eu me deitei, mas não consegui dormir. Levantei-me pouco antes das onze horas e, afetado como sempre pela estranha atração para o terreno mais ao norte, parti para uma de minhas típicas caminhadas noturnas; vi e cumprimentei apenas uma pessoa – um mineiro australiano de nome Tupper – quando deixei nossas instalações. A lua, começando a minguar ligeiramente, brilhava forte em um céu claro, e o luar se derramava sobre as areias ancestrais com uma radiância pálida que por algum motivo me parecia infinitamente maligna. O vento tinha parado, e não voltou mais por quase cinco horas, conforme atestado por Tupper e outros que não dormiram naquela noite. Antes que eu sumisse das vistas, o australiano me viu caminhando apressado pelos morretes pálidos e cheio de segredos rumo ao nordeste.

Por volta das três e meia da manhã, rajadas de vento fortíssimas começaram a soprar, acordando todos no acampamento e derrubando três barracas. Não havia nuvens no céu, e o deserto ainda reluzia sob o luar pálido. Os homens notaram que minha barraca estava vazia, porém ninguém estranhou o fato, em virtude de meu hábito de fazer caminhadas. Mesmo assim, três homens – todos australianos – pareciam sentir que havia algo sinistro no ar. Mackenzie explicou ao professor Freeborn que era um medo adquirido do folclore dos nativos de cor – que haviam composto ao longo das gerações um curioso tecido de mitos malignos a respeito dos ventos fortes que varriam as areias a longos intervalos sob o céu limpo. Tais ventos, segundo se murmurava, sopravam das grandes cabanas de pedra subterrâneas onde coisas terríveis aconteceram – e nunca eram sentidos a não ser perto dos lugares onde as grandes pedras entalhadas ficavam espalhadas. Perto das quatro horas o vento parou de forma tão repentina quanto começara, aglomerando os montes de areias em novas e desconhecidas composições.

Eram mais de cinco horas, com a lua inchada e fungoide já descendo mais a oeste, quando cheguei cambaleando ao acampamento – sem chapéu, esfarrapado, com o rosto arranhado e ensanguentado e sem minha lanterna. A maioria dos homens já tinha voltado a dormir, mas o professor Dyer estava fumando cachimbo na frente de sua barraca. Quando me viu ofegante e em um estado de quase frenesi, chamou o dr. Boyle, e os dois foram me deitar em minha cama. Meu filho, despertado pela movimentação, logo se juntou a eles, e os três tentaram me convencer a descansar e tentar dormir.

Mas não havia como dormir. Meu estado psicológico era dos mais extraordinários – diferente de tudo o que eu já tinha experimentado. Depois de um tempo, insisti em falar – explicar de forma apreensiva e elaborada minha condição. Disse que estava fatigado, e que acabei me deitando na areia para um cochilo. Relatei que tive sonhos ainda mais assustadores que o normal – e que quando fui despertado pelo vento súbito meus nervos abalados entraram em colapso. Fugi em pânico, tropeçando repetidas vezes nas pedras semienterradas, e por isso adquiri aquele aspecto esfarrapado e maltratado. Devo ter dormido um bom tempo – o que explicava minhas várias horas de ausência.

Das coisas estranhas que vi e experimentei não mencionei absolutamente nada – exercitando um tremendo autocontrole a esse respeito. Mas contei sobre minha mudança de ideia com relação à expedição como um todo, e recomendei com todas as minhas forças a interrupção de todas as escavações na direção nordeste. Minhas razões para tanto eram notadamente frágeis – mencionei uma escassez de blocos, um desejo de não ofender os supersticiosos mineiros, um possível esgotamento da verba da universidade e outras coisas inverídicas ou irrelevantes. Naturalmente, ninguém deu atenção a meus novos desejos – nem mesmo meu filho, cuja preocupação com minha saúde era mais que evidente.

No dia seguinte me levantei e circulei pelo acampamento, mas não tomei parte nas escavações. Vendo que não conseguiria interromper os trabalhos, decidi voltar para casa o quanto antes, para o bem dos meus nervos, e fiz meu filho me prometer que me levaria de avião a Perth – mais de 1.500 quilômetros a sudoeste – assim que tivesse esquadrinhado a região que eu preferia manter intocada. Se a coisa com que me deparei ainda estivesse visível, pensei, eu faria um aviso mais específico, mesmo ao custo de me expor ao ridículo. Era de se esperar que os mineiros que conheciam o folclore local me apoiassem. Acatando meu pedido, meu filho fez o sobrevoo de reconhecimento naquela mesma tarde, passando por todo o terreno que eu pudesse ter coberto. No entanto, nada do que descobri permanecia exposto. Foi mais uma aparição de blocos anômalos e basálticos – a areia em constante deslocamento escondeu todo e qualquer vestígio. Por um instante me arrependi de ter perdido um certo objeto em meu acesso de pavor – mas agora considero essa perda uma bênção. Ainda acho que minha experiência foi uma ilusão – principalmente se, como espero com todas as minhas forças, aquele abismo infernal nunca for encontrado.

Wingate me levou a Perth no dia 20 de julho, mas se recusou a abandonar a expedição e voltar para casa. Ele ficou comigo até o dia 25, quando embarquei no vapor para Liverpool. Agora, na cabine do *Empress*, continuo refletindo de forma detida e incessante sobre o assunto, e decidi que meu filho deve ao menos ser informado. Cabe a ele decidir se deve divulgar mais amplamente a questão. Em caso de eventualidade, preparei esse preâmbulo explicando minha situação – que já tinha chegado de maneira fragmentada ao conhecimento de alguns – e agora vou relatar com a maior brevidade possível o que pareceu ter acontecido durante minha ausência do acampamento naquela noite terrível.

Com os nervos exaltados, e instigado por uma perversa ansiedade gerada pelo desejo inexplicável, pavoroso e pseudomnemônico de avançar rumo ao nordeste, saí sob o luar maligno e radiante. De tempos em tempos eu via, quase enterrados na areia, os blocos ciclópicos ancestrais lá deixados por éons inomináveis e esquecidos. A idade incalculável e o horror mórbido daquela desolação monstruosa começaram a me oprimir como nunca, e não consegui deixar de pensar nos sonhos enlouquecedores, nas lendas assustadoras por trás deles e no medo visível dos nativos e mineradores com relação ao deserto e suas cavernas de pedra.

E mesmo assim segui avançando como se estivesse indo a um assustador encontro – mais e mais acossado por fantasias, compulsões e pseuodomemórias atordoantes. Pensei nos possíveis contornos de linhas de pedras que meu filho pode ter visto do ar, e me perguntei por que pareciam ao mesmo tempo tão agourentas e tão familiares. Alguma coisa estava se agitando para vir à tona em minha memória, enquanto uma outra força desconhecida lutava para mantê-la oculta.

Era uma noite sem vento, e a superfície de areia pálida oscilava para cima e para baixo como ondas congeladas no mar. Eu não tinha nenhum objetivo em mente, mas segui em frente como se estivesse predestinado a encontrar algo. Meus sonhos estavam transbordando para a vigília, e cada megálito coberto de areia parecia parte dos infindáveis cômodos e corredores de alvenaria pré-humana, com entalhes e hieróglifos que eu conhecia tão bem em virtude dos anos como mente cativa da Grande Raça. Em determinados momentos imaginei ter visto aquelas criaturas horrendas e cônicas se deslocando para suas tarefas rotineiras, e tive medo de olhar para baixo e não me deparar com meu aspecto habitual. O tempo todo eu via simultaneamente os blocos cobertos de areia e os cômodos e corredores; o luar ardente e maligno e as lamparinas de cristal luminoso; o deserto infindável e as samambaias e cicadáceas além da janela. Estava acordado e sonhando ao mesmo tempo.

Não sei por quanto tempo nem por quanta distância – nem ao menos em que direção – tinha caminhado quando vi a pilha de blocos revelada pelo vento do dia. Era a maior concentração de peças em um só lugar com que havia me deparado até então, e me causou tal impressão que as visões de éons distantes cessaram de imediato. Mais uma vez só havia o deserto, o luar macabro e os fragmentos de um passado inimaginável. Aproximei-me, fiz uma pausa e apontei o facho da lanterna elétrica para as ruínas. Um morrete tinha sido soprado para longe, revelando uma massa irregularmente redonda de megálitos e outros fragmentos menores espalhados por um raio de dez metros, em pilhas irregulares que iam de pouco mais de meio metro a quase dois metros e meio de altura.

Desde o início percebi que havia um caráter totalmente sem precedentes naquelas pedras. Não era apenas a quantidade que não tinha paralelos, havia algo em seus entalhes desgastados pela areia que me arrebatou quando os examinei sob a luz da lanterna e do luar. Não que houvesse alguma diferença em termos de essência das amostras anteriores que encontrei. Era algo mais sutil que isso. A impressão produzida não vinha de cada bloco individualmente, só surgia quando eu passava os olhos por vários ao mesmo tempo. Os padrões curvilíneos em muitos daqueles blocos eram *intimamente relacionados* entre si – parte de uma ampla concepção decorativa.

Pela primeira vez naquela desolação arrasada pelos éons me deparei com uma massa de alvenaria em sua posição original – degradada e fragmentada, é verdade, mas não a ponto de não ter uma existência claramente definida.

Subindo sobre a parte mais baixa, escalei laboriosamente até a mais alta; limpando a areia com os dedos de tempos em tempos, e me esforçando para interpretar as variações de tamanho, forma, estilo e as relações entre os padrões. Depois de um tempo consegui identificar vagamente a natureza da estrutura desaparecida, e os padrões que preenchiam as vastas superfícies da alvenaria antiquíssima. A identificação total do conjunto com alguns dos vislumbres que tive nos sonhos me deixou perplexo e perturbado. Aquilo havia sido um corredor ciclópico de nove metros de altura, com piso de blocos octogonais e um teto arqueado. Havia abertura de cômodos à direita, e em uma das extremidades um daqueles estranhos planos inclinados levava a profundezas ainda mais recônditas.

Tive um sobressalto violento quando isso me ocorreu, pois havia mais em minhas visões do que os blocos sugeriam. Como eu sabia que esse patamar devia ficar no subsolo? Como eu sabia que o plano que levava para os patamares mais acima deveria estar às minhas costas? Como eu sabia que a longa passagem subterrânea para a Praça dos Pilares deveria estar à esquerda, um patamar acima de mim? Como eu sabia que a sala de máquinas, e o túnel à direita que conduzia ao arquivo central, deveria ficar dois patamares abaixo? Como eu sabia que haveria um daqueles horrendos alçapões trancados com barras de metal no último patamar, quatro níveis abaixo? Abismado com a intrusão do mundo dos sonhos, comecei a tremer e a suar frio.

Então, como um intolerável toque final, senti uma leve e insidiosa lufada de ar frio subindo de uma depressão perto do centro da grande ruína. Imediatamente, assim como antes, minhas visões cessaram, e mais uma vez enxerguei apenas o luar maligno, o deserto macabro e o amplo cemitério de alvenaria paleógena. Algo real e tangível, mas com infinitas sugestões de mistérios ocultos, me confrontava. Pois a lufada de ar deixava uma coisa bem clara – um abismo escondido de enorme extensão sob os blocos desarranjados na superfície.

Meu pensamento se voltou de imediato para as sinistras lendas dos nativos sobre enormes cabanas subterrâneas sob os megálitos, onde coisas horríveis aconteciam e de onde ventos fortes sopravam. Então as imagens de meus próprios sonhos voltaram, e senti as vagas pseudomemórias ganhando corpo em minha mente. Que tipo de lugar haveria mais abaixo? Que fonte primeva e inconcebível de ciclos de mitos antiquíssimos e pesadelos aterrorizantes eu estaria prestes a descobrir? Foi só por um momento que hesitei, pois não eram apenas a curiosidade ou o espírito científico que me levavam adiante, apesar de meu medo cada vez maior.

Eu parecia me mover de forma quase automática, como se estivesse sob o comando de um destino inevitável. Guardei a lanterna no bolso e, com uma força que jamais imaginei possuir, afastei um fragmento titânico de pedra após o outro, até o vento começar a soprar com força, com uma umidade que contrastava estranhamente com o ar seco do deserto. Uma abertura escura começou a se revelar e, por fim – quando afastei todos os fragmentos que era possível mover –, o pálido luar iluminou uma abertura ampla o suficiente para que eu passasse.

Saquei de novo a lanterna e direcionei o facho para a abertura. Mais abaixo havia um caos de alvenaria em ruínas, espalhando-se para o norte e para baixo em um ângulo de mais ou menos 45 graus, resultado de um evidente colapso mais acima. Entre sua superfície e o nível do chão havia um abismo de negrume impenetrável em cuja extremidade superior era possível ver sinais das arcadas gigantescas e maltratadas pelo tempo. Nesse ponto, ao que parecia, as areias do deserto estavam diretamente acima do piso de alguma estrutura titânica da juventude da Terra – como se preservou ao longo de éons de convulsões geológicas, até hoje não consigo nem tentar imaginar.

Em retrospecto, a própria ideia de uma súbita e solitária descida a um abismo tão temerário – e em um momento em que meu paradeiro era absolutamente desconhecido de todos – parece o cúmulo da insanidade. Talvez tenha sido – mas naquela noite embarquei sem hesitação em tal jornada. Mais uma vez se manifestou a atração e a sensação de predestinação que parecia me mover o tempo todo. Ligando e desligando a lanterna de modo intermitente para economizar bateria, comecei a louca descida pela inclinação sinistra e ciclópica do outro lado da abertura – às vezes me apoiando com os pés e as mãos com segurança e às vezes me virando de frente para os megálitos e me agarrando de forma precária. Em ambos os lados, paredes distantes de cavernas e pedaços de alvenaria degradada apareciam ao longe na direção em que estava apontado o facho de minha lanterna. Mais acima, porém, apenas a escuridão.

Perdi a noção do tempo durante a descida. Minha mente estava dominada de tal forma pelas sugestões e imagens atordoantes que todas as questões objetivas pareciam estar a distâncias incalculáveis. A sensação física estava adormecida, e mesmo o medo parecia uma aparição espectral, uma gárgula imóvel que me observava de forma impotente. Por fim cheguei a um pavimento com o piso coberto de blocos caídos, fragmentos disformes de pedra, areia e detritos de todos os tipos. Em ambos os lados – talvez a dez metros de distância – as paredes enormes culminavam em enormes arcadas. Dava para ver que eram entalhadas, mas a natureza dos entalhes era impossível observar. O que mais me chamou atenção foi a arcada mais acima. O facho de minha lanterna não alcançava o teto, mas nas partes mais baixas as curvaturas monstruosas ficavam bem evidentes. Sua identificação era tão perfeita com aquilo que eu vira em incontáveis sonhos sobre o mundo antigo que estremeci de verdade pela primeira vez.

Atrás de mim e bem mais acima, um leve borrão luminoso indicava a existência do luar e do distante mundo lá fora. Uma vaga noção de cautela me avisou para não perdê-lo de vista, caso contrário não teria como me orientar na volta. Avancei na direção da parede à minha esquerda, onde os contornos dos entalhes eram mais visíveis. O chão apinhado de destroços era tão difícil de atravessar quanto a inclinação da descida, mas consegui abrir caminho a duras penas. Em um determinado local afastei alguns blocos e chutei alguns destroços para ver o piso, e estremeci com sua fatídica e absoluta familiaridade com as pedras octogonais que de alguma forma ainda se conservavam unidas.

Tomando uma distância pertinente da parede, lancei sobre ela o facho da lanterna e observei com atenção os vestígios desgastados de entalhes. Um fluxo de água parecia ter agido em um passado remoto sobre a superfície de arenito, e havia estranhas incrustações que eram impossíveis de explicar. Em certos pontos a alvenaria estava bem porosa e distorcida, e me perguntei durante quantos éons mais aquela construção primeva e oculta seria capaz de manter o que ainda restava de suas formas nas profundezas da terra.

Porém, o que mais mexeu comigo foram os entalhes. Apesar do desgaste do tempo, eram relativamente fáceis de rastrear a uma distância mais curta, e a familiaridade total em cada detalhe me deixou atordoado. Que os atributos principais daquela alvenaria me fossem conhecidos não deveria ser surpresa. Responsáveis por impressões poderosas nos geradores de certos mitos, eles se embrenharam em uma torrente de folclore críptico que, depois de chegar ao meu conhecimento de alguma forma durante a amnésia, passaram a evocar imagens vívidas em meu subconsciente. Mas como explicar a semelhança exata e minuciosa de cada linha e espiral desses estranhos símbolos com aqueles com que sonhei durante tantos anos? Que tipo de iconografia obscura e esquecida poderia ter reproduzido cada nuance sutil de forma tão exata e invariável nas visões que dominaram meu sono noite após noite?

Pois não se tratava de acaso ou de uma semelhança remota. Definitiva e absolutamente, o antiquíssimo corredor de éons de idade em que eu estava era a manifestação física de algo que conheci durante o sono com a mesma intimidade que tinha com minha casa na Crane Street, em Arkham. Meus sonhos mostravam o local em seu auge, antes da decadência, era verdade; mas sua identidade não era menos real por causa disso. Eu estava muito bem orientado, para meu horror. Aquela estrutura em particular me era conhecida. Assim como seu lugar na terrível cidade antiga dos sonhos. Eu me dei conta, com uma certeza instintiva e horrenda, de que era capaz de visitar sem errar o caminho qualquer ponto naquela estrutura ou naquela cidade que escapara das mudanças e devastações de incontáveis eras. Deus do céu, o que aquilo tudo significava? Como eu sabia de tanta coisa? E que terrível realidade poderia haver por trás das antigas histórias de seres que habitavam naquele labirinto de pedra antiquíssimo?

As palavras não são capazes de explicar nem uma fração do pavor e da perplexidade que pesavam sobre meu espírito. Eu conhecia aquele lugar. Sabia o que estava diante de mim, e o que havia mais acima antes que aquela infinidade de pavimentos se tornasse uma pilha de escombros no deserto. Não era mais necessário, pensei com um estremecimento, manter o luar distante sempre à vista. Eu estava dividido entre uma vontade de fugir e uma mistura febril de uma curiosidade acachapante e de uma sensação de predestinação irrefreável. O que acontecera com a monstruosa megalópole naqueles milhões de anos desde a época de meus sonhos? Dos labirintos subterrâneos sob a cidade, que interligavam todas as suas torres titânicas, quanto teria sobrevivido às alterações na crosta terrestre?

Eu teria me deparado com um mundo enterrado e preservado de um arcaísmo profano? Ainda conseguiria achar a casa do escriba-mestre, e a torre onde S'gg'ha, uma mente cativa dos carnívoros vegetais de cabeça de estrela-do-mar da Antártida, entalhou certas imagens nos espaços vazios das paredes? A passagem do segundo nível, mais abaixo, para o salão das mentes de fora ainda estaria aberta e acessível? Naquele salão a mente cativa de uma entidade inacreditável – um habitante semiplástico do interior oco de um planeta trasplutoniano dezoito milhões de anos no futuro – mantinha um certo objeto que modelara com argila.

Fechei os olhos e levei em vão a mão à cabeça, em uma tentativa patética de afugentar os estranhos fragmentos de sonhos de minha consciência. Então, pela primeira vez, senti de forma aguda a movimentação no ar frio e úmido ao redor. Estremecendo, percebi que uma vasta cadeia de abismos escuros e destituídos de vida éons atrás devia estar de fato em algum lugar abaixo de mim. Pensei nos cômodos, corredores e planos inclinados assustadores dos quais me lembrava dos sonhos. O caminho para o arquivo central ainda estaria aberto? Mais uma vez a sensação de predestinação se abateu sobre minha mente, enquanto me recordava dos incríveis registros trancados naqueles cofres retangulares de metal inoxidável.

Segundo os sonhos e as lendas, era lá que estava toda a história, do passado e do futuro, do contínuo do espaço-tempo cósmico – escrita pelas mentes cativas de todas as orbes e todas as épocas do sistema solar. Uma loucura, claro – mas eu não tinha acabado de deparar com um mundo secreto tão louco quanto eu? Pensei nas pilhas de material trancado e nas curiosas torções da fechadura que era preciso fazer para abrir cada uma. Então me recordei vividamente da minha. Quantas vezes eu já não tinha feito aquela coreografia intricada de giros e puxões para abrir a seção de vertebrados terrestres, na fileira de baixo? Todos os detalhes me eram vívidos e familiares. Se houvesse um cofre como aquele com que sonhei, eu poderia abri-lo em um instante. Foi quando a loucura me dominou de vez. Um instante depois, estava correndo e saltando sobre os detritos rochosos na direção do plano inclinado que levava às profundezas, por um caminho do qual me lembrava tão bem.

VII

Desse ponto em diante minhas impressões não são muito confiáveis – na verdade, ainda me resta uma última esperança de que tudo tenha sido um sonho demoníaco, ou uma ilusão nascida de um delírio. Um estado febril tomou conta de meu cérebro, e tudo parecia envolto em uma espécie de névoa – às vezes apenas de forma intermitente. O facho de minha lanterna clareava fracamente a escuridão ao redor, trazendo vislumbres fantasmais de paredes e entalhes terrivelmente familiares, todos demonstrando sinais de inúmeras eras de desgaste. Em um determinado ponto uma tremenda massa de arcadas tinha desabado, e precisei escalar uma grande pilha de pedras que quase chegava ao teto de pedra bruta e estalactites grotescas. Tudo ali remetia ao cúmulo do pesadelo, que se tornava ainda pior com a blasfema sugestão da pseudomemória. Apenas uma coisa não me parecia familiar, e era meu tamanho em relação à monstruosa estrutura de alvenaria. Eu me sentia oprimido em minha sensação de pequenez, como se a visão daquelas paredes imensas a partir de um corpo humano fosse algo totalmente novo e anormal. Repetidas vezes olhava para mim mesmo e me sentia vagamente desconcertado com minha forma humana.

Em meio à escuridão do abismo saltei, escalei e tropecei – muitas vezes indo ao chão e me ralando, e em uma ocasião quase destruindo minha lanterna. Cada pedra e cada canto daquele abismo demoníaco eram conhecidos para mim, e em diversos pontos parei para direcionar o facho da lanterna para arcadas desgastadas e dilapidadas, mas ainda assim conhecidas. Alguns cômodos haviam desabado por completo; outros estavam vazios ou cheios de detritos. Em alguns vi estruturas de metal – algumas quase intactas, outras quebradas e outras amassadas – que reconheci como os pedestais ou as mesas colossais de meus sonhos. O que poderiam ser, de fato, nem ousei pensar.

Encontrei o plano inclinado e comecei a descê-lo – mas depois de um tempo me detive diante de uma falha abismal cujo ponto mais estreito não deveria ter menos de um metro e vinte de largura. Naquele ponto a estrutura de pedra cedera por completo, revelando profundezas escuras incalculáveis mais abaixo. Eu sabia da existência de mais dois pavimentos inferiores naquela construção titânica, e estremeci com um pavor renovado ao me recordar do alçapão trancado no último deles. Não deveria haver guardas por lá àquela altura – pois o que espreitava mais abaixo já cumprira havia tempos seu sinistro objetivo e entrara em um longo declínio. Na época da raça de besouros pós-humana, sua existência já estaria obliterada. Mesmo assim, quando pensei na lenda dos nativos, estremeci de novo.

Saltar sobre o abismo foi dificílimo para mim, pois o chão cheio de entulhos me impedia de correr para tomar impulso – mas a loucura me fez ir em frente. Escolhi um ponto perto da parede da esquerda – onde a abertura era menos larga e no outro lado havia menos detritos – e depois de um momento de frenesi cheguei ao outro lado em segurança. Enfim me aproximando do pavimento inferior, passei pelas arcadas da sala de máquinas, dentro da qual havia fantásticas ruínas metálicas semienterradas sob o teto desabado. Tudo estava onde eu sabia que estaria, e saltei com confiança sobre as pilhas de pedra que barravam a entrada de um vasto corredor transversal. Aquela passagem, pensei, me levaria por baixo da cidade até o arquivo central.

Infinitas eras pareciam se descortinar enquanto eu caminhava, saltava e rastejava pelo corredor coberto de detritos. De tempos em tempos era possível distinguir os entalhes nas paredes manchadas pelo tempo – alguns familiares, outros aparentemente acrescentados depois do período de meus sonhos. Como aquela era uma passagem de conexão subterrânea, não havia arcadas nos pontos onde o caminho não dava passagem aos níveis anteriores das outras construções. Em algumas dessas intersecções, me virei para ver corredores familiares que levavam a cômodos conhecidos. Em duas ocasiões apenas me deparei com mudanças radicais com relação ao que vi nos sonhos – e em um dos casos ainda era possível rastrear os contornos da arcada de que me lembrava.

Estremeci violentamente, e tive um curioso acesso de fraqueza, ao passar de forma apressada e relutante por uma cripta de uma das grandes torres sem janelas cuja alvenaria basáltica denunciava sua origem temida e terrível. Aquele cômodo primevo era redondo e tinha uns bons sessenta metros de diâmetro, sem nada entalhado nas pedras escuras. Naquele local não havia nada no chão além de poeira e areia, e dava para ver as aberturas que conduziam para cima e para baixo. Não havia escadas nem planos inclinados – em meus sonhos, essas torres mais antigas permaneciam intocadas pela lendária Grande Raça. Aqueles que as construíram não precisavam de escadas nem de rampas. Nos sonhos, a abertura que conduzia para baixo estava bloqueada e era cuidadosamente vigiada. Agora estava aberta – escura e escancarada, fornecendo uma corrente de ar frio e úmido. Que tipo de caverna sem limites de noite eterna poderia haver lá embaixo não me permito nem pensar.

Depois de rastejar por uma parte em péssimo estado do corredor, cheguei a um lugar onde o teto desabara totalmente. Os detritos se erguiam como uma montanha, que eu escalei, passando por um amplo espaço vazio onde minha lanterna revelou que não havia nem paredes nem arcadas. Ali, pensei eu, devia ser o porão da casa dos que trabalhavam com metais, cuja frente dava para um ponto da praça não muito distante do arquivo. O que acontecera com o local eu não tinha como saber.

Voltei ao corredor depois de passar pela montanha de detritos e pedras, mas depois de uma curta distância me deparei com um ponto totalmente vedado onde as arcadas caídas quase tocavam o teto de pedra perigosamente baixo. Como consegui afastar blocos em quantidade suficiente para passar, e como ousei remexer em uma pilha de fragmentos em que o menor desequilíbrio poderia fazer vir abaixo toneladas de alvenaria sobre mim, ainda não sei. Era a loucura absoluta que me impelia e me guiava – isso se minha aventura subterrânea não tiver sido, como ainda espero, um delírio infernal ou uma espécie de sonho. Mas por fim consegui – ou sonhei que consegui – abrir uma passagem pela qual poderia me esgueirar. Enquanto me espremia em meio ao monte de entulho, com a lanterna ligada e presa na boca, senti os arranhões das estalactites bizarras da pedra bruta acima de mim.

Eu estava perto da grande estrutura que continha os arquivos e que parecia ser meu objetivo. Descendo do outro lado da montanha de entulho, e me guiando pelo restante do corredor acionando a lanterna na mão de tempos em tempos, cheguei a uma última cripta circular e baixa com arcadas – ainda em um impressionante estado de preservação – com aberturas para todos os lados. As paredes, ou pelo menos as partes delas que minha lanterna alcançava, eram cobertas pelos hieróglifos e símbolos curvilíneos mais típicos – alguns acrescentados depois do período de meus sonhos.

Aquela era minha destinação desde o início, percebi, e me virei imediatamente para uma passagem arqueada à minha esquerda. Eu não tinha a menor dúvida de que por lá poderia encontrar uma passagem desobstruída para planos inclinados que conduziam a todos os pavimentos ainda existentes. Aquelas vastas e protegidas paredes, que abrigavam os anais de todo o sistema solar, foram construídas com maestria e eram fortes o bastante para durar tanto quanto o próprio sistema cuja história contavam. Blocos de tamanho estupendo, acomodados com precisão matemática e unidos por um cimento de resistência inacreditável, tinham se combinado para formar uma massa tão firme quanto o núcleo rochoso do planeta. Ali, depois de eras mais numerosas do que eu poderia pensar em contabilizar, sua constituição robusta resistia em todos os contornos essenciais; o vasto piso empoeirado quase não estava atulhado pelos detritos que em outras partes eram tão abundantes.

A caminhada relativamente fácil desse ponto em diante mexeu de forma curiosa com minha cabeça. Todo o frenesi ansioso de antes, frustrado pelos obstáculos, se manifestou na forma de uma pressa febril, e me vi literalmente correndo entre os corredores de teto baixo assustadoramente conhecidos além das arcadas. Fiquei mais do que atordoado com a familiaridade daquilo que vi. Por todas as partes os grandes compartimentos metálicos com hieróglifos dominavam monstruosamente o ambiente; alguns ainda intactos, outros abertos e uns poucos amassados e deformados pelo peso de movimentos geológicos poderosos, mas não suficientes para abalar a titânica estrutura de alvenaria. Aqui e ali havia estojos metálicos cobertos de poeira sob uma prateleira aberta, indicando os compartimentos que foram mais afetados pelos tremores de terra. Em alguns pilares havia grandes símbolos ou letras para indicar a classe ou subclasse dos volumes.

Parei diante de um cofre aberto em que vi alguns dos familiares estojos de metal ainda em seu lugar em meio à poeira onipresente. Estendi a mão e apanhei um dos volumes mais finos com certa dificuldade, apoiando-o no chão para inspecioná-lo. Era intitulado com os tradicionais hieróglifos curvilíneos, porém alguma coisa no arranjo dos caracteres parecia sutilmente incomum. O estranho mecanismo do fecho me era perfeitamente conhecido, e eu abri a tampa totalmente livre de ferrugem para sacar o livro de lá de dentro. O volume, conforme esperado, tinha mais ou menos quarenta centímetros de área e cinco centímetros de espessura; a capa fina de metal abria para cima. Suas resistentes páginas de celulose pareciam imunes à passagem dos infinitos ciclos de tempo que atravessaram, e observei o estranho pigmento das letras pinceladas do texto – símbolos completamente distintos dos habituais hieróglifos curvados ou de algum alfabeto conhecido dos estudiosos humanos – com uma lembrança aterradora e quase nítida. Me dei conta de que aquela era a linguagem de uma mente cativa que eu reconhecia vagamente dos sonhos – uma mente de um grande asteroide no qual sobrevivera muito da vida arcaica e das histórias a respeito do planeta primevo do qual costumava ser um fragmento. Nesse momento lembrei que aquele nível de arquivos era dedicado a volumes que tratavam de planetas não terrestres.

Quando parei de examinar o incrível documento vi que a luz de minha lanterna estava começando a falhar, então inseri às pressas a bateria extra que sempre levava comigo. Assim, munido de uma luz mais forte, recomecei minha correria alucinada por entre os infinitos arranjos de passagens e corredores – reconhecendo de tempos em tempos alguma prateleira familiar, e um tanto incomodado com as condições acústicas, que faziam meus passos ecoarem de forma incongruente naquelas catacumbas de morte e silêncio que remetiam a éons atrás. As pegadas de meus sapatos na poeira intocada por milênios me fizeram estremecer. Nunca antes, caso meus sonhos contivessem algum elemento de verdade, pés humanos haviam pisado aquele pavimento imemorial. Minha mente consciente não me fornecia nenhuma pista a respeito do objetivo concreto daquela correria. No entanto, havia claramente alguma força maligna por trás daquela força de vontade atordoada e daquelas recordações soterradas, o que me fazia sentir que não estava correndo à toa.

Cheguei a uma rampa e segui rumo a locais mais profundos. Diferentes pavimentos surgiam diante de mim enquanto eu corria, mas não parei para explorá-los. Em meu cérebro convoluto um certo ritmo tinha se estabelecido, acompanhado pelos movimentos de minha mão direita. Eu queria destrancar alguma coisa, e sentia que conhecia todos os giros e apertos necessários para fazer isso. Era como uma fechadura moderna aberta por combinação. Em sonho ou não, um dia eu soubera fazer aquilo, e ainda sabia. Como um sonho – ou um fragmento de lenda absorvido de forma inconsciente – poderia ter me ensinado algo tão minucioso, detalhado e complexo eu não teria nem como começar a explicar a mim mesmo. Meus pensamentos estavam imunes a questionamentos coerentes. Afinal, aquela experiência como um todo – a assustadora familiaridade com ruínas desconhecidas, e a coincidência monstruosamente absoluta de tudo o que havia dentro de mim com aquilo que vira apenas em sonhos e fragmentos de mito – não era um horror acima de qualquer razão? Provavelmente minha convicção naquele momento – assim como em meus instantes de maior sanidade – era a de que não estava de fato acordado, e que aquela cidade enterrada era parte de uma alucinação febril.

Por fim cheguei ao nível mais baixo e entrei por uma passagem à direita da rampa. Por alguma razão inexplicável tentei pisar mais leve, embora perdesse velocidade com isso. Havia um espaço que fiquei com medo de atravessar naquele último e profundo pavimento, e quando me aproximei me lembrei do que tanto temia ali. Era mais um dos alçapões com trancas metálicas e vigiados por guardas. Não havia guardas por lá naquele momento, e por isso estremeci e comecei a andar na ponta dos pés, assim como fizera ao passar pelo cômodo basáltico onde uma abertura similar estava escancarada. Senti uma corrente de ar fria e úmida, idêntica à que notei por lá, e desejei que meu trajeto tivesse me levado a outra direção. Por que estava tomando aquele caminho, eu não sabia.

Quando me aproximei percebi que o alçapão estava escancarado. Mais adiante as prateleiras começavam de novo, e olhando para o chão diante de uma delas vi uma pilha levemente coberta de pó onde alguns estojos haviam caído. Nesse momento uma onda de pânico me dominou, mas por algum motivo não consegui descobrir por quê. Pilhas de coisas caídas das prateleiras não eram incomuns, pois ao longo dos éons aquele labirinto sem luz foi sacudido pelas convulsões terrestres e ecoou de tempos em tempos as quedas ruidosas dos objetos que continha. Foi só quando estava na metade da travessia daquele espaço que me dei conta do motivo por ter estremecido tão violentamente.

Não eram as coisas caídas, e sim alguma coisa na poeira daquele pavimento que me perturbou. Sob a luz de minha lanterna parecia que a poeira não estava como deveria – em alguns lugares a camada estava mais fina, como se tivesse sido movida não muitos meses antes. Não havia como ter certeza, pois mesmo as camadas mais finas estavam bem empoeiradas; porém, uma certa desconfiança a respeito de sua irregularidade já bastava para criar uma atmosfera perturbadora. Quando aproximei o facho da lanterna dos pontos mais suspeitos não gostei nada do que vi – pois a impressão se tornou fortíssima. Era como se houvesse trilhas regulares de marcas – marcas que vinham de três em três, cada uma com mais ou menos noventa centímetros quadrados, compostas de cinco pontos circulares de quase dez centímetros cada, sendo que um ficava à frente dos outros quatro.

Essas possíveis pegadas pareciam levar a duas direções opostas, como se algo tivesse ido a algum lugar e então voltado. Eram bem discretas, claro, e podiam ser só ilusões ou formas acidentais, porém havia um elemento de terror vago e agitado na maneira como estavam dispostas. Pois em uma das extremidades das marcas havia uma pilha de estojos metálicos que deveriam ter caído não muito tempo antes, enquanto a outra ponta terminava no agourento alçapão de onde saía o vento frio e úmido, escancarado para abismos além da imaginação.

VIII

Que meu estranho senso de compulsão era profundo e atordoante fica comprovado na maneira como superei meu medo. Nenhuma motivação racional podia me empurrar adiante depois da terrível desconfiança e das lembranças dos sonhos que aquelas pegadas suscitavam. Mesmo assim minha mão direita, ainda que trêmula de medo, continuava se remexendo ritmicamente de vontade de abrir uma fechadura que esperava encontrar. Quando me dei conta eu já tinha passado pela pilha caída mais recente e estava correndo na ponta dos pés por corredores onde a camada de poeira permanecia intacta até um ponto que eu parecia conhecer terrivelmente bem. Minha mente estava questionando a si mesma a respeito de coisas cuja origem e relevância eu estava apenas começando a entender. A prateleira seria alcançável para um corpo humano? Minha mão humana seria capaz de dominar todos os movimentos da fechadura? A fechadura poderia estar travada ou danificada? E o que eu faria – caso tivesse coragem – com aquilo que (como estava começando a perceber) ao mesmo tempo esperava e temia encontrar? Seria uma verdade impressionante e devastadora de algo que escapava dos padrões do normal ou uma prova de que eu estava sonhando?

Em seguida interrompi minha corrida na ponta dos pés e parei diante de uma fileira de prateleiras enlouquecedoramente familiares de hieróglifos. Seu estado de preservação era quase perfeito, apenas três das portas por ali estavam abertas. Meus sentimentos em relação àquelas prateleiras não podem ser descritos – de tão intensa e absoluta a sensação de reconhecimento. Eu estava olhando bem para cima, para uma fileira perto do alto e totalmente fora de meu alcance, me perguntando como poderia escalar da melhor maneira. Uma porta aberta na quarta fileira ajudaria, e as fechaduras das portas fechadas dos cofres eram apoios possíveis para os pés e as mãos. A lanterna seria presa na boca caso ambas as mãos fossem necessárias. Sobretudo, eu não faria barulho. Descer de lá o que queria pegar seria difícil, mas eu poderia prender o gancho do fecho no colarinho e carregá-lo como uma mochila nas costas. Mais uma vez me perguntei se a fechadura ainda estaria intacta. De que eu era capaz de repetir o movimento necessário para abri-la não havia dúvida. Mas eu esperava que o mecanismo não emperrasse ou espanasse – e que minha mão tivesse a dimensão certa para movê-lo.

Enquanto pensava em tudo isso pus a lanterna na boca e comecei a escalar. As fechaduras ofereciam um apoio bem deficiente mas, como eu esperava, a prateleira com a porta aberta ajudou bastante. Eu usei tanto a porta como a beirada da abertura em si em minha subida, e consegui evitar ruídos altos. Equilibrado sobre a porta, e me inclinando para a direita, consegui alcançar a fechadura que queria. Meus dedos, semidormentes pela escalada, se moviam de forma um tanto estabanada a princípio, mas logo notei que eram anatomicamente adequados. E o ritmo determinado pelas memórias ainda se fazia presente de forma marcante. Dos abismos desconhecidos do tempo os movimentos secretos e intricados de algum modo chegaram de forma correta até meu cérebro – pois em menos de cinco minutos de tentativas ouvi um clique cuja familiaridade se mostrou ainda mais assustadora porque eu não esperava de forma consciente ouvi-lo. Um instante depois a porta de metal se abriu lentamente com apenas um leve arrastar.

Atordoado, olhei para a fileira de estojos metálicos recém-expostos e senti uma tremenda pontada de um sentimento inexplicável. Ao alcance de minha mão esquerda estava um estojo cujos hieróglifos curvados me fizeram tremer com uma sensação muito mais complexa que o medo. Ainda trêmulo, consegui movê-lo em meio a uma chuva de flocos de poeira, e o empurrei para cima de mim sem nenhum ruído repentino. Como o outro estojo em que eu havia mexido, tinha cinquenta centímetros por quarenta, com motivos matemáticos curvilíneos em baixo-relevo. Equilibrando precariamente na estrutura que estava escalando, remexi no fecho até conseguir abri-lo. Erguendo a capa, passei o objeto para minhas costas e pendurei o gancho do fecho em meu colarinho. Com as mãos livres, desci com movimentos atabalhoados para o chão poeirento e me preparei para examinar meu achado.

Ajoelhado sobre a poeira, tirei o estojo das costas e o pus diante de mim. Minhas mãos tremiam, e meu medo de tirar o livro lá de dentro tinha quase a mesma medida da vontade que me compelia a fazer isso. Aos poucos foi ficando claro para mim o que provavelmente encontraria, e isso quase me deixou paralisado. Se aquilo estivesse lá – e caso não se tratasse de um sonho –, as implicações iriam muito além do que o espírito humano era capaz de suportar. O que mais me atormentava era minha inabilidade momentânea de sentir que se tratava de um ambiente de sonho. A sensação de realidade era terrível – e se repete toda vez que me recordo.

Por fim, com movimentos trêmulos, tirei o livro do estojo e observei com fascinação os conhecidíssimos hieróglifos da capa. Parecia estar em perfeitas condições, e as letras curvilíneas do título me deixaram quase hipnotizado quando as li. Na verdade, não sei se as li em algum estado transitório ou em meio a um acesso de memória anormal. Não sei quanto tempo levei para ousar erguer a capa de metal. Fiquei ganhando tempo e inventando pretextos para mim mesmo. Tirei a lanterna da boca e a desliguei para economizar bateria. No escuro, fui reunindo coragem – enfim levantando a capa, ainda sem acender a lanterna. Por fim apontei o facho para a página exposta – me preparando previamente para não emitir nenhum som, não importava o que visse.

Dei uma rápida olhada, e então quase desmaiei. Cerrando os dentes, porém, consegui ficar em silêncio. Desabei no chão e levei a mão à testa em meio à escuridão total. O que eu temia e esperava estava lá. Ou era um sonho, ou o tempo e o espaço não significavam mais nada. Eu devia estar sonhando – mas colocaria aquele horror à prova levando o estojo comigo e mostrando a meu filho para me certificar de que era real. Minha cabeça estava dominada pelo medo, embora não houvesse nenhum objeto visível na escuridão ao meu redor. Ideias e imagens de puro terror – estimuladas por visões que tive anteriormente – começaram a me invadir e enevoar meus sentidos.

Pensei naquelas possíveis pegadas na poeira, e estremeci ao som de minha própria respiração ao fazer isso. Mais uma vez acendi a lanterna e olhei para a página como a vítima de uma serpente encararia as presas que a condenaram. Então, movendo os dedos desajeitados no escuro, fechei o livro, guardei de volta no estojo, fechei a tampa e o trinco curioso com gancho. Aquilo era o que eu precisaria carregar para o mundo lá fora se existisse de verdade – se o abismo onde eu estava existisse de verdade, se eu existisse de verdade, se o próprio mundo existisse de verdade.

Quando foi que dei meia-volta e comecei meu retorno não sei dizer. Estranhamente – como uma medida de minha sensação de distanciamento do mundo normal – nem ao menos olhei para o relógio durante aquelas terríveis horas no subterrâneo. Com a lanterna na mão, e com o assustador estojo debaixo do braço, por fim me vi caminhando na ponta dos pés em uma espécie de pânico silencioso pela abertura de onde vinha o vento e onde as pegadas espreitavam. Deixando um pouco de lado as precauções comecei a subir, mas sem conseguir me livrar da sombra de uma apreensão que não senti na descida.

Fiquei com medo de passar novamente na cripta de basalto preto que era mais antiga que a cidade em si, onde os ventos frios sopravam das profundezas expostas. Pensei naqueles que a Grande Raça temia, e se ainda poderiam estar à espreita lá embaixo – mesmo que fracos e moribundos. Pensei naquelas possíveis pegadas de cinco pontos e no que meus sonhos diziam a seu respeito – e nos ventos estranhos e assobios a elas associados. E pensei nas histórias dos nativos de cor contemporâneos, com seu medo de ventos fortes e das ruínas subterrâneas.

Soube por um símbolo entalhado na parede em qual pavimento entrar, e enfim alcancei – depois de passar pelo outro livro que examinei – o grande espaço circular cercado de arcadas. À minha direita, imediatamente reconhecível, estava a passagem por onde cheguei. Tomei aquela direção, agora ciente de que o restante do trajeto seria mais difícil em virtude do mau estado da estrutura de alvenaria do lado de fora do arquivo. Minha carga recém-adquirida de metal pesava em meu braço, e foi ficando cada vez mais difícil fazer silêncio enquanto passava por cima de detritos e fragmentos de todos os tipos.

Então cheguei ao monte de entulhos que ia até o teto pelo qual consegui abrir uma estreita passagem. Meu medo de me esgueirar por lá de novo era infinito, pois em minha primeira passagem ouvi um barulho, e agora – depois de ver aquelas possíveis pegadas – estava mais preocupado com ruídos do que com qualquer outra coisa. Mas escalei a barreira da melhor maneira possível, e empurrei o estojo metálico pela abertura à minha frente. Em seguida, com a lanterna na boca, fui me arrastando com as costas raspando nas estalactites. Quando tentei segurar o estojo outra vez, acabou caindo um pouco além do meu alcance na pilha de escombros, produzindo um ruído perturbador e provocando ecos que me fizeram suar frio. Atirei-me em sua direção de imediato, e o retomei sem fazer mais barulho – mas, um momento depois, dos blocos instáveis se elevou um som súbito e sem precedentes.

Esse som foi minha derrocada. Pois, falsamente ou não, imaginei ter ouvido uma reação a ele de espaços recônditos atrás de mim. Pensei ter escutado um guincho agudo, um assobio diferente de tudo na Terra. Se fosse esse mesmo o caso, o que se seguiu foi uma ironia tremenda – pois, a não ser pelo pânico despertado, nada mais aconteceu.

Mesmo assim, meu frenesi era absoluto e irrefreável. Segurando a lanterna na mão e agarrando o estojo metálico com todas as forças, corri e pulei loucamente sem nenhum pensamento em minha mente além de um desejo enlouquecido de fugir daquelas ruínas de pesadelo para o mundo de vigília do deserto iluminado pela lua. Eu mal me dei conta quando cheguei à montanha de detritos que se elevava além do teto, e me arranhei e me cortei diversas vezes nos pedaços de blocos e fragmentos quebrados. Então aconteceu o grande desastre. Depois de atravessar às cegas o cume, despreparado para a súbita descida mais adiante, meu pé escorregou e me vi no meio de uma avalanche de detritos em movimento cujo retumbar cortou os ares da caverna às escuras em uma série ensurdecedora de reverberações de fazer tremer a terra.

Não me lembro de como emergi desse caos, mas um instante de consciência me revelou que saí aos tropeções pelo corredor no meio do barulho – com a lanterna e o estojo metálico ainda comigo. Então, quando me aproximei da cripta basáltica primeva que tanto temia, veio a loucura completa. Pois, à medida que o eco da avalanche morria, se tornava clara uma repetição audível do assustador e desconhecido assobio que imaginei ter escutado antes. Dessa vez não havia dúvidas – e, o que era pior, vinha de um ponto não atrás de mim, mas *à minha frente*.

Provavelmente eu dei um berro nesse momento. Tenho uma vaga lembrança de passar em disparada pela cripta basáltica infernal das Criaturas Ancestrais, e de ouvir aquele maldito som desconhecido escapar da abertura sem porta onde mais abaixo se espalhava uma escuridão sem limites. Havia um vento também – não apenas uma corrente de ar fria e úmida, e sim uma rajada violenta que soprava selvagemente do abismo abominável de onde vinha o obsceno assobio.

Tenho lembrança de ter saltado e superado todo tipo de obstáculos, com a corrente de vento e o som agudo se aproximando a cada momento, e parecendo criar redemoinhos propositais ao meu redor depois de escapar com violência dos espaços que ocupava mais abaixo. Embora ainda estivesse atrás de mim, o vento tinha o estranho efeito de deter meu avanço, em vez de me empurrar; como se funcionasse como um laço que envolvia e me puxava. Sem me importar com o barulho que fazia, escalei uma grande barreira de pedras no caminho e me vi de novo na estrutura que levava à superfície. Eu me lembro de ter dado uma rápida olhada na sala das máquinas e de quase gritar ao ver o plano inclinado que levava a um dos blasfemos alçapões, que devia estar escancarado dois níveis abaixo. Mas, em vez de gritar, comecei a murmurar sem parar que era tudo um sonho e que em breve eu acordaria. Talvez estivesse no acampamento – talvez estivesse em minha casa em Arkham. Com essas esperanças reavivando minha sanidade, comecei a escalar a inclinação que levava ao nível superior.

Eu sabia, obviamente, que ainda havia a abertura de mais de um metro para atravessar, porém me sentia acossado demais por outros medos para antecipar o horror antes de me deparar com ele. Na descida, o salto tinha sido fácil – mas eu conseguiria passar por cima da falha ladeira acima, abalado pelo medo, pelo cansaço, carregando o estojo metálico e sendo puxado pelo estranho poder de atração do vento demoníaco? Pensei em tudo isso no último momento, e também nas entidades inomináveis que deviam estar à espreita nos abismos escuros lá embaixo.

A luz da lanterna estava ficando mais fraca, mas em virtude de alguma obscura memória consegui notar quando me aproximei da abertura. As rajadas geladas de vento e os assobios nauseantes atrás de mim serviram por um momento como um benigno anestésico, desviando minha imaginação do horror do vazio mais adiante. Então me dei conta das rajadas e dos assobios *à minha frente* – ondas de abominação que subiam da própria abertura das profundezas inimaginadas e inimagináveis.

Naquele momento, de fato a essência de um verdadeiro pesadelo tomou conta de mim. A sanidade se perdeu – e, ignorando tudo que não fosse o impulso animal de fugir, simplesmente continuei correndo e saltando pela inclinação repleta de destroços como se o abismo não existisse. Então vi a beirada da falha, dei um pulo insano com todas as minhas forças e fui envolvido de imediato por um vórtice pandemoníaco de sons repulsivos e de um negrume extremo e materialmente tangível.

Esse foi o fim de minha experiência, pelo menos do que consigo me lembrar. As impressões posteriores a isso pertencem apenas ao domínio do delírio fantasmagórico. Sonho, loucura e memória se juntaram em uma série de ilusões fragmentadas e fantásticas sem relação alguma com o real. Houve uma queda vertiginosa por incontáveis léguas de escuridão viscosa e senciente e de uma babel de ruídos totalmente alheia a qualquer coisa que conhecemos da Terra e sua vida orgânica. Sentidos dormentes e rudimentares pareceram começar a ganhar vida dentro de mim, me informando sobre abismos povoados por horrores flutuantes e que conduziam a oceanos, ilhas e cidades movimentadas de torres basálticas sem janelas onde nenhuma luz jamais brilhou.

Segredos do planeta primevo e seus éons imemoriais se acenderam em vislumbres em meu cérebro sem a ajuda da visão e do som, e me foram reveladas coisas que nem mesmo meus sonhos mais exóticos foram capazes de sugerir. E enquanto isso os dedos gelados do vapor úmido me apalpavam e amparavam, e o assustador assobio guinchava malignamente acima da babel sonora e do silêncio nas poças de escuridão ao redor.

Depois disso vieram as visões da cidade ciclópica de meus sonhos – não em ruínas, mas da maneira como eu costumava sonhar com ela. Eu estava de volta a meu corpo cônico e não humano, misturado com a população da Grande Raça e com as mentes cativas que carregavam livros pelos corredores amplos e os vastos planos inclinados. Então, sobrepondo tais imagens, surgiram vislumbres assustadores de uma consciência não visual envolvendo lutas desesperadas para se libertar de tentáculos poderosos de ventos assobiantes, uma fuga insana pelo ar semissólido, uma retirada frenética por uma escuridão abalada por um ciclone e uma correria em meio a fragmentos de alvenaria desmoronada.

Houve inclusive um curioso e intrusivo vislumbre de uma meia-visão – uma insinuação leve e difusa de certa radiância vinda de um ponto distante acima. Então veio um sonho de uma escalada perseguida pelo vento – em que consegui me arrastar para o brilho de um luar sardônico depois de atravessar um monte de detritos que despencavam ao meu redor em meio a um mórbido furacão. Foi a presença maligna e monótona do luar enlouquecedor que enfim me informou sobre o retorno daquilo que eu costumava considerar o mundo concreto e objetivo da vigília.

Eu estava me arrastando pelas areias do deserto australiano, e ao meu redor soprava aos guinchos um vento tumultuoso como nunca vi na superfície do planeta. Minhas roupas estavam em farrapos, e meu corpo era uma massa de arranhões e hematomas. A consciência plena voltou bem lentamente, e em momento nenhum consegui distinguir entre o que era memória e o que era sonho delirante. Aparentemente havia uma pilha de blocos titânicos, um abismo abaixo, uma monstruosa revelação do passado e um horror digno de pesadelo ao final – mas quanto daquilo era real? Minha lanterna desaparecera, assim como o estojo metálico que eu posso ter descoberto. Teria existido de fato tal objeto, ou tal abismo, ou tais escombros? Erguendo a cabeça, olhei para trás e vi apenas as areias estéreis e uivantes da paisagem desolada.

O vento demoníaco cessou, e a lua inchada e fungoide começou a afundar no céu noturno avermelhado a oeste. Eu me levantei e comecei a caminhar com passos arrastados na direção sudoeste, de volta ao acampamento. O que tinha acontecido de fato comigo? Teria apenas desmaiado no deserto, e meu corpo entregue ao sonho teria sido arrastado por quilômetros de areias e pedras enterradas? Caso não tenha sido isso, como eu poderia continuar vivendo? Pois nessa nova dúvida toda minha confiança na inveracidade de minhas visões suscitadas por mitos se dissolveu mais uma vez naquela mesma dúvida inicial. Caso o abismo fosse real, então a Grande Raça era real – e seu alcance blasfemo e sua interferência de alcance cósmico no vórtice do tempo não era matéria de mito ou pesadelo, e sim uma realidade terrível, de abalar a alma.

Eu teria de verdade, com tudo o que nisso havia de terrível, sido enviado a um mundo pré-humano de 150 milhões de anos atrás naqueles dias obscuros e atordoantes de amnésia? Meu corpo presente fora o veículo de uma assustadora consciência vinda de abismos paleógenos do tempo? Eu teria mesmo conhecido, como uma mente cativa desses horrores ambulantes, a maldita cidade de pedra em seu auge primordial, e percorrido aqueles corredores tão familiares na forma repulsiva de meu captor? Os sonhos que me atormentavam fazia mais de vinte anos seriam fruto de *lembranças* reais e monstruosas? Eu teria mesmo conversado com mentes de pontos inalcançáveis do tempo e do espaço, aprendido os segredos passados e futuros do universo e registrado os anais de meu próprio mundo nos estojos metálicos daqueles arquivos titânicos? E ainda haveria mais, aquelas aterradoras Criaturas Ancestrais de ventos insanos e assobios demoníacos – na verdade uma ameaça constante, espreitando, esperando e aos poucos definhando nos abismos escuros enquanto diversas formas de vida percorriam seus caminhos multimilenares na superfície antiquíssima do planeta?

Eu não sei. Se aquele abismo e as coisas que continha forem verdadeiros, não existe esperança. Nesse caso, sobre este mundo dos homens inegavelmente paira uma sombra inacreditável e desafiadora que se projeta do tempo. Mas, felizmente, não existem provas de que tais coisas não sejam apenas novas fases de meus sonhos originados nos mitos. Eu não trouxe comigo o estojo metálico que poderia servir como prova, e até hoje os tais corredores subterrâneos não foram descobertos. Se as leis do universo forem piedosas, nunca vão ser encontrados. Mas eu preciso contar a meu filho o que vi ou imaginei ver, e permitir que com sua sensatez de psicólogo ele avalie a veracidade de minha experiência e a pertinência de transmitir este relato a outras pessoas.

Como mencionei, a verdade terrível por trás de meus anos de tormento nos sonhos depende da existência daquilo que pensei ter visto naquelas ruínas ciclópicas soterradas. Não é fácil para mim pôr no papel de forma concreta a revelação crucial, mas a esta altura não deve haver um leitor que não tenha um palpite certeiro. Claro que o cerne da questão está naquele livro dentro do estojo de metal – aquele que tirei de seu recanto esquecido de poeira assentada ao longo de milhões de séculos. Mas, quando lancei o facho de minha lanterna sobre ele naquele abismo megalítico assustador, as letras marcadas com um estranho pigmento nas páginas de celulose ressecadas e escurecidas pela ação dos éons não eram os hieróglifos sem nome da juventude da Terra. Eram letras de nosso próprio alfabeto, em palavras da língua inglesa escritas com minha própria caligrafia.

O HABITANTE DA ESCURIDÃO

(Dedicado a Robert Bloch)

Vi o universo escuro e amplo
Onde os planetas negros orbitam sem rumo –
Onde desfilam seu horror incógnito,
Sem brilho, nem nome, nem prumo.

– Nêmese

Investigadores mais cautelosos não devem se sentir à vontade para desafiar a versão comumente aceita de que Robert Blake foi morto por um raio ou por algum choque nervoso profundo devido a uma descarga elétrica. É verdade que a janela diante da qual ele estava permanecia intacta, mas a natureza já se mostrou capaz de muitos eventos estranhos. A expressão em seu rosto pode ter facilmente se originado de alguma obscura contração muscular sem relação alguma com algo que tenha visto, e os registros em seu diário são claramente resultado de uma imaginação fantasiosa atiçada por certas superstições locais e casos antigos que descobrira. Quanto às condições anormais na igreja abandonada em Federal Hill, um analista mais astuto não deve hesitar em atribuir a alguma charlatanice na qual, de forma consciente ou não, Blake estaria secretamente envolvido.

Afinal de contas, tratava-se de um escritor e pintor dedicado ao campo do mito, do sonho, do terror e da superstição, ávido em sua busca por cenas e efeitos de um tipo bizarro e espectral. Sua primeira estadia na cidade – uma visita a um homem idoso e excêntrico com o mesmo gosto por histórias sobre o oculto e o proibido – terminou em morte e chamas, e deve ter sido algum instinto mórbido que atraiu Blake de volta de Milwaukee. Ele poderia conhecer previamente as velhas histórias, apesar de ter negado o fato em seu diário, e sua morte pode ter cortado pela raiz um boato estupendo destinado a produzir reflexos literários.

No entanto, entre aqueles que analisaram e correlacionaram todas as evidências, ainda há quem se prenda a teorias menos racionais e sensatas. Esses são os que tendem a levar muita coisa existente no diário de Blake ao pé da letra, e apontam significativamente para certos fatos, como a veracidade inquestionável dos registros da velha igreja, a existência comprovada da detestada e heterodoxa seita da Sabedoria Estrelada antes de 1877, a desaparição de um inquisitivo repórter de nome Edwin M. Lillibridge em 1893 e – acima de tudo – o olhar monstruoso e transfigurado de medo do escritor quando morreu. Foi um desses crédulos que, levado a extremos de fanatismo, jogou no mar a pedra curiosamente angulada e a estranha caixa adornada de metal encontradas no velho campanário da igreja – o campanário escuro e sem janelas, não a torre na qual o diário de Blake afirmava que as coisas estavam. Embora tenha sofrido toda espécie de censura, oficial e extraoficialmente, o sujeito – um médico de boa reputação com um gosto pelo folclore exótico – garantiu que tinha livrado o mundo de algo perigoso demais para ser mantido à tona.

Sobre essas duas linhas de opiniões, o leitor deve estabelecer seu próprio juízo. Os jornais trouxeram detalhes palpáveis a partir de uma perspectiva cética, deixando para outros a tarefa de descrever o que Robert

Blake viu – ou pensou ver, ou fingiu ver. Agora, estudando o diário com esmero, sem pressa e sem impulsos passionais, podemos oferecer um resumo da sinistra cadeia de eventos a partir do ponto de vista expresso por seu protagonista.

O jovem Blake voltou a Providence no inverno de 1934-35 e se estabeleceu no andar superior de uma casa respeitável em um terreno gramado na College Street – no alto do grande morro que se estendia a leste do campus da Universidade Brown e atrás do prédio com fachada de mármore da John Hay Library. Era um imóvel confortável e fascinante, em um oásis ajardinado à moda antiga onde gatos grandes e mansos tomavam sol em cima de um barracão de ferramentas. A casa georgiana de linhas retas tinha um telhado em dois níveis, uma porta da frente entalhada em estilo clássico, janelas com vidros pequenos e todos os demais detalhes característicos das construções de alto padrão do século XIX. No lado de dentro havia portas de madeira maciça, pisos de tábuas largas, uma escada colonial curvada com mantéis à moda dos irmãos Adam e um conjunto de cômodos nos fundos que ficava três degraus abaixo do nível do restante da construção.

O escritório de Blake, um cômodo grande no lado esquerdo dos fundos da casa, dava para o jardim de um dos lados e, pelas janelas da face oeste – onde ficava sua escrivaninha –, o ponto privilegiado no alto do morro proporcionava uma vista esplêndida dos telhados da parte mais baixa da cidade e dos crepúsculos místicos que se exibiam logo atrás. No horizonte distante se estendiam as encostas arroxeadas da zona rural da cidade, contra as quais, a pouco mais de três quilômetros de distância, se erguia a elevação espectral do distrito de

Federal Hill, com seus telhados inclinados e campanários cujos contornos distantes tremulavam misteriosamente, assumindo formas fantásticas por trás da fumaça que se erguia da cidade. Blake tinha a sensação curiosa de observar algum mundo desconhecido e etéreo que poderia ou não se desvanecer em sonho se ele tentasse encontrá-lo e visitá-lo pessoalmente.

Depois de mandar buscar a maioria de seus livros, Blake comprou móveis antigos para decorar seus aposentos e se instalou para escrever e pintar – morando sozinho e cuidando pessoalmente das poucas tarefas domésticas. Seu ateliê ficava em um cômodo de face norte no sótão, onde as janelas entre os dois níveis do telhado proporcionavam uma luz admirável. Durante esse primeiro inverno ele escreveu cinco de seus contos mais conhecidos – "O refugiado no subterrâneo", "A escada da cripta", "Shaggai", "No vale de Pnath" e "O comensal das estrelas" – e pintou sete telas; estudos de monstros inominados e inumanos, além de paisagens absolutamente não terrestres.

No pôr do sol ele costumava se sentar à escrivaninha e olhar com uma expressão sonhadora para o amplo panorama a oeste – as torres escuras do Memorial Hall logo abaixo, o tribunal em estilo georgiano, os cumes altos da porção central da cidade e a reluzente e elevada aglomeração de construções distantes com ruas desconhecidas e telhados triangulares que atiçava sua fantasia de forma tão poderosa. De seus poucos conhecidos locais, ele ouvira que o morro distante era um vasto bairro italiano, embora a maior parte das construções fosse resquício dos dias de colonização ianque e irlandesa. De tempos em tempos ele usava seus binóculos para observar aquele mundo espectral e inalcançável para além da fumaça espiralada; selecionava telhados, chaminés e campanários específicos e especulava a respeito dos mistérios bizarros e curiosos que poderiam abrigar. Mesmo com ajuda das lentes, Federal Hill parecia um lugar misterioso, fabuloso e relacionado às maravilhas irreais e intangíveis dos contos e das pinturas do próprio Blake. A sensação persistia mesmo depois que a colina era escondida pelo céu escuro e iluminado de estrelas, pelas luzes fortes do tribunal e pelo farol vermelho no alto do edifício Industrial Trust, que tornava a noite tão grotesca.

De todos os objetos distantes de Federal Hill, uma igreja enorme e escura era o que mais fascinava Blake. Ela se destacava de forma especialmente distinta em certas horas do dia, e no crepúsculo a grande torre e o campanário inclinado exibiam seu negrume contra o céu em chamas. Parecia ficar no ponto mais alto do bairro, pois sua fachada coberta de fuligem e sua face norte, com um telhado inclinado e grandes janelas, pairava acima das chaminés ao redor. Particularmente austera, parecia construída de blocos de pedra manchados pela fumaça e desgastados pelas intempéries de meio século ou mais. O estilo, pelo que as lentes conseguiam revelar, era parte do estágio inicial da retomada do gótico que precedeu o imponente período de Upjohn e guardava alguns contornos e proporções da era georgiana. Talvez tenha sido erguida em 1810 ou 1815.

À medida que os meses se passaram, Blake observava a estrutura distante com um estranho e cada vez maior interesse. Como as amplas janelas nunca estavam iluminadas, ele concluiu que a construção devia estar abandonada. Quanto mais olhava, mais sua imaginação se atiçava, e com o tempo ele começou a fantasiar coisas curiosas. Acreditava que uma aura vaga e singular de desolação pairava sobre o local, fazendo com que até mesmo os pombos evitassem seus beirais encardidos de fuligem. Nas torres e nos campanários ao redor havia bandos inteiros de aves, mas por lá elas nunca pousavam. Pelo menos, isso era o que ele pensava e anotou em seu diário. Ele mostrou o lugar para vários amigos, mas nenhum dele jamais visitara Federal Hill ou fazia ideia do que era ou tinha sido aquela igreja.

Quando chegou a primavera, uma inquietação dominou Blake. Ele havia começado seu tão planejado romance – baseado em um suposto culto a bruxas que ainda existiria no Maine –, mas estranhamente não conseguia progredir na escrita. Passava cada vez mais tempo sentado junto à janela da face oeste da casa, olhando para o morro distante e o campanário escuro e evitado pelas aves. Quando as folhas delicadas surgiram no jardim, o mundo se encheu de uma beleza renovada, mas a inquietação de Blake só aumentou. Foi então que pensou pela primeira vez em atravessar a cidade e subir a fabulosa elevação para o mundo dos sonhos envolvido pela fumaça.

No fim de abril, pouco antes da sempre sombria Noite de Walpurgis, Blake fez sua primeira incursão ao desconhecido. Atravessando uma infinidade de ruas do centro da cidade e as praças decadentes e desoladas dos arrabaldes, ele enfim começou a subir a ladeira de degraus seculares, varandas desgastadas em estilo dórico e cúpulas arredondadas que fizeram com que se sentisse mais próximo do mundo inalcançável e tão observado que existia além das brumas. Aquelas ruas de um tom apagado de azul e branco nada lhe diziam, e ele reparou nos rostos estranhos e escuros das pessoas que por ali circulavam, e nas placas estrangeiras penduradas sobre estabelecimentos comerciais curiosos, localizados em construções pardas maltratadas pelo tempo. Em nenhum lugar ele conseguia localizar os objetos que observava de longe; então mais uma vez foi levado a pensar que o Federal Hill que via à distância era um mundo longínquo jamais alcançado por pés humanos.

De tempos em tempos a visão de uma fachada maltratada de igreja ou uma torre decadente aparecia, mas não a de pedras escurecidas que ele procurava. Quando perguntou a um comerciante sobre uma grande igreja de pedra, o homem sorriu e sacudiu a cabeça, apesar de claramente saber falar inglês. À medida que Blake ia subindo, a região parecia mais e mais estranha, com labirintos atordoantes de becos marrons de desolação que conduziam sempre para o sul. Ele atravessou duas ou três avenidas largas, e por um momento pensou ter visto uma torre conhecida. Mais uma vez, perguntou a um comerciante a respeito da enorme igreja de pedra, e dessa vez seria capaz de jurar que a alegação de desconhecimento era fingida. O rosto escuro do homem tinha uma mal disfarçada expressão de medo, e Blake o viu fazer um curioso sinal com a mão direita.

Então de repente um campanário negro apareceu contra o céu azul à sua esquerda, por cima dos telhados marrons que se alinhavam pelos becos emaranhados ao sul. Blake o reconheceu de imediato, e saiu apressado em sua direção pelas ruazinhas esquálidas sem pavimentação que se bifurcavam da avenida. Em duas ocasiões perdeu o senso de orientação, mas por algum motivo não ousou pedir informações para algum pai de família ou alguma dona de casa sentados na frente das casas, ou para alguma criança que gritava e brincava no chão de barro dos becos cheios de sombras.

Enfim avistou a torre em sua plenitude na direção sudoeste, e a construção gigantesca de pedra escura no fim de uma ruela. Ele estava em uma praça ampla e varrida pelo vento, com calçamento de pedra e um muro em uma das extremidades. Aquela era a destinação de sua busca, pois à frente do terreno elevado, gradeado e coberto pelo mato que o muro sustentava – um mundo à parte que se erguia quase dois metros acima do nível das ruas ao redor – estava a estrutura severa e titânica sobre cuja identidade, apesar da nova perspectiva de observação de Blake, não pairava a menor dúvida.

A igreja abandonada estava em um estado de tremenda decrepitude. Alguns dos contrafortes de pedra tinham desabado, e vários adornos do alto da construção estavam caídos em meio à grama seca e infestada de ervas daninhas. As janelas góticas enegrecidas estavam quase todas inteiras, embora muitos dos mainéis de pedra não estivessem mais lá. Blake se perguntou como os vidros obscuramente pintados ainda poderiam estar inteiros, tendo em vista os hábitos dos meninos de qualquer parte do mundo. As portas imensas estavam intactas e completamente fechadas. Em cima do muro que cercava todo o terreno havia uma cerca enferrujada de ferro cujo portão – que ficava diante de uma escadaria que dava acesso à praça – estava trancado com cadeado. O caminho do portão para a construção estava totalmente tomado pelo mato. A desolação e a decadência pairavam sobre o local como uma mortalha, e nos beirais sem pássaros e nas paredes pretas e sem nenhum tipo de trepadeira Blake sentiu um toque levemente sinistro cuja descrição estava além de sua capacidade.

Havia pouca gente na praça, mas Blake viu um policial na extremidade norte do local e o abordou para fazer perguntas sobre a igreja. Era um irlandês corpulento, e pareceu estranho ter se limitado a fazer o sinal da cruz e a dizer que as pessoas nunca comentavam a respeito daquela construção. Quando Blake insistiu, ele disse de forma apressada que os padres italianos avisavam a todos para manter distância, afirmando que um mal monstruoso habitara o local e deixara sua marca por lá. Ele mesmo ouvira falar a respeito por meio de seu pai, que se lembrava de certos barulhos e rumores desde a infância.

Havia uma seita por lá antigamente – uma seita clandestina que evocava coisas terríveis de algum abismo desconhecido da noite. Um bom padre precisou ser chamado para exorcizar o que foi conjurado, mas havia quem dissesse que para isso bastava a luz. Se o padre O'Malley estivesse vivo, teria muitas coisas a contar a respeito. Mas àquela altura não havia nada a fazer a não ser evitar o local, que já não fazia mal a ninguém, e aqueles que o frequentaram estavam mortos ou bem longe dali. Tinham fugido como ratos depois das ameaças de 1877, quando as pessoas começaram a suspeitar da maneira como vinha desaparecendo gente da vizinhança de tempos em tempos. Algum dia a prefeitura se encarregaria da propriedade por causa da inexistência de donos legítimos, mas não havia como sair coisa boa mexendo ali. Era melhor deixar o local esquecido por anos a fio, para não despertar as coisas que deveriam permanecer para sempre em seus abismos negros.

Depois que o policial se afastou, Blake continuou observando a estrutura desolada de pedra. Era interessante descobrir que a construção parecia igualmente sinistra aos olhos dos outros, e ele se perguntou se poderia haver algum pingo de verdade por trás das velhas histórias citadas pelo homem da lei. Provavelmente eram apenas lendas evocadas pelo aspecto maligno do local, mas era como se tivessem um estranho parentesco com as histórias criadas pelo próprio Blake.

O sol da tarde brilhava por trás das nuvens dispersas, mas parecia incapaz de iluminar as paredes manchadas e cobertas de fuligem do templo que se erguia sobre o terreno elevado. Era estranho que o verdejar da primavera não tivesse chegado à vegetação parda e ressecada no jardim suspenso. Blake se aproximou da área elevada e examinou o muro e as grades enferrujadas em busca de possíveis pontos de passagem. Havia uma atração terrível e irresistível naquele templo escurecido. A grade não tinha nenhuma abertura perto dos degraus, porém na face norte faltavam algumas barras de ferro. Ele poderia subir a escada e ladear o muro se segurando na grade até chegar à abertura. Caso as pessoas temessem tanto assim o lugar, ninguém haveria de interferir.

Quando notaram sua presença, ele estava quase atravessando a grade. Olhando para baixo, Blake viu algumas pessoas na praça se afastando e fazendo o mesmo sinal com a mão direita do comerciante da avenida. Várias janelas foram fechadas às pressas, e uma mulher gorda saiu correndo para a rua e puxou algumas criancinhas para dentro de uma casa mal conservada e sem pintura. A abertura na grade permitia sua passagem com tranquilidade, e logo Blake se viu caminhando pela vegetação morta e emaranhada do jardim abandonado. Em um ou outro lugar pedaços de lápides mostravam que em algum momento houve sepultamentos naquele jardim; mas isso, era possível notar, havia sido muito tempo antes. De uma distância tão curta, a dimensão da igreja era opressiva, mas ele superou a sensação de intimidação e foi tentar abrir uma das três grandes portas na fachada. Todas pareciam bem trancadas, então ele começou a circundar a construção ciclópica em busca de alguma abertura secundária pela qual pudesse ter acesso. Mesmo nesse momento ele não tinha certeza de que gostaria de entrar naquela morada das sombras, embora sua estranheza o atraísse de forma quase automática.

Uma janela aberta e desprotegida do porão na parte dos fundos oferecia a passagem necessária. Olhando para dentro, Blake viu um abismo subterrâneo de teias de aranha e poeira fracamente iluminado pelos raios filtrados do sol poente. Detritos, barris velhos, caixotes quebrados e vários tipos de mobília danificada saltaram a seus olhos, sob uma camada de poeira pesada que amenizava todos os contornos. Os restos enferrujados de uma fornalha mostravam que a construção não era usada nem recebia manutenção desde o período vitoriano.

Agindo de forma quase inconsciente, Blake se esgueirou pela janela e se deixou cair sobre o tapete empoeirado e o chão de cimento coberto de detritos. O porão com teto arqueado era amplo e sem divisões, e em um canto distante à direita, em meio a sombras profundas, ele viu uma passagem com arcada às escuras que claramente levava ao andar de cima. Blake experimentou uma sensação toda particular de opressão por estar no interior da grande construção espectral, mas manteve o autocontrole enquanto explorava os arredores – encontrando um barril ainda intacto no meio da poeira e o posicionando abaixo da janela aberta para possibilitar uma saída. Depois, com movimentos atentos, cruzou o vasto espaço infestado de teias de aranha até a passagem arqueada. Quase sufocado pela onipresente poeira, e coberto pelos finíssimos fios das teias, ele começou a subir os desgastados degraus de pedra que levavam à escuridão acima. Não havia iluminação disponível, e ele seguia tateando cuidadosamente com as mãos. Depois de uma curva aguda, sentiu uma porta fechada à sua frente, e passando a mão pela superfície descobriu a existência de uma tranca antiga. A porta se abria para dentro, e além dela Blake viu um corredor fracamente iluminado, revestido com painéis de madeira corroídos por cupins.

Uma vez no andar principal, Blake começou a explorar os arredores com mais rapidez. Todas as portas internas estavam destrancadas, então ele poderia circular à vontade pelos diferentes cômodos. A nave colossal era um lugar quase arqueológico com suas montanhas de poeira cobrindo os bancos com divisórias, o altar, o púlpito e a caixa de ressonância pendurada logo acima, além da rede quase titânica de teias de aranha que se estendia sobre as arcadas pontudas da galeria e envolvia as colunas góticas. Acima de toda essa desolação pairava a luz fraca e sinistra dos raios de sol que entravam pelos vidros escurecidos das grandes janelas absidais.

As pinturas nas janelas estavam tão escurecidas pela fuligem que Blake mal conseguia identificar o que representavam, mas, pelo pouco que decifrou, concluiu que não gostou. As imagens eram totalmente convencionais, e seu conhecimento do simbolismo mais obscuro servia para explicar muita coisa a respeito daqueles padrões arcaicos. Os poucos santos retratados exibiam expressões abertamente sujeitas a críticas, e uma das janelas parecia mostrar apenas um espaço escuro com espirais de uma curiosa luminosidade espalhadas por sua superfície. Dando as costas para a janela, Blake percebeu que a cruz coberta de teias de aranha acima do altar não era do tipo comum, e sim parecida com a *ankh* ou *crux ansata* do antigo Egito.

Em uma sacristia na lateral da abside, Blake encontrou uma escrivaninha apodrecida e prateleiras até o teto com livros mofados e em estado de desintegração. Pela primeira vez teve um choque de terror objetivo, pois os títulos dos volumes diziam muita coisa. Eram textos sinistros e proibidos dos quais a maioria das pessoas sãs jamais ouviu falar, ou ouviu apenas em sussurros tímidos e furtivos; eram repositórios temidos e banidos de segredos e fórmulas imemoriais que escaparam da correnteza do tempo nos dias da juventude da humanidade, e os dias distantes e fabulosos antes da existência do homem. Ele mesmo já havia lido muitos deles – uma versão em latim do abominável *Necronomicon*, o sinistro *Liber Ivonis*, o infame *Cultes des Goules*, do conde d'Erlette, o *Unaussprechlichen Kulten*, de Von Junzt, e o infernal *De Vermis Mysteriis*, do velho Ludvig Prinn. Mas havia outros que ele conhecia apenas de reputação, ou sobre os quais nada sabia – os Manuscritos Pnakóticos, o *Livro de Dzyan*, e um volume quase desintegrado em caracteres inidentificáveis, embora certos símbolos e diagramas fossem assustadoramente reconhecíveis ao estudante de ocultismo. Estava claro que os persistentes rumores locais não eram mentirosos. Aquele lugar tinha sido morada de um mal mais antigo que a humanidade e que remontava a além do universo conhecido.

Na escrivaninha apodrecida havia um livro de registro encadernado em couro com anotações feitas por algum estranho método criptográfico. O manuscrito consistia de símbolos tradicionais hoje usados na astronomia, mas que em outros tempos pertenciam a alquimia, astrologia e outras artes de caráter dúbio –

representações do sol, da lua, dos planetas e dos símbolos do zodíaco – ali reunidas em páginas de blocos de texto com divisões e paragrafações sugerindo que cada caractere correspondia a uma letra do alfabeto.

Na esperança de resolver o criptograma mais tarde, Blake guardou esse volume no bolso do casaco. Muitos dos grandes tomos nas prateleiras lhe provocavam grande fascínio, e se sentiu tentado a pegar emprestados alguns em outra ocasião. Ele se perguntou como poderiam ter ficado ali abandonados por tanto tempo. Seria o primeiro a superar o medo aterrador e persistente que por quase sessenta anos manteve a igreja abandonada sem nenhum visitante?

Depois de explorar todo o pavimento térreo, Blake atravessou outra vez a nave espectral e coberta de poeira até o vestíbulo, onde vira uma porta e uma escadaria que presumivelmente levava à escuridão da torre e do campanário – tão familiares à distância. A subida foi uma experiência sufocante, pois a poeira era espessa, e as aranhas também se concentravam ainda mais naquele lugar confinado. A escadaria era em espiral, com degraus estreitos de madeira, e de tempos em tempos Blake passava por uma janela opaca com uma vista atordoante para a cidade. Embora não houvesse nenhuma corda lá embaixo, ele esperava encontrar um ou mais sinos no alto da torre, cujas aberturas no topo ele observara tão atentamente com os binóculos. Nesse aspecto, ele teve uma decepção, pois quando chegou ao alto da escada constatou que na câmara sobre a torre não havia sino nenhum, e o local claramente era usado para outros propósitos.

O espaço, de mais ou menos um metro e meio quadrado, era fracamente iluminado por quatro janelas lancetas que ele já observara tão bem com seus binóculos. Um dia foram cobertas com venezianas opacas, mas que estavam quase se desfazendo de podres. No centro do ambiente coberto de poeira havia um pedestal angulado de pedra de pouco mais de um metro de altura e meio metro de diâmetro, coberto de ambos os lados por hieróglifos bizarros e completamente desconhecidos, entalhados de forma tosca. Sobre esse pilar havia uma caixa de metal de uma forma peculiarmente assimétrica; a tampa com dobradiça estava aberta para trás, e seu interior continha o que parecia ser, sob uma camada de décadas de poeira, um objeto oval ou irregularmente esférico de pouco mais de dez centímetros. Em torno do pedestal, em um círculo de contornos não muito bem definidos, havia sete cadeiras em estilo gótico com espaldar alto que permaneciam quase intactas e, mais atrás, junto às paredes de revestimento escuro, sete imagens colossais caindo aos pedaços de gesso pintado de preto, que mais do que qualquer coisa pareciam com os crípticos megálitos da misteriosa ilha de Páscoa. Em um dos cantos da câmara repleta de teias de aranha alguns degraus tinham sido fixados na parede, até o alçapão fechado que dava acesso ao campanário sem janelas logo.

Quando Blake se acostumou à luminosidade fraca, percebeu os estranhos baixos-relevos na caixa aberta de metal amarelado. Ao se aproximar, afastou a poeira com as mãos e um lenço, e viu que se tratava de representações de um tipo monstruoso e absolutamente desconhecido; retratavam entidades que, embora parecessem vivas, não lembravam nenhuma outra forma de vida conhecida surgida neste planeta. A forma mais ou menos esférica de aproximadamente dez centímetros se revelou um poliedro quase preto, com estrias vermelhas e diversas superfícies irregulares; era algum cristal do tipo mais admirável, ou então algum objeto artificial feito de um mineral magnificamente polido. O poliedro não tocava o fundo da caixa, era suspenso por uma tira de metal em torno de seu centro, com sete suportes de funcionamento estranho se estendendo horizontalmente de vários ângulos pelo recipiente na direção do bordo superior. A pedra, uma vez exposta, exerceu sobre Blake um fascínio quase alarmante. Ele mal conseguia tirar os olhos do objeto, e quando observava suas superfícies reluzentes chegou quase a pensar que era transparente, com mundos semiformados de maravilhas em seu interior. Em sua mente surgiram imagens de orbes desconhecidas com grandes torres de pedra, e outras orbes de montanhas titânicas e nenhum sinal de vida, e espaços mais remotos onde apenas uma leve agitação nas trevas denunciava a presença de uma consciência e uma vontade.

Quando desviou os olhos, foi só para notar um acúmulo de poeira um tanto singular em um canto afastado, mais próximo dos degraus que levavam ao campanário. Por que isso chamou sua atenção ele não sabia explicar, mas algo naqueles contornos enviou uma mensagem a seu subconsciente. Abrindo caminho no meio das teias de aranha, ele começou a notar algo sinistro naquilo. Suas mãos e seu lenço logo revelaram a verdade, e Blake soltou um suspiro de susto, experimentando uma atordoante mistura de sentimentos. Era um esqueleto humano, e deveria estar lá fazia muito tempo. As vestimentas estavam em farrapos, mas alguns botões e fragmentos de tecido revelavam um terno masculino cinza. Havia outras evidências materiais – sapatos, abotoaduras, botões de colarinho, um broche impossível de identificar, uma credencial de imprensa com o nome do velho *Providence Telegram* e uma carteira de couro quase se desmanchando. Blake examinou este último objeto de forma minuciosa, encontrando várias notas antigas, um calendário de celuloide de 1893, alguns cartões de visita com o nome "Edwin M. Lillibridge" e um papel cheio de anotações a lápis.

O papel tinha um caráter intrigante, e Blake o leu com atenção sob a luz fraca da janela da face oeste. Seu texto incluía frases soltas e desconexas como as seguintes:

"Prof. Enoch Bowen volta do Egito em maio de 1844 – compra antiga Igreja da Livre Vontade em julho – seus estudos e trabalhos arqueológicos sobre ocultismo são conhecidos."

"Dr. Drowne da 4ª Batista alerta contra Sabedoria Estrelada em sermão de 29 dez. 1844."

"Congregação tem 97 ao fim de 45."

"1846 – 3 desaparições – primeira menção ao Trapezoedro Reluzente."

"7 desaparições em 1848 – surgem relatos sobre sacrifício de sangue."

"Investigação de 1853 dá em nada – relatos sobre sons."

"Padre O'Malley menciona culto ao demônio em caixa encontrada em grandes ruínas egípcias – diz que evocam algo que não pode existir na luz. Se afasta de qualquer luz, e é banido pela luz forte. Então precisa ser conjurado de novo. Provavelmente descobriu isso na confissão no leito de morte de Francis X. Feeney, que se juntou à Sabedoria Estrelada em 49. Dizem que o Trapezoedro Reluzente lhes mostra o céu e outros mundos, e que o Habitante da Escuridão lhes conta segredos de alguma forma."

"Relatos de Orrin B. Eddy, 1857. Eles o evocam olhando para o cristal, e têm uma linguagem secreta."

"200 ou mais na congregação em 1863, exclusivamente homens à frente."
"Rapazes irlandeses invadem igreja em 1869 depois do desaparecimento de Patrick Regan."
"Artigo velado no jornal em 14 mar. 72, mas ninguém comenta a respeito."
"6 desaparições em 1876 – comitê secreto criado por prefeito Doyle."
"Providências prometidas em fev. 1877 – igreja fecha em abril."
"Gangue – Rapazes de Federal Hill – ameaçam Dr. – – e paroquianos maio."
"181 pessoas saem da cidade até fim de 77 – nenhuma menção a nomes."
"Relatos de fantasmas surgem por volta de 1880 – tentar apurar veracidade da afirmação de que ninguém entra na igreja desde 1877."
"Perguntar a Lanigan por fotografia do local tirada em 1851."

Depois de devolver o papel à carteira e guardá-la no casaco, Blake se voltou para o esqueleto na poeira. As implicações das anotações eram bem claras, e não poderia haver dúvidas de que o homem viera ao local abandonado 42 anos antes em busca de um furo jornalístico que ninguém ainda tivera coragem de investigar. Talvez ninguém mais conhecesse seus planos – era impossível saber. Mas ele jamais voltara ao jornal. Algum medo corajosamente suprimido o teria dominado e produzido um ataque cardíaco repentino? Blake notou a condição peculiar daqueles ossos. Alguns exibiam graves fraturas, e outros pareciam estranhamente *dissolvidos* nas extremidades. Outros ainda estavam estranhamente amarelados, mostrando sinais vagos de queimaduras, que se estendiam também a alguns fragmentos das roupas. O crânio estava em um estado singularíssimo – manchado de amarelo e com uma abertura queimada no topo, como se algum ácido poderoso tivesse carcomido o osso. O que acontecera com o esqueleto durante suas quatro décadas de sepultamento silencioso naquele local, Blake não conseguia nem imaginar.

Quando se deu conta, estava olhando para a pedra outra vez, e permitindo que sua curiosa influência despertasse uma nebulosa imagem em sua mente. Ele viu procissões de figuras de manto e capuz cujos contornos não eram humanos, e léguas e léguas de deserto com monólitos altíssimos alinhados e entalhados. Viu torres e paredões nas profundezas escuras do mar, e vórtices do espaço onde nuvens pretas pairavam diante de estreitas faixas de névoa arroxeada. Além de tudo isso, viu um abismo infinito de trevas, onde formas sólidas e semissólidas eram notadas apenas pela agitação que causavam no ar, e padrões enevoados de deslocamento que pareciam impor uma certa ordem ao caos e deter uma chave para explicar todos os paradoxos e arcanos dos mundos que conhecemos.

Mas então o feitiço de repente se quebrou em virtude de um acesso agudo e indeterminado de pânico. Blake prendeu a respiração e se afastou da pedra, ciente de alguma presença desconhecida e sem forma que o observava de perto com intenções malignas. Ele sentia que estava em contato com alguma coisa – que não estava exatamente na pedra, mas que o olhava através das paredes –, algo que o monitorava sem parar com um sentido que não era a visão física. Claramente, o lugar estava abalando seus nervos – ainda mais em vista de sua macabra descoberta. A luminosidade também estava diminuindo e, como não carregava consigo nenhuma luz artificial, ele sabia que precisava ir embora o quanto antes.

Foi então, quando o crepúsculo começou a cair, que ele pensou ter visto um leve indício de luz na pedra de angulação singular. Ele tentou desviar o olhar, mas alguma obscura compulsão atraía seus olhos de volta. Haveria uma sutil fosforescência de radioatividade naquela coisa? O que estava escrito nas anotações do repórter a respeito de um *Trapezoedro Reluzente* mesmo? O que, afinal, era aquele recanto abandonado de malignidade cósmica? O que havia sido feito ali, e o que ainda poderia espreitar por entre suas sombras evitadas pelas aves? Ao que parecia, um ligeiro toque de mau odor se elevava de algum lugar, embora sua fonte não fosse aparente. Blake segurou a tampa da caixa aberta e a bateu. O mecanismo se moveu sem dificuldade sobre suas dobradiças estranhas, e se fechou por completo sobre a pedra inquestionavelmente brilhante.

Com o estalo agudo da tampa se fechando, uma ligeira agitação pareceu ocorrer na escuridão eterna do campanário, cujo acesso era bloqueado pelo alçapão. Ratos, sem dúvida nenhuma – a única forma de vida a se revelar naquela pilha amaldiçoada de pedras desde que ele entrara. Mas a agitação no campanário o assustou terrivelmente e o fez descer correndo as escadas em espiral, atravessar a nave abominável, descer para o porão com teto arqueado e atravessar os becos movimentados e assombrados pelo medo e as avenidas de Federal Hill na direção das ruas mais centrais e salubres da cidade, e por fim as familiares calçadas de tijolos do distrito universitário.

Nos dias seguintes, Blake não contou a ninguém sobre suas expedições. Em vez disso, leu muito a respeito em certos livros, examinou anos a fio de arquivos de jornais no centro da cidade e trabalhou freneticamente no criptograma no volume encadernado em couro da sacristia repleta de teias de aranha. O código, ele logo descobriu, nada tinha de simples, e depois de extensas tentativas chegou à conclusão de que sua linguagem não podia ser inglês, nem latim, nem grego, nem francês, nem espanhol, nem italiano, nem alemão. Obviamente ele teria que recorrer aos meandros mais profundos de sua estranha erudição.

Todas as manhãs o impulso de olhar para o oeste voltava, e ele contemplava o campanário escuro da mesma forma de antes, entre os telhados resplandecentes de um mundo distante e quase fabuloso. Mas havia um novo elemento de terror presente. Ele sabia da herança de um folclore maligno que o local escondia, e esse conhecimento acrescentava novos e perturbadores elementos à sua visão. As aves da primavera estavam voltando, e enquanto observava seus voos crepusculares ele se perguntava mais do que nunca a respeito do beiral tão evitado pelos pássaros. Quando um bando se aproximava de lá, ele pensou, acabava se dispersando em uma confusão repleta de pânico – e era possível imaginar os piados agudos de desespero que não o alcançavam em virtude dos quilômetros de distância.

Foi em junho que o diário de Blake anunciou sua resolução do criptograma. Ele descobriu que estava no sinistro idioma aklo, usado por certos cultos de antiguidade absurda, do qual tomou conhecimento de forma perturbadora em pesquisas anteriores. O diário é estranhamente reticente em relação ao que Blake decifrou, mas ele estava sem dúvida surpreso e atordoado com os resultados. Havia referências a um

Habitante da Escuridão despertado por quem olhava para o Trapezoedro Reluzente, e conjecturas insanas sobre os abismos negros de caos do qual era evocado. Esse ser seria detentor de todos os conhecimentos, e exigiria monstruosos sacrifícios. Algumas das anotações de Blake demonstravam medo de que a coisa, que ele parecia considerar já evocada, pudesse escapar de lá, mas ele acrescentou que as luzes da cidade formavam uma barreira impossível de transpor.

    O Trapezoedro Reluzente é mencionado com frequência, descrito como uma janela para todo o espaço-tempo, e remontando sua história ao dia em que foi moldado no obscuro Yuggoth, antes mesmo de os Anciãos o trazerem para a Terra. Foi preservado e colocado em sua curiosa caixa pelas criaturas crinoides da Antártida, salvo das ruínas pelos homens-serpentes de Valúsia e encontrado éons depois em Lemúria pelos primeiros seres humanos. Cruzou estranhas terras e mares ainda mais estranhos, e afundou junto com Atlântida antes de ser capturado pela rede de um pescador minoano e vendido para inescrupulosos mercadores da obscura Khem. O faraó Nephren-Ka construiu em torno dele um templo com uma cripta sem janelas, o que fez seu nome ser apagado de todos os monumentos e registros. Depois disso ficou perdido nas ruínas do santuário destruído pelos sacerdotes do novo faraó até que escavações mais uma vez o trouxessem à tona para amaldiçoar a humanidade.

    No início de julho os jornais complementaram de forma bizarra as anotações de Blake, embora de forma tão breve e casual que apenas o autor do diário chamou atenção para tal contribuição. Aparentemente uma nova onda de medo vinha crescendo em Federal

Hill desde que um estranho invadira a temida igreja. Os italianos comentavam a respeito de movimentações e barulhos no campanário escuro e sem janelas, e pediam a seus padres que afastassem uma entidade que estava atormentando seus sonhos. Segundo eles, havia alguma coisa vigiando a porta da frente o tempo todo para ver se estava escuro o bastante para se aventurar do lado de fora. As notícias dos jornais mencionavam antigas superstições locais, porém não davam informações sobre o histórico de horror do local. Era óbvio que os jovens repórteres contemporâneos não tinham interesse pelas questões mais antigas. Nas anotações que fez a respeito, Blake expressou um curioso arrependimento, e falou a respeito de sua obrigação de enterrar o Trapezoedro Reluzente e banir o que evocara ao permitir que a luz do dia entrasse naquele lugar horrendo. Ao mesmo tempo, no entanto, revelava a perigosa extensão de seu fascínio, e admitia um desejo mórbido – presente inclusive em seus sonhos – de visitar a amaldiçoada torre e observar mais uma vez os segredos cósmicos da pedra brilhante.

Então alguma coisa na edição do *Journal* da manhã de 17 de julho despertou um frenesi de pavor no autor do diário. Era apenas uma variação de outras reportagens sobre os rumores que inquietavam Federal Hill, mas para Blake se tratava de algo terrível. Em uma noite de tempestade, a cidade ficou sem energia elétrica por uma hora, e durante esse período de penumbra os italianos quase enlouqueceram de pavor. Aqueles que viviam perto da temida igreja juravam que a coisa no campanário se aproveitara da ausência da luz nos postes e descera para a parte principal da igreja, se remexendo lá dentro de um jeito viscoso e absolutamente assustador. Mais tarde subira para a torre, onde foram ouvidos ruídos de vidro se quebrando. A coisa poderia ir até onde a penumbra alcançava, mas sempre fugia da luz.

Quando a energia voltou, houve mais uma vez uma barulheira assustadora na torre, pois mesmo a luz mais tênue que atravessava as janelas escurecidas era demasiada para a criatura, que voltou ruidosamente e às pressas para seu tenebroso campanário, pois uma longa exposição à luz a teria mandado de volta para o abismo de onde o invasor insano a havia tirado. Durante a hora às escuras, multidões em oração se reuniram ao redor da igreja sob a chuva com velas acesas e lampiões, cuja luminosidade era escondida em certa medida pelos jornais dobrados e guarda-chuvas – uma guarida de luz para preservar a cidade do pesadelo que ataca na penumbra. Em uma ocasião, afirmaram os mais próximos da igreja, a porta da frente estremeceu terrivelmente.

Mas isso não foi o pior. Naquela tarde, no *Bulletin*, Blake leu sobre o que os repórteres tinham descoberto. Enfim atraídos pelo valor jornalístico do pavor que tomava conta do lugar, uma dupla deles atravessou as multidões de italianos em frenesi e entrou na igreja pela janela do porão depois de tentar em vão abrir as portas. Encontraram a poeira do vestíbulo e da nave espectral agitada de maneira singular, com pedaços de estofamento e revestimento de cetim dos assentos espalhados de forma curiosa pelo chão. Um mau odor tomava conta de tudo, e em certos locais havia manchas amarelas e partes que pareciam chamuscadas. Quando abriram a porta que dava acesso à torre, pararam por um momento ao ouvir o som de algo se arrastando mais acima e encontraram a escada estreita em espiral quase sem poeira.

No alto da torre também havia a mesma impressão de que o lugar tinha sido varrido. Eles comentaram sobre o pedestal heptagonal de pedra, sobre as cadeiras góticas tombadas e sobre as bizarras imagens de gesso; estranhamente, porém, não mencionaram a caixa de metal e o esqueleto antigo e mutilado. O que mais perturbou Blake – além das menções às manchas, aos queimados e aos maus odores – foi um último detalhe que explicava o barulho de vidro se quebrando. Todas as janelas lancetas estavam quebradas, e duas haviam sido escurecidas de forma tosca e apressada com pedaços de cetim dos assentos e crina de cavalo do estofamento nas frestas das venezianas. Mais pedaços de cetim e montes de crina de cavalo se espalhavam pelo chão recém-varrido, como se alguém tivesse sido interrompido em sua tarefa de devolver a torre à escuridão absoluta de outrora.

Manchas amareladas e pontos chamuscados foram encontrados nos degraus que levavam ao campanário sem janela, mas quando um dos repórteres subiu, abriu o alçapão deslizante e lançou o facho de sua lanterna para o cômodo escuro e estranhamente malcheiroso, não viu nada além da escuridão e fragmentos heterogêneos de detritos espalhados perto da abertura. O veredicto, obviamente, era que se tratava de charlatanice. Alguém tinha pregado uma peça nos supersticiosos moradores da colina, ou então algum fanático pretendia intensificar o medo das pessoas, supostamente para o próprio bem delas. Ou talvez alguns moradores mais jovens e sofisticados do lugar tivessem criado um elaborado boato para consumo externo. Houve um desdobramento interessante quando a polícia mandou averiguar os relatos. Três policiais arrumaram uma forma de se desvencilhar da tarefa, e um quarto só aceitou com relutância e voltou em pouco tempo sem nada a acrescentar ao que já havia sido apurado pelos repórteres.

Desse ponto em diante o diário de Blake revela uma onda crescente de terror insidioso e apreensão nervosa. Ele se sentia culpado por não fazer nada e especulava loucamente sobre as consequências de um novo blecaute. Foi comprovado que em três ocasiões – durante tempestades – ele telefonou para a companhia elétrica com uma agitação frenética e pediu para que fossem tomadas medidas emergenciais no caso de uma queda de energia. De tempos em tempos suas anotações demonstravam preocupação com o fato de os repórteres não terem encontrado a caixa, a pedra e o esqueleto bizarramente manchado quando exploraram a câmara no alto da torre. Ele deduziu que as coisas tinham sido removidas de lá – mas não tinha como saber para onde, nem por quem. Seus piores temores eram com relação a si mesmo, e com uma espécie de ligação profana que parecia existir entre sua mente e o horror que espreitava o campanário distante – a monstruosa criatura da noite que sua curiosidade evocara da escuridão mais absoluta. Ele sentia sua vontade constantemente bombardeada, e quem o visitou nessa época lembra que seu anfitrião estava sempre distraído, sentado à escrivaninha e olhando pela janela da face oeste para a elevação além da fumaça que se erguia da cidade. Suas anotações se concentravam monotonamente em certos sonhos terríveis e no fortalecimento da tal ligação profana enquanto dormia. Houve menção a uma noite em que despertou e se viu vestido, fora de casa, descendo sem se dar conta por College Hill rumo ao oeste. Ele insistia sem parar no fato de que a criatura no campanário sabia onde encontrá-lo.

A semana após o dia 30 de julho é lembrada como a época do colapso parcial de Blake. Ele não se vestia mais para sair, e pedia tudo o que comia por telefone.

Os visitantes comentaram a respeito das cordas que ele mantinha perto da cama, afirmando que o sonambulismo o obrigava a amarrar os tornozelos todas as noites com nós que provavelmente o deteriam ou o enfraqueceriam com o trabalho que dariam para ser desatados.

Em seu diário ele relatou a horrenda experiência que o levou ao colapso. Depois de se deitar na noite do dia 30, ele se viu de repente tateando em um lugar quase às escuras. Só o que conseguia ver eram listras horizontais de uma luz azulada, mas sentia um mau cheiro aterrador e ouvia uma curiosa confusão de barulhos furtivos mais acima. Quando movia ou esbarrava em algo, cada som que produzia era respondido por um ruído vindo de cima – uma vaga agitação, misturada com o leve atrito de madeira contra madeira.

Suas mãos tateantes encontraram um pedestal de pedra sem nada em cima, e mais tarde ele tentou escalar os degraus presos à parede, seguindo uma hesitante trajetória ascendente para alguma região com um odor mais forte, de onde vinha um calor terrível. Diante de seus olhos, um caleidoscópio de imagens fantasmais se revelou, se dissolvendo de tempos em tempos em um vasto e insondável abismo noturno dentro do qual giravam sóis e mundos de um negrume ainda mais profundos. Ele se lembrou das antigas lendas do Caos Maior, no cerne das quais se encontrava o deus cego Azathoth, Senhor de Todas as Coisas, cercado por sua horda flácida de dançarinos amorfos e impensantes, atraídos pelo som da flauta demoníaca e monótona que ele segurava em suas patas inomináveis.

Então uma manifestação aguda do mundo exterior atravessou seu estupor e chamou sua atenção para o horror absoluto de sua situação. O que foi, ele nunca descobriu – talvez fosse algum estouro de fogos que se ouviu durante todo o verão em Federal Hill nas diversas festas dos santos padroeiros dos moradores, ou dos santos de seus vilarejos nativos na Itália. Fosse como fosse, ele gritou bem alto, se soltou dos degraus e saiu correndo às cegas pelo piso obstruído do recinto quase sem luz que o cercava.

Ele soube imediatamente onde estava, e se lançou pela escada estreita em espiral, tropeçando e se machucando várias vezes. Houve uma fuga digna de pesadelo pela nave repleta de teias de aranhas cujas arcadas desapareciam nas sombras, uma corrida às cegas ao porão, uma descida alucinada de um morro de luzes espectrais, a travessia de uma cidade austera e silenciosa de construções altas e a subida da ladeira inclinada até sua casa de construção antiga.

Na manhã seguinte, ao acordar, se viu deitado no chão do escritório, totalmente vestido, coberto de poeira e teias de aranhas, com o corpo todo dolorido. Quando se olhou no espelho, descobriu que seu cabelo estava todo queimado, com um vestígio do odor estranho e maligno que parecia se impregnar em suas roupas da cintura para cima. Foi quando seus nervos chegaram ao limite. Depois disso, caminhando sem parar de um lado para o outro em um quarto de vestir, ele não era capaz de fazer muita coisa além de olhar pela janela da face oeste, estremecer diante da ameaça de um trovão e fazer anotações enlouquecidas em seu diário.

A grande tempestade começou pouco antes da meia-noite no dia 8 de agosto. Diversos raios caíram em todas as partes da cidade, e dois grandes incêndios foram relatados. A chuva foi torrencial, e as saraivadas de trovões tiraram o sono de milhares de pessoas. Blake estava histérico de medo dos relâmpagos, e tentou ligar para a companhia elétrica por volta da uma da manhã, mas àquela altura o serviço telefônico estava cortado por questões de segurança. Ele registrou tudo no diário – sua caligrafia nervosa e muitas vezes indecifrável contava uma história de frenesi e desespero, de anotações apressadas feitas às cegas no escuro.

Ele precisava manter as luzes apagadas para poder enxergar à distância pela janela, e ao que parece a maior parte do tempo foi passada em sua escrivaninha, observando com ansiedade a chuva varrendo os telhados do centro da cidade e as luzes distantes de Federal Hill. De tempos em tempos ele fazia anotações apressadas em seu diários, frases soltas – "As luzes não podem se apagar"; "Aquilo sabe onde estou"; "Preciso destruir aquilo"; e "Está me chamando, mas talvez não tenha más intenções desta vez" – espalhadas ao longo de duas páginas.

Então as luzes se apagaram em toda a cidade. Aconteceu às 2h12 da madrugada, de acordo com os registros da companhia elétrica, mas o diário de Blake não dá nenhuma indicação de horário. A entrada diz apenas: "Luzes apagadas – Deus me ajude". Em Federal Hill havia espectadores tão ansiosos quanto ele, e grupos de homens encharcados de chuva marchavam pela praça e pelos becos ao redor da igreja protegendo com guarda-chuvas suas velas, suas lanternas elétricas e lamparinas a óleo, seus crucifixos e outros amuletos obscuros tão comuns no sul da Itália. Eles bendiziam cada relâmpago, e fizeram sinais crípticos de medo com a mão direita quando uma mudança nas condições do tempo fez os raios diminuírem e então pararem. Um vento forte apagou a maioria das velas, e o cenário foi se tornando cada vez mais penumbroso e ameaçador. Alguém foi à

Igreja do Espírito Santo acordar o padre Merluzzo, que foi correndo até a praça desolada para pronunciar as poucas palavras de ajuda de que era capaz. Da existência dos sons inquietantes e estranhos na torre escura não havia nenhuma dúvida.

Para o que aconteceu às 2h35, temos o testemunho do padre, um jovem inteligente e instruído; do policial William J. Monahan da delegacia central, um homem da lei de reputação impecável que parou ali em meio à sua ronda para inspecionar a multidão; e da maior parte dos 78 homens reunidos em torno do muro da igreja – em especial os que estavam na praça, onde a face leste da construção era visível. Obviamente não há nada que não possa ser explicado pelas leis da natureza. As causas possíveis de tal evento são muitas. Ninguém pode falar com certeza absoluta dos processos químicos que podem acontecer em uma construção antiga, vasta, mal arejada, abandonada por muito tempo e que abrigava conteúdos tão heterogêneos. Vapores mefíticos, combustão espontânea, pressão de gases originados na decomposição – um número infindável de fenômenos pode ser responsável pelo acontecido. E, obviamente, o fator da charlatanice deliberada não pode ser descartado. A coisa em si foi bem simples, e durou mais ou menos três minutos. O padre Merluzzo, sempre meticuloso, olhou para o relógio várias vezes.

Começou com uma elevação inegável dos sons abafados dentro da torre negra. Por um tempo houve uma vaga emanação de odores estranhos e malignos da igreja, que se tornaram cada vez mais invasivos e ofensivos. Por fim, ouviu-se o som de madeira se partindo, e um objeto grande e pesado despencou no jardim sob a fachada da face leste. O alto da torre não era mais visível com as velas apagadas, mas quando o objeto se aproximou do chão as pessoas notaram que era a veneziana da janela leste.

Imediatamente, um fedor insuportável desceu das alturas invisíveis, sufocando e provocando engulhos nos trêmulos espectadores, quase prostrando de joelhos os presentes na praça. Ao mesmo tempo o ar estremeceu com uma vibração como a de asas batendo, e um vento leste repentino mais violento que qualquer rajada anterior arrancou os chapéus e fez voar os guarda-chuvas encharcados da multidão. Não era possível ver nada muito definido na noite escura, mas algumas testemunhas que olharam para cima afirmaram ter um vislumbre de um vulto de um negrume mais denso contra o céu noturno – algo como uma nuvem de fumaça sem forma que disparou com uma velocidade meteórica na direção leste.

Isso foi tudo. As testemunhas ficaram semiparalisadas de medo, susto e inquietação, sem saber o que fazer – ou se deveriam fazer alguma coisa, afinal de contas. Sem entender o que acontecera, não relaxaram em sua vigília, e um instante depois deram graças aos céus quando viram o espocar de um raio isolado, seguido de uma explosão violenta, dominando os céus. Meia hora mais tarde a chuva parou, e quinze minutos depois disso as luzes voltaram a iluminar as ruas, mandando os espectadores cansados e maltratados de volta para casa.

Os jornais do dia seguinte deram menos destaque a isso do que aos relatos da tempestade em geral. Aparentemente o grande raio e a explosão ensurdecedora que o sucedeu foram sentidos de forma mais violenta a leste dali, onde uma onda de um mau odor singular também foi notada. O fenômeno se deu de forma mais assinalada em College Hill, onde o estouro acordou todos os que dormiam e levou a uma série de especulações carregadas de perplexidade. Entre aqueles que já estavam acordados, apenas alguns viram a luz anômala brilhar no alto do morro, ou notaram a inexplicável corrente ascendente de ar que quase arrancou as folhas das árvores e calcinou as plantas rasteiras no jardim. Todos concordavam que o raio repentino e isolado devia ter caído em algum lugar na vizinhança, mas nenhuma pista de onde atingira foi encontrada. Um jovem na fraternidade Tau Omega pensou ter visto uma massa grotesca e horrenda de fumaça no ar pouco antes do raio, mas sua observação não pôde ser confirmada por mais ninguém. No entanto, as testemunhas foram unânimes em afirmar a ocorrência de uma rajada violenta vinda do oeste e o fedor insuportável que precedeu o fenômeno; o cheiro de queimado logo em seguida também estava presente em todos os relatos.

Essas questões foram discutidas e esmiuçadas em virtude de sua provável ligação com a morte de Robert Blake. Estudantes da fraternidade Psi Delta, cujas janelas superiores dos fundos davam para o escritório de Blake, notaram a presença de um rosto pálido na janela da face oeste na manhã do dia 9 e perceberam que havia algo errado com sua expressão. Quando viram o mesmo rosto na mesma posição no fim da tarde, ficaram preocupados e se puseram à espera de que as luzes fossem acesas lá dentro. Mais tarde, tocaram a campainha da casa às escuras, e por fim um policial arrombou a porta.

O corpo enrijecido estava sentado em postura ereta à escrivaninha perto da janela, e quando aqueles que entraram viram os olhos vidrados e esbugalhados e os sinais de pavor absoluto convulsionado em suas feições retorcidas, tiveram que virar o rosto, com o estômago revirado. Pouco depois o legista fez um primeiro exame, e apesar da janela ainda intacta deu como causa da morte um choque elétrico ou a tensão nervosa em virtude de uma descarga elétrica. A expressão horripilante foi ignorada por completo, e considerada uma consequência nada improvável do profundo susto experimentado por uma pessoa de imaginação desproporcional e sentimentos fora de controle. O médico deduziu tais características a partir dos livros, das pinturas e dos manuscritos encontrados no local, além das anotações feitas às cegas no diário deixado sobre a escrivaninha. Blake continuou registrando suas palavras frenéticas até o último instante, e o lápis de ponta quebrada foi encontrado em sua mão direita espasmodicamente contraída.

As anotações depois da queda da energia elétrica eram extremamente desconexas, e legíveis apenas em parte. A partir delas certos investigadores tiraram conclusões muitíssimo diferentes do veredicto oficial, mas tais especulações não têm a menor chance de serem levadas a sério pelos mais conservadores. Os argumentos das teorias mais imaginativas foram ainda mais prejudicados pelo ato do supersticioso dr. Dexter, que jogou a curiosa caixa e a pedra angulada – um objeto que demonstrou luminosidade própria quando foi encontrado no campanário escuro e sem janela – na parte mais profunda da baía de Narragansett. A interpretação predominante a respeito das últimas e frenéticas palavras de Blake atribui o fato à sua imaginação excessiva e sua neurose descontrolada, agravados pelo conhecimento do antigo culto cujas evidências aterradoras ele descobrira. Estas são as anotações – ou tudo o que pôde ser compreendido delas.

Luzes ainda apagadas – deve fazer cinco minutos agora. Tudo depende dos raios. Que Yaddith os mantenha!... Alguma influência parece escapar...

Chuva e trovões e ventos ensurdecem... A coisa está dominando minha mente...

Problemas de memória. Vejo coisas de que nunca soube. Outros mundos e outras galáxias... Escuridão... A iluminação parece escura e a escuridão parece iluminada...

Não pode ser o morro e a igreja o que estou vendo na escuridão. Deve ser uma impressão deixada nas retinas pelos clarões. Que os céus façam com que os italianos saiam com suas velas se os raios pararem!

De que estou com medo? Não é só um avatar de Nyarlathotep, que na antiga e obscura Khem tomou inclusive a forma humana? Eu me lembro de Yuggoth, e do mais distante Shaggai, e do vazio supremo dos planetas negros...

O longo voo alado pelo vazio... impossível cruzar o universo de luz... recriado pelos pensamentos capturados no Trapezoedro Reluzente... enviado pelos abismos horrendos de radiância...

Meu nome é Blake, Robert Harrison Blake, do número 620 da East Knapp Street, em Milwaukee, Wisconsin... Estou neste planeta...

Que Azathoth tenha piedade! – os raios não estão mais espocando – horror – vejo tudo com um sentido monstruoso que não é a visão – a luz é escura e o escuro é luz... as pessoas no morro... de guarda... velas e talismãs... os sacerdotes...

Noção de distância se foi – o perto é longe e o longe é perto. Sem luz – sem lentes – vejo o campanário – a torre – janela – escuto – Roderick Usher – estou louco ou enlouquecendo – a coisa está se agitando e se remexendo na torre – Eu sou aquilo e aquilo sou eu – Quero sair... preciso sair e unificar as forças... Aquilo sabe onde estou...

Sou Robert Blake, mas estou vendo a torre na penumbra. Um odor monstruoso... sentidos transfigurados... se arremessando contra a janela que estala e cede... Iä... ngai... ygg...

Estou vendo a coisa – vindo para cá – vento infernal – vulto titânico – asas negras – que Yog-Sothoth me salve – o olho calcinante de três lóbulos...

Coleção **L&PM** POCKET

1191. **E não sobrou nenhum e outras peças** – Agatha Christie
1192. **Ansiedade** – Daniel Freeman & Jason Freeman
1193. **Garfield: pausa para o almoço** – Jim Davis
1194. **Contos do dia e da noite** – Guy de Maupassant
1195. **O melhor de Hagar 7** – Dik Browne
1196.(29). **Lou Andreas-Salomé** – Dorian Astor
1197.(30). **Pasolini** – René de Ceccatty
1198. **O caso do Hotel Bertram** – Agatha Christie
1199. **Crônicas de motel** – Sam Shepard
1200. **Pequena filosofia da paz interior** – Catherine Rambert
1201. **Os sertões** – Euclides da Cunha
1202. **Treze à mesa** – Agatha Christie
1203. **Bíblia** – John Riches
1204. **Anjos** – David Albert Jones
1205. **As tirinhas do Guri de Uruguaiana 1** – Jair Kobe
1206. **Entre aspas (vol.1)** – Fernando Eichenberg
1207. **Escrita** – Andrew Robinson
1208. **O spleen de Paris: pequenos poemas em prosa** – Charles Baudelaire
1209. **Satíricon** – Petrônio
1210. **O avarento** – Molière
1211. **Queimando na água, afogando-se na chama** – Bukowski
1212. **Miscelânea septuagenária: contos e poemas** – Bukowski
1213. **Que filosofar é aprender a morrer e outros ensaios** – Montaigne
1214. **Da amizade e outros ensaios** – Montaigne
1215. **O medo à espreita e outras histórias** – H.P. Lovecraft
1216. **A obra de arte na era de sua reprodutibilidade técnica** – Walter Benjamin
1217. **Sobre a liberdade** – John Stuart Mill
1218. **O segredo de Chimneys** – Agatha Christie
1219. **Morte na rua Hickory** – Agatha Christie
1220. **Ulisses (Mangá)** – James Joyce
1221. **Ateísmo** – Julian Baggini
1222. **Os melhores contos de Katherine Mansfield** – Katherine Mansfield
1223.(31). **Martin Luther King** – Alain Foix
1224. **Millôr Definitivo: uma antologia de *A Bíblia do Caos*** – Millôr Fernandes
1225. **O Clube das Terças-Feiras e outras histórias** – Agatha Christie
1226. **Por que sou tão sábio** – Nietzsche
1227. **Sobre a mentira** – Platão
1228. **Sobre a leitura *seguido do* Depoimento de Céleste Albaret** – Proust
1229. **O homem do terno marrom** – Agatha Christie
1230.(32). **Jimi Hendrix** – Franck Médioni
1231. **Amor e amizade e outras histórias** – Jane Austen
1232. **Lady Susan, Os Watson e Sanditon** – Jane Austen
1233. **Uma breve história da ciência** – William Bynum
1234. **Macunaíma: o herói sem nenhum caráter** – Mário de Andrade
1235. **A máquina do tempo** – H.G. Wells
1236. **O homem invisível** – H.G. Wells
1237. **Os 36 estratagemas: manual secreto da arte da guerra** – Anônimo
1238. **A mina de ouro e outras histórias** – Agatha Christie
1239. **Pic** – Jack Kerouac
1240. **O habitante da escuridão e outros contos** – H.P. Lovecraft
1241. **O chamado de Cthulhu e outros contos** – H.P. Lovecraft
1242. **O melhor de Meu reino por um cavalo!** – Edição de Ivan Pinheiro Machado
1243. **A guerra dos mundos** – H.G. Wells
1244. **O caso da criada perfeita e outras histórias** – Agatha Christie
1245. **Morte por afogamento e outras histórias** – Agatha Christie
1246. **Assassinato no Comitê Central** – Manuel Vázquez Montalbán
1247. **O papai é pop** – Marcos Piangers
1248. **O papai é pop 2** – Marcos Piangers
1249. **A mamãe é rock** – Ana Cardoso
1250. **Paris boêmia** – Dan Franck
1251. **Paris libertária** – Dan Franck
1252. **Paris ocupada** – Dan Franck
1253. **Uma anedota infame** – Dostoiévski
1254. **O último dia de um condenado** – Victor Hugo
1255. **Nem só de caviar vive o homem** – J.M. Simmel
1256. **Amanhã é outro dia** – J.M. Simmel
1257. **Mulherzinhas** – Louisa May Alcott
1258. **Reforma Protestante** – Peter Marshall
1259. **História econômica global** – Robert C. Allen
1260.(33). **Che Guevara** – Alain Foix
1261. **Câncer** – Nicholas James
1262. **Akhenaton** – Agatha Christie
1263. **Aforismos para a sabedoria de vida** – Arthur Schopenhauer
1264. **Uma história do mundo** – David Coimbra
1265. **Ame e não sofra** – Walter Riso
1266. **Desapegue-se!** – Walter Riso
1267. **Os Sousa: Uma família do barulho** – Mauricio de Sousa
1268. **Nico Demo: O rei da travessura** – Mauricio de Sousa
1269. **Testemunha de acusação e outras peças** – Agatha Christie
1270.(34). **Dostoiévski** – Virgil Tanase
1271. **O melhor de Hagar 8** – Dik Browne
1272. **O melhor de Hagar 9** – Dik Browne
1273. **O melhor de Hagar 10** – Dik e Chris Browne
1274. **Considerações sobre o governo representativo** – John Stuart Mill